To Have and to Hold
by Lauren Layne

ウエディング・ベルズ

ローレン・レイン
草鹿佐恵子=訳

マグノリアロマンス

TO HAVE AND TO HOLD
by Lauren Layne

Published by arrangement with the original publisher,
Pocket Books, a Division of Simon & Schuster, Inc.
through Japan UNI Agency, Inc., Tokyo

アンスへ

主な登場人物

ブルック・ボールドウィン――ウエディングプランナー。
セス・タイラー――ホテル・グループのCEO。
マヤ・タイラー――セスの妹。
ニール・ギャレット――マヤの婚約者。
グラント・ミラー――セスの親友。ホテル・グループのCIO。
エッタ・マンザ――セスの秘書。
ナディア――セスの別れた恋人。
アレクシス・モーガン――結婚式企画会社社長。
ヘザー・ファウラー――ウエディングプランナー助手。
ジェシー――結婚式企画会社の受付係。
クレイ・バッタグリア――ブルックの元婚約者。詐欺師。

ウエディング・ベルズ

1

「ちょっと待て。戻ってくれ。最初まで巻き戻せ。どういう意味だ、結婚するというのは？」

いまは水曜日の午後十一時。セス・タイラーは最近いつもいるのとまったく同じ場所にいる。すなわちタイラー・ホテル・グループの巨大なマホガニー製デスク。スーツの上着は人間工学（エルゴノミクス）に基づく椅子（チェア）の背もたれにかけている。ネクタイはきちんと締められ、ぱりっとアイロンのかかったシャツの手首のボタンは留まっている。

彼は豊かなライトブラウンの髪をいらいらとかきむしり、亡き父そっくりの鋭いまなざしで妹をにらみつけた――最近のセスは、なにをやっても父に非常によく似ている。

八カ月前に父が心臓発作で急逝したとき、父の死に関して最も困難なのは――悲しみを乗り越えることを除けば――会社の経営を引き継ぐことだと思った。

もちろん、セスは跡取りとなるべく育てられていた。彼自身、社長と最高経営責任者（CEO）の肩書を昔からずっと望んでいた。

ついに、そのときが訪れた。

いや、実はまだだった。

完璧主義者を自認するセスは、会社を自分のやり方で引き継ぐつもりでいた。正しいやり方で。

セスの考える正しいやり方とは、少なくとも一年間、タイラー・ホテル・グループの最高幹部に付き従って仕事を覚えることだった。『フォーチュン』誌の発表する全米トップ500に名を連ねる企業の経営を引き継ぐ前に、ビジネスにまつわるありとあらゆることを詳細にいたるまで学んでおきたかった。

ところが、父の心臓はそれを許してくれなかった。いつものゴルフのラウンド中に機能を停止したのだ。というわけで、結果的にセスはすんなりCEOに就任した。予定より二年早く。

以来、父がまだ生きていたらよかったのにと思わない日はない。といっても、役員会を率いる立場につくのは予想以上に簡単だった。株主は逃げていかなかった。幹部連中は大量流出しなかった。父ハンクに長年仕えた秘書のエッタも会社に残り、セスをボスと呼ぶことに納得しているようだ。やれ野菜を食べろ、やれ睡眠を取れ、やれ散髪をしろとうるさくはあるが。

けれど、会社を引き継ぐのが予想より簡単だったとしても、ハンク・タイラーの死後セスにまったく心構えのできていなかったことがひとつある。

結婚だ。

マヤ・タイラーはゆっくりと深く息を吸った。ものわかりの悪い子どもに言い聞かせるときのように。「あのね、結婚というのは、ふたりの人間が恋に落ちて、残りの生涯をともに過ごそうと決め――」

「ああ、結婚がどんなふうに行われるかは知ってる」セスは遮った。知りたいわけではない。結婚がどうやって行われるか、身をもって体験したいとは思っていない。

マヤは唇を噛みしめた。「ごめんなさい。ナディアのことを思い出させるつもりじゃなかったの」

妹の洞察鋭い視線を避けるため、セスはデスクに目を落とした。マヤの推測は間違っていない。最近は元恋人のことを考えずに日々を過ごせるようになってきたものの、結婚と聞くたびに、ひざまずいて数カ月かかって選んだ指輪を見せたときのナディアのあきれたような笑い声を思い出さずにはいられない。

「その話はやめないか？」セスはぶっきらぼうに言った。

「怒らないで。結婚なのよ。喜んでくれなくちゃ」

「怒ってない。びっくりしただけだ」

単にびっくりした程度ではない。まったくの予想外だ。あらゆることに完璧を求める人間としては、マヤの宣言がもたらした衝撃を楽しんでいるとは言いがたい。とりわけ、父の死からまだ日が浅いのだから。ただし、セス以外の者は皆、その死を予期していた。父の心臓がずっと前から悪かったのを知らなかったのは、セスひとりだった。

ハンクはひとり息子を、すべてを自らの思いどおりに動かしたがるコントロールフリークであると考えていたらしい――父の病気を知ったらセスはなんとしても死を食い止めようと奔走することを知っていたのだ。

たしかにそのとおりだ。認めたくはないが、もしも父の状態を知っていたら、セスは試験的な治療法や最高の医者を探すのにすべての時間を捧げただろう。

ハンク・タイラーは、最期の日々にそんなことを求めていなかった。自分自身のためにも、セスのためにも。

それでも、選択肢を与えられなかったことにセスは憤った。父を恋しがるのと同じくらい、父に腹を立てた。

けれど、そんな思いは忘れて気持ちを切り替えてきた。

ハンクはこの世におらず、マヤはまだ生きている。セスにとって、彼女はたったひとりの肉親だ。

妹に新しい恋人ができたのは知っていた――ニール・なんとか。しかし、セスはとくに気にしていなかった。マヤは高校のときから数多くのボーイフレンドと気軽な付き合いをしてきた。大学時代の二年間を除けば、男性と真剣な関係を持ったことはなかった。

ましてや結婚を考えたことも。

しかも、セスは将来の義理の弟と一度も会ったことがない。

だが、そんなことは問題にならなかったはずだ。この成り行きについてセスの本能が警鐘を鳴らしていなかったなら。なにかがにおう。直感がそう告げている。

「いつから付き合ってる?」

マヤはうめき声をあげ、デスクの向かい側にあるビロード張りの椅子に座りこんだ。「やめてよ。わかってたわ、兄さんがそうするって」

セスは顔をしかめた。「なにをするって?」

「兄貴顔」

「当然だ、おまえより六歳上なんだから」

八カ月前の父の死によって自分は保護者の役割を引き受けたのだ、と付け足しはしなかった。マヤは父にとってのお姫様だった。彼女はいまだに、父のことが口にされるたびに涙を流している。

マヤは身を乗り出した。淡いブルーの目はセスそっくりだ。ただし、頻繁に美容院へ行って手入れしているおかげで、髪はセスのよりずっと明るい金色をしている。

「彼を愛してるの。兄さんが最近忙しくて疲れてるのは知ってるから、急にこんな話を持ち出したのは申し訳ないと思うわ。だけど、ニールはまさに、わたしたち女が夢に見るタイプの男の人なのよ」

マヤこそニールのような男が夢に見るタイプの女だと言いたい気持ちを、セスはぐっとこらえた。若く、美しく……途方もなく裕福。

ニールはそう考えているのだろう。

実際には、マヤは月々決まった額の小遣いを受け取るだけで、財産の大部分は自由に使えないよう凍結されている。ハンク・タイラーの存命中からそうだったし、彼は自分の死後もそうするようにと取り決めていた。

表向き、マヤはパートタイムで働く高級画廊からの給料だけで自活していることになっている。しかし、いまセスの部屋に置かれている五、六個のショッピングバッグから考えると、父の遺産から月々彼女に渡る小遣いは一セントたりとも貯金に回っていないようだ。

マヤは軽薄ではない――頭はいいし、慈善事業にたっぷりの時間と金を注ぎこんでいる――けれど、きれいなものや豪華な食事を好んでもいる。

結果として、同様にきれいなものや豪華な食事を好む男性の注意を引く傾向がある。新しい恋人もその類いであるのは間違いない。

セスは、考え直してくれ――結婚を考える前にせめて一年くらいは付き合ってくれ――と言いかけた。だが、時間をかければいいというものでもない。彼はナディアと三年近く付き合ったが、結果は芳しくなかった。

妹の真剣な懇願の表情を見て、セスはため息をついた。父がマヤにめろめろだったのもうなずける。この子はいい子だ。いや、子どもではない。マヤのことは幼い妹としか考えられないが、もう二十六歳だ。

彼女が自分で決めたことは尊重してやるべきなのだ。

「ニールのことを教えてくれ」セスは不承不承に言った。

マヤはにっこり笑って両手を打ち鳴らし、すてきな男性に出会った話を始めた。このホテルのグループで妹に事務の仕事をあてがわなかったことを、セスは後悔した。ここなら彼が目を光らせておけたのに。

幸せそうな妹のおしゃべりを聞きながら立ちあがり、床から天井まである大きな窓の前まで行った。ここからだと、ニューヨークの象徴たるエンパイアステートビルが、視界を遮られることなく見渡せる。

いい考えは往々にしてデスクから離れているときに浮かぶ――つまり、近ごろはほとんどなにも考えていない。いちばん集中できるのは仕事場から遠ざかっているときだ。メールや電話や無限のやることリストや秘書に渡されたメモなどから遠ざかっているとき……。

「――彼、すっごくいい人なの。毎日花を持ってきてくれるのよ。そうしたいからだって。すてきなちょっとしたプレゼントも。それから、行ってみたい新しいレストランのことをわたしが口にしたら、ニールはなんとかして予約を取ってくれるの、しかもその日のうちに……」

食事代は誰が払ってるんだ？

セスはマヤのほうに振り返り、軽く尋ねた。「仕事はなんだ？」

マヤの笑みが一瞬凍りついたあと、また明るい笑顔に戻った。「彼は会社を興したがってるの――芸術をもっと一般の人に親しんでもらえるようにする会社よ。ほら、新進気鋭の芸術家とコレクターを引き合わせるとか。最終的には、モバイルアプリをつくろうとしてる。いまは投資家集めの段階だけど――」

ああ、やっぱりだ。

セスは新興企業に偏見を持っていない。芸術にも。しかし、マヤの選択した言葉の一部がセスの脳内の警報レベルを一段階引きあげた。

ニールは会社を興したがっている。最終的には、モバイルアプリをつくろうとしている。

そしてとどめは——投資家集めの段階だ。

セスの経験では、ほんとうに会社を興すために投資家を集めている段階の人間に、女性に毎日花を贈る余裕などない。ちょっとしたプレゼントを買う余裕も。ましてや、流行の新しいレストランにしょっちゅう彼女を連れていく余裕も。

セスはシャツの襟に指を差しこんだ。息苦しさは変わらない。ネクタイの結び目を少しゆるめ、第一ボタンを外す。彼がくだけた格好をすることはめったにない。北米でも有数の大企業における三十二歳のCEOとして、彼には維持すべきイメージがある。

だが、いまはもう真夜中だし、彼を見ているのは妹ひとりだ。

結婚しようとしている妹。

くそっ。

「兄さん、わたしだってこんなこと言いにきたくなかったのよ」マヤは心から残念そうに言った。「こんなに早く、わたしが結婚話を持ってくるなんて予想してなかったでしょう。兄さんには会社の責任もあるし、パパの財産の管理もしなくちゃならないし。その上わたしに対する責任まで……」

セスは首の後ろをさすりながら椅子に戻って座りこみ、妹と顔を合わせた。「おまえは一人前のおとなだ。ぼくはＰＴＡの会合に出るわけじゃない」

「わかってるわ。自分のことは自分でできる。ただ――」

「ただ、純白のドレスを着て豪華な結婚式を挙げたいだけなんだろう」

マヤは安堵の笑みを浮かべた。「小さいころからずっと、結婚式の計画を立ててたのよ」

セスも微笑み返した。「忘れてるかもしれないが、ぼくも計画の初期段階に参加させられた。おまえが犬のティンカーベルを新郎にして、ぼくに新郎付き添いの役をやらせたことは、一生許さないからな」

「第一付添人よ。それに、蝶ネクタイをつけた兄さんは、太りすぎのパグほどかわいくなかったんだから。実際の結婚式では、喜んで花嫁付添人に昇格させてあげるわ」

「ぼくがその役を取りあげたらトリーに殺される」セスはマヤの幼なじみで親友の名を挙げた。「それに、ぼくに青緑色は似合わない」妹は自分の目のブルーを引き立たせるものが大好きなのはわかっている。水色をテーマにした豪勢な結婚式が目に浮かぶ。考えるだけで、セスの頭は痛くなった。

「もうっ。兄さんの好きな色を選べばいいじゃない。兄さんがママの小麦色の肌を受け継いだのがうらやましいわ。わたしはパパ似で青白いのに」

「結婚式の費用について話をする前にご機嫌取りか？」

マヤはそわそわと下唇を嚙みしめ、椅子から身を乗り出した。「あのね、もちろんわたしだって自分のお金はあるのよ。でもニールが言うには、もしもパパが生きてたら――」

セスは身を硬くした。ニールが言うには？　妹の将来の夫がますます嫌いになってきた。

それでも、マヤの言いたいことはわかる。ハンク・タイラーはマヤに多額の財産を遺したが、月々の小遣いでは結婚式はおろか、社会的地位に見合うカクテルパーティを催すのにも不充分だ。

とはいえ、セスが降参した真の理由はそれではない。

生きていたなら、ハンクはひとり娘の結婚式に出費を惜しまなかっただろうからだ。

どんな高級な花飾りも輸入シャンパンも、マヤとともに教会の通路を歩く両親がいないという事実を埋め合わせることはできない。それでもセスは、妹が昔から望んでいた結婚式を挙げさせるつもりでいる。

「費用はぼくが出す」彼はぶっきらぼうに言った。「わかってるだろう」

マヤは幸せそうな甲高い声をあげたが、セスは手をあげて制した。「しかし、はっきりさせておこう。どのくらいかかるんだ?」

「うーん、まだわからない。不確定要素がたくさんあるもの。会場、写真屋、ケータリング業者、それから、もちろんドレス――」

もちろんだ。

「――でも、金曜日になったら、もっとはっきりしたことが言えるわ」

「金曜日になにがある?」セスには、その答えが気に入らないという予感があった。

マヤはまたうれしそうに手を打ち鳴らした。「あら、言ってなかったわね! 〈ウエディング・ベルズ〉の予約が取れたのよ」

セスはぽかんと妹を見つめた。

マヤはあきれ顔になった。「知ってるでしょ。〈ウエディング・ベルズ〉」

セスはかぶりを振った。「高級ブティックかなにかか?」

「ニューヨーク一の結婚式企画会社。全米一かも。最高の会場やトップクラスのデザイナーを用意できるし、同じような結婚式は二度とやらない。なにもかもが花嫁の要望に合わせた特別仕様のオリジナル。ほかとは一線を画してるの」

要するに〝高額〟ということだ。

それでも、父が生きていたなら……。

「なかなか予約が取れないのよ。ふつうは何年も前から申しこまなくちゃいけないの。なのに、この前電話したら、ちょうど空きがあったんですって!」

「それはよかったな」セスはごしごし顔をこすった。都合よく空きがあったのは、誰もが知るマヤの名字のおかげなのは間違いない。

「で、ともかく、金曜日は相談だけ。わたしがなにを望んでるかとか、時期はいつかとか――」

「いつなんだ?」

言い換えれば、ニールがぼくの思うような金めあての男かどうかを突き止めるのに、どれくらい時間の余裕があるんだ?

「わたしは昔からジューンブライドに憧れてたわ。だけど、それだといまから六カ月もないから無理だし……」

セスは目をぱちくりさせた。無理？ 彼にとって六カ月はかなりの長期間に思える。だが、六歳のとき飼い犬をよそへ嫁がせたのはセスではない。自分は結婚式についてなにを知っている？

「だからクリスマスがいいかなと思って。お祭り気分になれるでしょ。赤と緑で飾って。それともメタリックカラーにしようかしら。やっぱり青かな――ほら、青だとわたしの目が引き立つし……」

妹がさまざまな配色を並べ立てるのを、セスは聞き流していた。

クリスマス。それだと丸々十一カ月ある。将来の義理の弟について調査し、そいつが失格だと判明したら排除する方法を考えるのに、十一カ月あれば充分だ。

しかしそのためには――ニールの正体を突き止めるつもりなら――その欲張り野郎とかなりの時間を過ごさねばならない。やつがうっかり過ちを犯すとき、セスはその場にいなければならない。

「時間は？」セスは妹のおしゃべりを遮った。

マヤはクリスマスツリーを大量に並べることのメリットとデメリットについての話を途中で止めた。「なんの時間？」

「金曜日の〈ウエディング・チャイムズ〉との面談だ。何時だ？」

マヤは笑った「〈ウエディング・ベルズ〉よ。時間は二時。アッパーウェストサイドの本店で。どうして？」

「ぼくも行く」

マヤは唖然とした。「兄さんが？」

セスは肩をすくめた。「結婚式の計画にかかわりたい。ドレスの試着なんかに行くつもりはないが、大きな決定がかかわる場面には……参加させてもらう」

マヤは声をあげて笑った。「パパそっくりね。パパもいつだって、自分のお金は一セントまで、どう使われるのか知りたがったわ」

そうだ、その路線でいこう。婚約者の品定めをしているというより、金をけちっていると思われたほうがいい。

セスは笑顔になった。「そういうことだ。おまえが生きた鳩を欲しいなら、生きた鳩を手に入れればいい。しかしウエディングプランナーの連中には、こっちの名字がタイラーだってだけの理由で白紙小切手が手に入ったと思わせたくない」

マヤは肩をすくめ、身を屈めて種々のショッピングバッグを取りあげた。「兄さんの好きにして」

セスは妹と一緒に部屋の出口まで行き、彼女が頬にキスするため爪先立ちになると少し屈みこんだ。

「ありがとう」マヤがささやく。

セスはうなずいた。「おまえには幸せになってほしいんだ」

「幸せよ」マヤは満面の笑みを見せた。「すごく幸せ。ニールに会ってもらう機会がなくてごめんなさい。でも、あっという間に話が進んじゃって」

だろうな。

「金曜日には彼も来るんだろう？　ウエディングプランナーと会ったあと、三人で遅めのランチはどうだ？」

マヤはうなずいた。「いいわね。きっと彼を気に入るわ。彼も兄さんに会いたがってるの」

会いたいのはぼくの財布にだろう。

「金曜日の二時よ」マヤはもう一度兄の頬にキスをした。「遅れないでね」

セスはまばたきをした。「ぼくが遅刻したことがあるか？」

妹は笑った。「たしかにね。結婚式で、兄さんの好きなお酒ばかりを並べたバーを開くつもりだと言ったら、兄さんは気を悪くする？」

セスが好きな酒はひとつだけだ。バーボンのフォアローゼズ。胸の締めつけられる感じからすると、今後数カ月はあの酒をかなり飲むことになりそうだ。まずは今夜から。

妹を送り出すと、部屋の隅にある酒のワゴンまでまっすぐ行き、愛するバーボンをタンブラーにたっぷり注いだ——飲まずにはいられない。そのあとすぐパソコンに向かい、ニール・ギャレットに関して調べられるかぎりのことを調べはじめた。

2

ブルック・ボールドウィンは再度スマートフォンで天気予報アプリの情報を確認した。さらにもう一度確認する。

だめだ。数字は変わっていない。マイナス四度だが〝体感温度はマイナス一一度〟だという。ほんとうに？　いったん氷点下になったら、体感温度に変わりなどないのでは？　わからない。氷点下を体験したのは数回しかない。指は外に出たとたん、アイスキャンデーみたいに真っ赤にふくれあがるだろう。手袋も持っていないのだから。

いろいろ考えた末にロサンゼルスからニューヨークに引っ越したことが……生き方の変更である理由その四百十二。

さまざまなことを学んだ。ピンヒールを履いて地下鉄に乗ること。雨の中でタクシーを探すこと。マンハッタンで部屋に洗濯乾燥機が備えつけてあるのは珍しいこと。

視線を下にやって、初出勤のために苦労して選んだプロらしくかつファッショナブルな服装を見、あきらめのため息をついた。この凍えるような天候を考えると、衣装は変更せざるをえない。セクシーで超薄いラップドレスを脱ぎ、青いタートルネックのセーターとレギンスを身につける。去年のクリスマスに大枚をはたいたピンクのルブタンの靴の代わりに、灰色の厚底ブーツを選んだ。最新流行ではないけれど、持っている中でいちばん暖かい服装だ。

そして、かわいいアイボリーのピーコートは持っている中でいちばん暖かいジャケットだった。

でも、充分暖かくはなかった。

外に足を踏み出した瞬間、身を切るような一月の冷気に息をのんだ。その場で回れ右をして戻りたくてたまらない。

だけど、それよりもっと強く望んでいることがある。だから彼女は颯爽と前進した。

スカーフに顔をうずめたまま、タクシーを停めようと手をあげる。春や夏なら、目的地のレストランまで徒歩で行けただろう。

けど真冬には？　無理。ぜったいに無理。

奇跡的にも一台のタクシーが同情して停まってくれた。五分後、ブルックはニューヨーク近代美術館の中にいた。ここはアメリカ有数の美術館であり、彼女が新しい同僚に会うことになっている高級レストランが入った場所でもある。

ブルックはいまからのことをこう考えている――〝クレイ後の人生・第二段階〟。

第一段階はロサンゼルスを離れることだった。

第二段階は今日始まる。超高級の〈ウエディング・ベルズ〉に就職するところから。

第三段階がなにかはまだわからないが、きっとブリジット・ジョーンズ風にワインとセリーヌ・ディオンの歌が関係していると思っている。

うれしいことに、レストランは気取っているけれど、非常にロサンゼルスっぽくもあった。

現代的な内装、きびきびした給仕スタッフ、店内にあふれるブランド物のハンドバッグは、故郷でよく行っていた高級レストランを思い出させる。肩から力が抜け、止めていたことに自分でも気づいていなかった息を吐いた。ブルックは西海岸ではトップクラスのウエディングプランナーだった——高級なビジネスランチには慣れている。

それでも、案内係にテーブルまで案内されるとき、彼女の手はほんの少し汗ばんでいたかもしれない。ブルックはカリフォルニア州のウエディングプランナーだったけれど、ここは太平洋から遠く離れているのだ。

いまから東海岸でトップクラスのウエディングプランナーと会うことになっている。例の〝実現しなかった結婚式〟ゆえにブルックがレースでビリを走っているとしたら、〈ウエディング・ベルズ〉は先頭を走っている。

だけど、あなたは採用されたのよ。しっかりしなさい、ボールドウィン。あなたならできる。

最初にブルックに気づいたのはカーリーヘアのブロンド女性だった。テーブルに向かうブルックに歓迎の笑みを投げかけている。ブルックは〈ウエディング・ベルズ〉のウェブサイトの内容を記憶しているので、女性が誰かはすぐにわかった。ヘザー・ファウラー、ウエディングプランナー助手のひとり。

いや、唯一のウエディングプランナー助手。

〈ベルズ〉は小さな会社だ。ウエディングプランナー二名、プランナー助手一名、受付係一名だけで、マンハッタンのウエディング業界のトップにのしあがった。

ここ数カ月は、さらに少ない人数でやりくりしている。ウエディングプランナーのひとりが結婚して子どもができ、会社を辞めてコネティカット州に移り住んだからだ。

その代わりの要員として採用されたのがブルックだ。

ブルックの視線はテーブルにいるもうひとりの女性に向かった。誰がいるのかはすでに知っていたけれど、アレクシス・モーガンがこれまで見てきた写真のままなのに驚いてしまった。

実際、いま顔を合わせている女性の表情を見ていると、実物というより写真みたいに感じられる。非常にクールな女性だ。

「ブルック」アレクシスが立ちあがって手を出した。「会えてうれしいわ」

アレクシスの声も、アレクシス自身と同じだった。なめらかで、洗練され、美しい。とても美しい。身長一七二センチのブルックに比べて十センチほど低いのに、背筋がすっと伸びた姿勢のためもっと高く見える。栗色の髪はつややかなシニョンにまとめられ、大きな茶色の目にはさりげない化粧が施されている。服装にも非の打ちどころがない。灰色のスラックスと白いブラウスは簡素ながらも非常に仕立てがよく、垢抜けた魅力を醸し出している。

「こちらこそ、お会いできて光栄です！」ブルックは言った。あまり大げさに聞こえなければいいのだが。ブルックは軽薄で浮ついた人間ではない。それでも、すぐに笑い、いつでもにこにこしていて、他人のいい面を見ようとする人間であることは自覚している。

そう遠くない昔、笑顔と楽観主義は心からのものだった。自分で意識もしていなかった。

でも最近では……。

まあ、そういうふりをしていたら、いずれほんものになるだろう。違うだろうか？

ブルックはヘザーとも握手をし、三人は御影石製のローテーブルを囲んで席についた。

「シャンパンを注文したの」ヘザーが小さくウィンクする。「かまわなかったかしら」

「もちろん。シャンパンが嫌いだったらこの仕事についてないわ」

「授業を受けたことは？」アレクシスは上体を乗り出した。

ブルックは戸惑った。「ええっと、授業ですか？」

「シャンパンの授業」

「この人を学校に送りこむ前に、一杯飲ませてあげたらどう？」ヘザーが言う。

「ええ、そうね」アレクシスは椅子にもたれた。「ごめんなさい」

「そんな、謝らないでください」ブルックが言い、ヘザーはウェイターに合図してシャンパンを注がせた。「いまは社長に雇われている身です。シャンパンの専門学校に行かせたいとお思いなら、わたしは喜んで行きます」

「楽しいパーティみたいなものよ」ヘザーは言った。「シャンパンをたくさん飲ませてくれるの」

「吐き出しつぼもあるわ」アレクシスは穏やかに言った。

ヘザーは手を振ってその発言をしりぞけた。「そんな。誰がフランス製のシャンパンを吐くの？　ばかみたい」

　ブルックはヘザーに好感を覚えて微笑んだ。ヘザーもアレクシスと同じくらい美しい。ただし、アレクシスが巨大な頭脳の中に世界じゅうの秘密をおさめているように見えるのに対して、ヘザーには非常に素直でフレンドリーな雰囲気がある。ハシバミ色の目は鋭く知性にあふれているけれど、そこにはなんの気取りもない。

　友人に尋ねられたら、あなたの髪形は失敗だと率直に言うタイプに見える。だけど、友人が恋人と別れたら一緒になってドーナツのやけ食いをし、カロリーについてはひとことも言わないタイプでもありそうだ。

　ヘザーが友人というわけではない。まだ違う。会ったばかりなのだ。でもブルックはヘザーと親しくなりたいと思った。アレクシスとも。

「それで、ブルック」ヘザーは言った。「正直に話して。ニューヨークに慣れるのは、わたしと同じくらい大変だった？」

「大変というのが、ブルックリンに出ようとしてブロンクスに出てしまったり、顔が凍りそうになったりということなら……」

　ヘザーはうなずきながらテーブルの中央に置かれたバスケットからバターロールをひとつ取り、バスケットをブルックのほうに向けた。「地下鉄のことは同感ね。アップタウン行きとダウンタウン行きの入り口が道路の同じ側にあることはめったにないなんて、誰も教えてくれないもの」

「ガイドブックは教えてくれるわ。インターネットも」とアレクシス。

ヘザーは目を丸くした。「この人の言うことは無視して」

ブルックはおそるおそるアレクシスを見やった。アレクシスがヘザーのくだけた口調に気を悪くしていないか心配になったのだ――なにしろ彼女たちは社長と助手なのだから。ところが驚いたことに、アレクシスはにこにこしている。パンのバスケットに手を触れようとはしていない。

アレクシスの自制心は見事なものだ。でも炭水化物ならなんでも好きなブルックは、ヘザーにならってぱりっとした温かいバターロールを取り、アイオリを練りこんだバターを塗った。

嚙みつこうとしたとき、アレクシスがシャンパングラスを掲げた。「乾杯する？」

「もちろん」ヘザーもグラスを持ちあげた。「新しいベルに」

ベル。気に入ったわ。ブルックもグラスを掲げた。この二年間、ブルックは自立しようと全精力を注ぎこみ、自ら結婚企画会社を興した。

社長にはさまざまな利点があったけれど、それは……孤独な立場でもあった。自分にはこのほうが向いているのかもしれない――どこかに所属するほうが。

「新しいベルに」アレクシスもヘザーに呼応した。「そして、新しい始まりに」

ブルックは社長と視線を合わせ、アレクシス・モーガンはブルックの過去を実際どれくらい知っているのだろうかと考えた。ブルックの言葉がどれくらい正確かを知っているのだろうか。

電話による数回の話し合いのあいだ、アレクシスに訊かれたことにはすべて正直に答えてきた。ただ……自分から進んでは話さなかっただけだ。とはいえ、これは国家の秘密というわけではない。アレクシスは、それをいうならヘザーだって、あらゆる人間の友すなわちGoogleをちょっと訪ねれば、悲惨な話を詳細まで知ることができたはずだ。アレクシスの顔を見ても、彼女が知っているかどうかはわからない。あの表情は読み取りがたく、まるでスパイの007だ。

「で、ブルック」ヘザーはもう一個バターロールを取った。「わたしたち東海岸人は、あなたたち西海岸人より無遠慮だって話は聞いたことあるわよね？」

「あなたはミシガン州出身でしょう」アレクシスはヘザーに言った。「どちらかというと中西部よ」

「こっちに引っ越してきて五分後にはニューヨーカーになったわ。誰でもそう。とにかく、わたしが知りたいのは――いやだったら黙れって言っていいのよ――あなたの、ほら、華々しい過去……。その話はしてもいい、それともしないほうがいい？　わたしはどっちでもいいんだけど」

「ヘザー！」このときばかりは、アレクシスの声は冷静さを失った。テーブルの下で助手の脚を蹴りたがっているようだ。

「ごめんなさい」ヘザーの顔色が少し悪くなった。「失礼だった？　これから毎日一緒に過ごすのなら、なにがよくてなにが悪いかをはっきりさせたほうがいいと思っただけなの」

「ええ、もちろん失礼だわ」アレクシスは言った。

ヘザーは申し訳なさそうにブルックを見やった。「ごめんね。ただ、完全な秘密ってわけじゃないし、その話題は遠慮すべきなら、いまのうちにちゃんとわかっておきたかったのよ」

「あきれた」アレクシスはつぶやき、シャンパンをひと口飲んだ。「あなた、いままでに遠慮なんてしたことがある？」

ふたりがやり合っているおかげで、ブルックには考えをまとめる時間ができた——その話が持ち出されたショックから立ち直り、ヘザーの言うとおりだと気づくことができた。自分たちはこれから多くの時間をともにする。ブルックに関するかぎり、それについて話すよりも悪いのは、それについて話さないことだ。

だから、勇気を奮い起こすためにシャンパンを飲んだあと、ブルックは深呼吸をし、膝の上で両手を握り合わせ、少し前に身を乗り出し、自分が恋に落ちた男性についてすべてを話した。

ＦＢＩが彼を逮捕した瞬間にいたるまで。

祭壇の前で。

3

詐欺師と付き合うつもりはなかった。もちろん婚約するつもりも。

でも、詐欺師とはそういうものだ。優秀な詐欺師は得意なのだ……人をだますことが。

そしてクレイ・バッタグリアは優秀な詐欺師だった。ブルックと家族に――彼女がまだウエディングドレス姿だったときに――説明してくれたFBI捜査官の言葉を借りれば、クレイは〝最高〟だった。

ブルックがいそいそと結婚企画会社の設立に向けて働いているあいだ、クレイはひそかに、そして巧みに、ありとあらゆる知能犯罪に精を出していた。ブルックが自分たちの結婚式を計画しているあいだ、クレイは新たな出資金詐欺(ポンジ・スキーム)に忙殺されていたらしい。

FBIに教えられるまで、ブルックはポンジ・スキームがなにかまったく知らなかった。いまは知っている。

クレイが逮捕されたあと、何週間もかけて知能犯罪について調べた。彼が夜遅く、静かにブルックの額にキスしながら〝仕事〟のために何本か電話をかけないといけないと言ったとき、ほんとうはなにをしていたかを知りたかった。ふたりが結婚の誓いを交わす前にFBIが彼をつかまえなかったら、自分の人生がどうなっていたかを知りたかった。

ミセス・クレイ・バッタグリアになる前に真実が判明したことはありがたいと思っている。

それでも、最悪のタイミングだったと思わないと言ったら嘘になる。

せめて逮捕が一日前だったらよかったのに。いや、一時間前でも。

だけど、そうはならなかった。

心血を注いで準備した結婚式の場で、ブルックが父の頬に口づけ、愛する男性と結婚しようとしたとき、ＦＢＩが教会になだれこんできたのだ。

なにが起こったのかブルックが理解できないでいるうちに、クレイは手錠をかけられていた。

彼は、本来ならブルックが何カ月もかけて書いた誓いの言葉を聞いているはずのとき、容疑者に読みあげられるミランダ権利を聞いていた。

徐々に現実を受け止めながら、ブルックは待っていた。彼がこちらを見るのを。ブルックを見て、すべては嘘だと言うのを。なにもかも大きな誤解で、自分たちは予定どおり明日にはバミューダに向かうんだと言うのを。

でも彼は言わなかった。

謝りもしなかった。

ブルックが全身全霊で二年間愛しつづけた男性は、彼女に微笑みかけ、肩をすくめただけだった。

あの日大量の写真が撮影されたが、西海岸の主な新聞の一面を飾ったのは、そのときの写真だった。

〝史上最大の詐欺師〟、〝愛にとらわれて〟。ブルックが個人的にとくに印象深く覚えているのは地元紙『LAタイムズ』の見出し、〝知能花嫁〟だった。

記事はだいたい予想どおりだった。クレイのことや彼の数々の罪状が中心だったが、ブルックも大きく取りあげられた。

あからさまな中傷記事こそ書かれなかったものの、さまざまなことが示唆されていた。彼女はよくて無知で愚か、最悪では逮捕を免れた共犯者とされた。現代における最も悪質な知能犯と暮らしていながらそのことに気づいていなかった——あるいは気づいていないふりをしていた、と言われた。

けど、なにを言われても平気だった。彼女をほんとうに悩ませたのは、自分がばかだったという事実だ。自分のことばかり考え、世間知らずで、なにも見えていなかった。

ブロンドは頭が悪いといったジョークはそれまで無視してきたけれど、クレイのことがあったあと初めて、実際そう言われてもしかたがないと思うようになった。

新たな顧客から連絡が来なくなっても驚かなかった。現在の顧客がキャンセルしてきても驚かなかった。あのウエディングプランナーを雇いたい人間など、いるわけがない。

最初は、そのことに安堵すら覚えた。クレイが逮捕されたあと数週間、結婚式の話をするのも耐えられなかったのだ。自分の結婚式についても、他人の結婚式についても。

でも最悪の部分、孤独な夜に彼女の睡眠を奪った部分は、仕事への悪影響ではなかった。最悪なのは、ときどき心の暗い片隅で、まだ少しはクレイを愛しているかもしれないと思ってしまうことだ。もちろん頭は、クレイに関して愛したことすべてが嘘だったのを知っている。彼の名前がクレイですらないことを知っている。

でも心は？　ブルックの心は、彼が後ろからそっと抱きしめて冷たい足を自分の温かなふくらはぎで挟んでくれたことを忘れられずにいる。毎朝彼がベッドまでコーヒーを運んでくれたことを。最悪のモンスター花嫁と長い一日を過ごしたあと帰宅した彼女にクレイがカクテルをつくり、一緒にパティオに座り、日没を眺めて笑ったことを。

これからも毎晩そんな夜を過ごすのだと思いこんでいた。残りの生涯を毎晩、もしかしたらいずれは数人の子どもも加わって。

ブルックはごくりと唾を飲んだ。

もう、クレイとパティオで日没を眺めて夜を過ごすことはない。パティオは存在すらしない。なぜなら、ニューヨークでは部屋に食器洗浄機がついていたら幸運だと思うべきだと不動産屋が言っていたからだ――パティオなどあるわけがない。

パティオはない。クレイはいない、本名がなにかは知らないが。

ブルックにはどんな男性もいない。

恋に落ちることはない。

もう二度と。

4

ランチのあと、ブルックはこの何カ月かで最高に明るい気分になっていた。それがシャンパンのせいか、会ったばかりの女性ふたりに事情をすっかり話したおかげかはわからない。心の内をすべて打ち明けて泣き崩れたわけではないけれど、ふたりには事実――タブロイド紙に書かれたことでなくほんとうの出来事――を述べた。すべてをさらけ出したことで、白紙からやり直しているという気分になれた。

でも、予期せぬガールズトークが新たな出発のために重要だったとはいえ、初めて〈ウエディング・ベルズ〉の本店を目にしたときの至福の喜びは、それとはなんの関係もない純粋な感情だった。〝ウエディング・ベルズ〟という字が刻まれてドアベルの上に掲げられた優美な銀の板を除けば、七十三丁目に並ぶほかの建物と同じように見える。だからいっそう、その控えめなところが魅力的に感じられた。

昼食を終えると、ヘザーとアレクシスは小規模な午後の結婚式のためソーホーに向かったが、ブルックは早く本店を見てみたかった。喜びの吐息をつきながら正面のドアをそっと開け、中をのぞきこむ。外側が魅力的だとしたら、内側は完璧だった――百パーセント完璧。

当然ながら、中央の受付エリアは真っ白だ。顧客がすべて将来の花嫁であることを考えると、賢いブランド戦略と言える。けれども、たいていのブライダル関連ショップがフリルで飾ったりフォーマルな感じを出したりしているのに対して、アレクシス・モーガンは別の方向に舵を取っていた。まっすぐで明確な直線やくっきりした色使いを選んでいたのだ。

白黒の縦縞の壁紙は古いハリウッドを彷彿とさせる雰囲気がある。光沢ある家具調度はティファニーブルーの装飾用クッションによって親しみやすさが生まれている。俳優マイケル・ブーブレのうっとりするような甘い声が、隠されたスピーカーから流れてくる。〈ウエディング・ベルズ〉の名を知らしめているものを表す理想的な選択だ――クラシックとモダンの魅惑的な融合。

ほかからの誘いをすべて断ったブルックがアレクシス・モーガンからの仕事のオファーを検討したのは、その輝かしい評判ゆえだった。世の中には何百人ものウエディングプランナーと、何千人ものプランナー予備軍が存在する。

これを夢の仕事と考える女性は多い。けれども実のところ、結婚式を適切に計画するのは難しい。とても難しい。大切なのは、綿密に計画を立てつつ、式のロマンティックな雰囲気を損なうほど杓子定規にならないようにするという、微妙なバランスを取ることだ。花嫁が真に望んでいるけれど具体的にどう求めていいかわからずにいるのは、秩序立った魔法なのだ。最高の結婚式とは、とどこおりなく進みながら〝遊び〟の余地を残したものだと言える。

アレクシスはそんな結婚式を演出できるのみならず、それを必ず実現する方式を編み出した。〈ウエディング・ベルズ〉の経歴には一点のしみもない。

いまは消滅した自分の会社に関して、ブルックがそう言うことはできない。

唾を飲みこんで暗い思いを脇に押しやる。それは比較的簡単だった。なにしろこの四カ月で何度もしてきたのだから。

友人がワインを持って慰めにきてくれたときも、父が〝あの最低男を懲らしめてやる〟と言ってくれたときも、母が〝ブルックのために〟泣いてくれたときも、ブルックは自分に必要なのが泣くことでも悲鳴をあげることでもないのを知っていた。

必要なのは人生をやり直すことだ。だから彼女はここに来た。

「いらっしゃいませ！」快活な声が響き、小柄な赤毛の女性がロビーに入ってきた。「お待たせして申し訳ありません。お客様がご来店なさる予定は入っていなかったので、遅い昼食を取っていたんですの」

「あの、わたしは花嫁じゃないのよ」ブルックは弁解するように言った。もう違うわ。「ブルック・ボールドウィンよ。わたしは――」

「あら、やだ！」赤毛はデスクを回って出てきた。ブルックは手を伸ばしたが、彼女はその手を無視してハグしてきた。「あたし、おばかさんよね。あなたの写真は百万回も見たし、アレクシスからあなたが今日来るって聞いてたのに。あたしは受付係のジェシーよ！」

ブルックはハグにびっくりして目をむいた。ハグが嫌いなわけではないが、ジェシーはほかの同僚とまったく違っている。彼女たちと同じく魅力的だけれど、アレクシスが優雅に洗練されており、ヘザーが自信たっぷりの美人なのに対して、ジェシーはとにかく愛らしい。顎までの長さの赤い巻き毛、大きな緑の目、少し妖精を思わせる容貌。

「荷物がそれだけだなんて言わないでね」ジェシーはブルックが肩から提げているトートバッグを指さした。「先月メルが辞めたときは、箱十個くらいの荷物を持って出てったわ」

メル。メリッサ・トンプソンだ。ブルックは予習をしてきた。メリッサはニューヨークのブライダル業界においてアレクシスに匹敵するほどの有名人だったが、長男を出産して一年足らずで双子を妊娠した。

それで郊外に引っ越した。

しかたないと思う。ウエディングプランナーはフルタイムの仕事だ。夜や週末に働くのはふつうどころか、必要なことだ。

忙しい日常でも犬を飼うくらいならできるだろう。でも赤ん坊は？　想像もできない。しかも三人？　いや――ありえない。いくら楽天的なブルックにとっても。

「どれくらいのスペースをもらえるか、オフィスがどんな感じかわからなかったから」ブルックはバッグをぽんと叩いた。「最低限必要なものだけ持ってきたの」

「きっと気に入るわよ。あなたの、お部屋」ジェシーは言葉を区切って発音した。それがジェシーの話し方であることにブルックは気づきかけていた。「昔懐かしい感じの大きな窓があって、自然光がたっぷり入ってくるの」ジェシーはまくし立てた。「来て、案内するわ。それから、なんでも話してちょうだい。カリフォルニア出身なんでしょ？　あなたのこと、そう呼んでいい？　カリフォルニアって？　お似合いよ！」

「ええっと――」

「やだ、だめよね」ジェシーの口は止まらない。「あたしもルイジアナって呼ばれたくないもん。あたし、そこ出身なの」

「そんなに訛りはないのね」

「でしょ？　去年くらいから、やっと消えはじめたのよ。南部の名残は、たまに〝あーたたち〟って言っちゃうのと、揚げ物が大好きってことくらい。あなた、ベジタリアンじゃないわよね？」

「違うわ」

「グルテンフリーのダイエットしてるとか？」

「全然」

「よかった。というか、もしそうだったとしてもお友達にはなれるけど、あたしにとって食べ物って大事なの。おいしいものにはたいていグルテンが入ってるし――いつもヘザーとそう話してるの。ランチでヘザーに会ったでしょ？」

ブルックは返事をしようと口を開けたが、ジェシーは話しつづけている。「とにかく、なにか必要なものがあったら教えてね。ニューヨークに出てきてから、あたし、仕事と市内観光ばっかりしてるのよ。あと食べることとね、もちろん」

もちろんそうだろう。

「さて、ここがみんなの部屋のあるところよ」階段をのぼりきったところでジェシーは言い、手でぐるっとまわりを示した。

〈ウエディング・ベルズ〉本店の二階は廊下とドアばかりだった。ブルックは、父がハリウッドのプロダクション業界で大成功をおさめてビバリーヒルズの広い家に引っ越す前の、小さな家を思い出した。

「三階にはなにがあるの？」左側の廊下の突きあたりまで行くと、ブルックは尋ねた。

「アレクシスの住まい」

「ここで暮らしてるの？」

「そう。あの人がどうやって仕事と私生活を区別してるのかと思ってるでしょ。答えは、区別してない。一日じゅう結婚式を扱ってる人が恋人を欲しがりもしてないみたいなのは不思議だけど、仕事ぶりを見るかぎり、ハムスターの相手をする時間もなさそうよ。ましてや恋人なんてね」

「あなたはどうなの？　恋人は？」

「ええ、いるわよ。ディーン。まだ付き合いはじめたばかりだけど、けっこういい感じ。おいしいワッフルをつくってくれるの」

ブルックは笑みをこらえた。ワッフルで誘惑される女性は好きにならずにいられない。

「あなたは？」ジェシーは肩越しにこちらを見て問いかけてきた。「恋人は？」

「いないわ」ブルックは意識して軽い口調を保った。「まったくのひとり」

ジェシーはぱっと立ち止まり、振り返ってブルックと顔を合わせた。大きく目を開いて、ブルックの腕をぽんぽんと叩く。「やだ、あたしったら。ばかよね。あなたが結婚する直前だった男のこと、すっかり忘れてた。ね、その話はやめましょ。故郷の家ではそうするの。気分の悪いことは話さないようにする。少なくとも最初のうちは。あなたが話したいのなら別だけど」

ブルックは目まいがしていた。「いえ、いいの。というか、この話題はタブーというわけじゃないけど、ただ――」

ジェシーは手をあげて止めた。「それ以上言わなくていいわ。さて、ここよ。失神する覚悟はいい？」

ジェシーがブルックの新たな部屋のドアを開けると、ブルックは思わず歓喜の声をあげた。予想以上に広い――いま住んでいるヨークビルのマンションの部屋全体と同じくらいの広さ。白いデスクが窓際に寄せて置かれている。窓からはすっかり葉の落ちた木々が見える。春になったらきっと美しい景色が見られるのだろう。

秋にはもっとすばらしいのではないか？　ヤシの木に囲まれて育ったブルックは、ほんとうの秋というのはどんな感じだろうと常々想像していた。明るく色づく木の葉、さわやかな空気……。

「でしょ？」ジェシーはブルックの沈黙の意味を正しく推測していた。「メルは出ていくのをひどく残念がってたわ。この部屋が大好きだったから。仕事も愛してたし。だけど、二年のあいだに三人も子どもができたら、仕事よりも大事なことがあるんでしょうね。ケーゲル体操（産後に行う骨盤体操）とか搾乳とか」

「育児とか」ブルックが苦笑する。

ジェシーは一本の指を振ってみせた。「そう。それそれ。あなた、気に入ったわ。ダサい言い方だけど、〈ベルズ〉は家族みたいなものなの。だから、あなたがいい人だったらいいなと思ってたわけ。まさにそうだったわ。それに超美人」

ブルックは目を丸くした。

「真面目に言ってるんだから！　ブロンド、青い目、日焼けした肌、まさにロスから来ましたって感じ。いい意味でよ」

「日焼けはすぐに消えそうね。ここは凍えるほど寒いから」

「すぐに慣れるわって言いたいとこだけど、まあ無理ね。少なくとも、あたしは慣れてない」

ジェシーは同情の笑みを浮かべた。「いまはカリフォルニアが懐かしいんじゃない？」

「そうでもないわ」ブルックはジェシーがカリフォルニアと口にした瞬間に胸の内でふくらんだ郷愁の念を振り払おうとした。「もちろん故郷は好きだけど、ここも大好きになると思うの」

ジェシーは首をかしげた。「プラス思考ね。好きだわ」

ブルックは微笑んで肩をすくめた。これが彼女の生き方だ。明るい面を見るほうがいい。たかが最低の婚約者ひとりに、その考え方を変えられてたまるものか。

「あたし、下に行ってるね」ジェシーは言った。「電話はしょっちゅうかかってくるし、ときどき飛びこみのお客さんが来るから。でも、なにか足りないものがあったら言ってね。それと、仕事のあとで一杯やりましょうよ。忙しくなければだけど」

「大丈夫よ、キッチンの荷ほどきを別にすれば」

ジェシーは手を振ってしりぞけた。「そんなのあとまわしでいいでしょ。あたしたちニューヨーカーはあまり料理をしないの」

「よかった。部屋の冷蔵庫はトースターくらいの大きさしかないの。コンロは火がつきそうにないし」

「そう、それがニューヨーク流ってこと。アレクシスに聞いたんだけど、部屋はヨークビルに見つけたんですって？」

「不動産屋にはそう言われたわ。まだ地理がよく頭に入ってなくて」

「まあ、わからないことはなんでも訊いて。こっちに引っ越してきたとき、最初不動産屋と付き合ったの。だからなんでも知ってるわよ。あと、金曜日の夜はみんなで飲みにいくから、カレンダーにチェックしておいてね。ヘザーはいい場所をたくさん知ってるし、あたしは遊びについては彼女の熱心な弟子なの」

「いいわね」ブルックは心から言った。ジェシーは少々やかましいけれど、非常に好感が持てる。

ジェシーは、ぜったい出ていきたくないと思うくらいくつろいでという指示を残して出ていき、ブルックは携えてきた数少ない持ち物をバッグから出しはじめた。

マックブックプロ。お気に入りの水玉模様のマグカップ。数枚の額入り写真。うち一枚は両親、一枚は独身者パーティのために借りたビーチハウスで撮った女子学生クラブの写真。

この写真は、カリフォルニアからニューヨークに移ってくるときに持ってきた、結婚に関係した数少ないもののひとつだった。見てもたじろがずにいられる、数少ないもの。少しは胸が痛む。いや、ウエディングプランナーがついに愛する人との結婚式を企画するチャンスを得たあげくに花婿が手錠——SMの道具ではないやつ——をかけられて終わるというのは、非常に胸が痛む。

ブルックは自分の結婚式の企画に全精力を注ぎこんでいた。

彼女にとって最高の作品だった。最高に重要だったからだ。どんな結婚式にもまさる結婚式。最近ある人気歌手が純血種の子犬を引き出物として配ったけれど、そういうセレブの結婚式にもまさる結婚式。自身の結婚式が最も効果的な名刺代わりになることは充分承知していたし、今世紀最高にすてきな結婚式を演出するのだと心に決めていた。

いま、彼女はクレイに関する思いを追い出そうと頭を横に振り、黙々と荷ほどきをつづけた。

作業はほんの五分で終わった。アレクシスが来て仕事の進め方を説明してくれるまでは、試行錯誤して無線LANのパスワードを推測しようとする以外にはとくにすることがない。

階下に行ってジェシーとおしゃべりしよう——というよりジェシーのおしゃべりを聞こう——かと思ったとき、携帯電話が鳴った。

よかった。することができたようだ。

「アレクシス？」

「どうも、ブルック」

アレクシスの声は、それまで何度か電話越しに聞いていたのと同じ低く冷静な調子だった。でも今回はわずかないら立ちが聞き取れ、ブルックは背筋を伸ばした。「万事順調ですか？」

すばやいコツコツという音が聞こえる。ハイヒールが硬い床を叩いているようだ――速足で。

「実は……そうでもないの。問題発生よ」

「なんですか？」

「明日結婚式が予定されてるの。マーロウ上院議員の娘さん。だけど、結婚式に関する危機としてはかなり大きいものが発生したわ」

「まあ大変。花婿さんが行方不明になったとか？」ブルックはあてずっぽうで言ってみた。

「もっと悪いわ」

ブルックの口がぽかんと開く。「花嫁さん？」

「そのとおり。マニキュアが終わったあとドレスの最終試着までのあいだに姿を消したの。考える時間が欲しいと花嫁付添人にメールしてきたのが唯一の手がかり」

それは大変だ。非常にまずい。

だけどブルックは、自分も結婚式の前に考える時間を取ればよかったと思っている。そうしたら、ことを急がず、危険を知らせる兆候に気づいたかも――。

いまそういうことは考えないのよ、ボールドウィン。

「わたしはどうしたらいいですか？」

「あの、初日にこんなことを頼みたくはないんだけど、あなたが優秀だからこそ雇ったんだし――」

「アレクシス」ブルックは穏やかに言った。「はっきりおっしゃってください。わたしになにをさせたいのか」

アレクシスは大きく息を吐いた。コツコツという音がやんだ。立ち止まったようだ。「新しいお客様が最初の面談にいらっしゃる予定なの。ジェシーから資料をもらってくれればいいけど、手短に言っておくと、花嫁はタイラー家の娘さんで――」

「タイラー・ホテルズの？」ブルックは思わず口を挟んだ。過去にも大物顧客を扱ったことはあるけれど、今回は桁が違う。超大物。ヒルトン級だ。

「そう。マヤ・タイラー。花婿についてはニールって名前だということしか知らないわ。現時点では、お客様がどういったものをお望みかもわからない。でも、電話で話したかぎりでは感じのいい人だったから、あなたの最初の顧客としてそんなに難しい人を割りあててはいないと思うの」

「ちょっと待ってください――わたしの最初の顧客？」

「ええ、もちろんよ。わたしが面談したあとで、誰が彼女のスタイルに合うか決めるつもりだったの。だけど面談の場にあなたがいてわたしがいない以上、もうあなたの案件だわ」

ブルックは息をのんだ。新たなプロジェクトに取りかかる興奮で早くも胸が高鳴っている。歓声をあげたいけれど、なんとか我慢した。「承知しました」冷静な声が出せたことには自分でも感心する。

「よかった」またコツコツという音が聞こえはじめた。「それから、ブルック？」

「なんでしょう？」

「〈ウエディング・ベルズ〉にようこそ」

四十五分後、ブルックはジェシーから渡されたマヤ・タイラーとニール・ギャレットに関する資料をほぼ暗記していた。

といっても、後者に関して覚えるべきことはあまりなかった。アレクシスの言ったとおり、彼のことはほとんどわかっていない。花婿に関して〈ウエディング・ベルズ〉は乏しい知識しか持っていない。Ｇｏｏｇｌｅで調べたところ、ニール・ギャレットという名前の男性は何人も見つかったけれど、マヤ・タイラーの婚約者の特徴に合致する人はいなかった。

心配はしていない。初期段階では、どうせ花婿はほとんどかかわらないのだ。とくに花嫁が金持ち——大金持ち——である場合は。

〈ウエディング・ベルズ〉は、予約を取るだけでもかなり高くつく——ブルックに約束された高額の給料がそれを物語っている。でもアレクシスが用意したマヤ・タイラーの写真を見れば、予算は問題にならないことがわかった。ブランド物を見慣れたブルックの目は、たくさんのアルマーニやジミーチュウをとらえていた。また、マヤはルイ・ヴィトンの大ファンでもあるらしい。

午後二時には、ブルックは興奮して両手を揉み合わせていた。

もちろん決まった予算内におさめることはできる。彼女の好きな結婚式のいくつかは、心地よい小規模なものだった。それでも、金に糸目をつけずにニューヨークの超高級店と取引できる機会が得られれば、名誉挽回してここで新たなスタートを切るのにおおいに役立つことは否定できない。

ジェシーはブルックに、中央受付エリアのすぐ横にある相談室をざっと案内した。〈ウエディング・ベルズ〉が目玉の飛び出るほどの料金を取るのも当然ね。エスプレッソマシンがあり、八種類のマカロンが毎日届けられている。数種類のフランス製シャンパンが用意されている。

〈ベルズ〉には完璧な垢抜けた雰囲気がある。

「じゃあ、ひとりで大丈夫?」受付エリアに戻ると、ジェシーは訊いた。「アレクシスからメールが来たの。まだ花嫁さんは見つかってないそうよ。あたしに、元カレの部屋を調べにいくようにですって」

「あらまあ」ブルックはつぶやいた。「そこにいなければいいけど」

「そうよね。いたら大騒ぎ」ジェシーはカールした赤毛を短いポニーテールにまとめた。

「花嫁さんが見つからないよう、幸運を祈ってて。少なくともそこではね。もしかしたら、直前で思い立ってあそこを脱毛しにいったのかも。ほら、ハネムーンに備えて。それはともかく、あなたは大丈夫よね？」

「もちろん」

意外にも、心から大丈夫だと思えた。ニューヨークで結婚式の相談を受けるのはこれが初めてだけれど、百パーセントの自信があった。

ブルックに対処できないものはない。自分はあらゆることを見てきた。あらゆることを経験してきた。

この案件はブルックのものだ。

ジェシーが店を出て二分もしないうちに、正面玄関のチャイムが鳴った。最高レベルのサービスを実証するのに、自らドアを開けて会った瞬間に顧客を魅了する以上の方法があるだろうか？　滑るように玄関まで行って大きくドアを開けたブルックは、結婚式の企画の仕事において経験していなかった要素がたったひとつ存在したことを悟った。よくない要素だ。非常によくない要素。

瞬時のうちに激しく花婿に惹かれること。

ドアの向こうに立つ男性を見たとたん、ブルックの胃袋はひっくり返った。こんな感じは……初めてだ。

口の中が乾く。てのひらが汗ばむ。息が浅くなる。

ハンサムだけれど、誰もが足を止めてまじまじ見つめるほど途方もない美男子ではない。

風に吹かれて少し乱れたライトブラウンの髪は、ほんのわずかに波打っている。

長いウールのコートは引きしまった体にぴったりのオーダーメイドで、そのネイビーブルーは淡いブルーの目をいっそう鋭く見せている。鼻筋はすっと通り、顎はくっきりして力強く、微笑んでいない唇はたまらなくセクシー。肌は金色を帯びていて、日焼けしやすいように見える。

けれども、ブルックの息を奪ったのは彼の美貌ではない。彼の目に浮かんだ表情だ――驚きの表情。きっとブルックも同じ表情をしているだろう。まったく見ず知らずの人間が、これほど強烈な欲望を喚起できることへの驚きだった。

しかも、彼は別の誰かの婚約者なのだ。

いや、ブルックの顧客の婚約者だ。

困った。

ブルックの〝明るい面を見る〟というモットーでも、この問題は解決できない。

「こんにちは、ニールですね」ブルックはつくり笑いを浮かべて手を差し出した。

「違う」彼の声は低く明瞭だった。

「え？」

「ニールじゃない」

ブルックは安堵のため息をつき、すぐに小さく咳をしてごまかした。

彼はニール・ギャレットではなかった。

つまり、彼は結婚しようとしているのではない。つまり……。

やめなさい。いまは男あさりをしてる場合じゃないでしょ。

「失礼しました。二時の約束のお客様かと思ったんですの」

「二時の客だ」彼は間髪をいれずに言った。

彼は文字どおりブルックを見おろしている。彼女が害虫であるかのように。相手もブルックに魅力を感じていると思ったのは勘違いのようだ。

彼がブルックを押しのけて入ってこようとしたので、ブルックは体をずらして行く手をふさいだ。「違うと思いますわ。あなたのお名前がニール・ギャレットでなく、マヤと結婚するのではないかぎり」

「マヤ・タイラーだろう」

その言葉を聞いて、ブルックは不審感で目を細めながらも動いて彼を通した。すれ違うとき体が接しそうになり、動悸が激しくなったのは気にしまいとした。

ドアを閉めて振り返ると、彼は自分のコートを差し出していた。

どういうつもりだろう?

顧客のコートを預かることに抵抗はない。コーヒーを淹れもするし、シャンパンを注ぎもするし、結婚式にかかわることならどんな要求でものむ。

でも、この人の偉ぶった態度にはかちんときた。いや、もとい。この人のすべてにかちんときていた。

ブルックはコートを無視した。「どなたですか?」

目と目が合い、ふたりはしばし見つめ合った。実にハンサムだ。気取った、いかにも取締役会の長らしい雰囲気を持つハンサム。

彼はわずかに首をかしげ、彼女の思考を読んだかのような訳知り顔をしている。背を向ける口実が欲しくて、ブルックはしかたなくコートを受け取った。

「セス・タイラーだ」ブルックがコートをドアの横にかけるのを見ながら、彼は静かに言った。「マヤの兄」

なるほど。だからあんなに偉ぶっていたのか。彼はアメリカでも有数の金持ちだ。

彼の顔を見て誰かわからなかったことに、ブルックは自分でも少し驚いていた。彼女は上流社会に詳しいし、ニューヨークとロサンゼルスの上流社会人はよく交流している。けれど、マヤ・タイラーがよく大物の催しに参加したり何人ものセレブと付き合ったりしているのに対して、彼女の兄は比較的控えめに振る舞っている。少なくとも社交の世界では。ブルックも彼の名前は聞いたことがあるが、写真を見たことはなかった。見たなら覚えていたはずだ。

「花嫁さんのお兄様ですか」ブルックは考えながら言った。「それは珍しいですね。姉妹がついていらっしゃることはあります。お母様は当然のように付き添っていらっしゃいます。お父様も。花嫁の父というのはなにかと心配なさいますから。でもお兄様というのは……初めてですわ」

セスはまったくブルックから目をそらさなかった。「マヤに姉妹はいない。母親も。それから、八カ月前に父親もいなくなった」

ブルックは恥じ入って顔をそらしたくなるのをこらえた。

彼はブルックをまぬけに感じさせるのに成功していた。マヤが両親を亡くしたと資料にあったのを、ブルックはすっかり忘れていた。ハンク・タイラーが最近亡くなったことをセスに思い出させようとしたわけではないけれど、彼女の発言が無神経だったのは事実だ。いつもはもっと詳細まで頭に入っているのに。

それでも、彼の冷たい視線を受けてひれ伏すつもりはなく、彼女は小さくうなずいた。

「では、お兄様がいらっしゃって妹さんは幸運ですね」

からかわれていると思ったのか、セスは険しい顔で見つめてきた。けれどもブルックはにっこり笑っただけだった。彼女が皮肉を言っているのかどうか、セスには悩ませておけばいい。

「なにかお飲みになります？　カプチーノ、水、それともシャンパン？」

セスは腕時計をちらりと見た。「シャンパン？　昼の二時から？」

ほう。では、彼はそういう人なのか。

救いようのない堅物。

彼が肉体的に完璧で幸いだった。性格は悪そうだから。

「特別な場合ですから」ブルックは穏やかに言った。「妹さんがご結婚なさるんですもの」

セスが不満げになって淡いブルーの目をそらしたので、ブルックの好奇心が喚起された。セス・タイラーがここに来た理由がなんであれ、妹の来るべき結婚式にわくわくしているからではなさそうだ。

彼女は少し首を傾けてセスを見つめた。「ここにいたくないみたいですね」

セスの視線が戻った。「いやならここにいない」

「そうですか」ブルックは腕組みをした。「ということは、あなたはいま喜んでウエディングプランナーのオフィスにいらっしゃって、カナッペはなにがいいか、ドレスの腰あてはどうするか、花嫁付添人のドレスは十分丈かカクテル丈か、シャンパンで乾杯するときのグラスはクープ形かフルート形か、といったことを話し合おうとなさってるんでしょうか？」

セスはブルックの全身を眺めたあと一歩前に踏み出した。彼は長身だが、ブルックは高さ十二センチのヒールを履いているので、ほんの少し顔をあげればまっすぐ目を合わせられる。なぜかわからないけれど、この男性はブルックに小さく感じさせたがっているようだ。でも、そうはいかない――ブルックに、のたうちまわって死んだふりをするつもりはない。

この四カ月間、大切に思う人たちからさんざん見くだされてきた。赤の他人に――どれほどハンサムであっても――いやな思いをさせられたくない。

「わかっておいてほしいんだが、ミズ……」

「ボールドウィンです」ブルックは抑揚なく言った。

「ミズ・ボールドウィン」彼は名前の響きを味わうようにゆっくりと言った。そのあと口に視線をおろす。名前の響き以外のものも味わいたがっているかのように。

ブルックは唾を飲みこみ、あとずさるまいと踏ん張った。「なにをわかっておくんでしょうか?」

セスの視線がブルックの目に戻る。これほど接近し、ふたりの体のあいだに熱が走っているにもかかわらず、彼の目にぬくもりはなかった。この人はとっくの昔に、完璧に冷たく自分を律する技術を習得しているようだ。

「わかっておいてほしいんだが、ぼくは自分のしたくないことはぜったいにしない」低くハスキーな声で言う。

「そうなんですか?」しまった。ブルックの声もハスキーになっている。

「そうだ」セスはゆっくり言い、さらに近づいてきた。

「では、なにをしたいのですか?」

彼の視線がふたたびブルックの口に移動する。ブルックはばかなことをするなと自分にきつく言い聞かせた。たとえば、いやみな気取り男のほうに身を寄せていくとか。

でも……。

でも、彼はいいにおいがする。すごくいい。高価なコロンと男とセックスのにおい。ブルックは少なくともあと一年は異性関係を持たないつもりだったのに、いまの望みは……望みは……。

またドアのチャイムが鳴って、一瞬おかしな空気になったのがもとに戻った。

いや、あれはほんとうに一瞬だけのことだったのか。ぱっとセス・タイラーのほうに顔をあげると、彼はさっきの欲望に満ちた見つめ合いに少しも狼狽していないようだった。

ブルックは後ろを向いた。背中に彼の熱い視線を感じつつドアを開けると、マヤ・タイラーと、セスとほぼ同じくらいハンサムな男性が立っていた。

いい、ほぼ同じくらい。

「いらっしゃいませ！　マヤとニールですね」ブルックは胸の鼓動が徐々にもとに戻るのを感じつつ、温かな笑顔でふたりを招き入れた。

「遅れてごめんなさい」マヤは言った。「道が混んでたと言いたいところだけど、実は美容院が長引いたの」

「わたしたちブロンドは手入れが大変ですものね」ブルックはウィンクをした。「でも、お時間をかけた甲斐はありましたね。とてもすてきですわ」

それは心からの言葉だった。マヤ・タイラーは兄と同じく非常に魅力的だ。セスと同じく淡いブルーの鋭い目をしているが、もっと愛想はよく、髪や肌の色は兄よりも薄い。きっと美容には惜しむことなく費用をかけているのだろう——完璧なハイライトを入れた化粧から、さりげないまつげのエクステ、クリーム色の肌にいたるまで、すべてが完璧で金がかかっている。

ブルックはマヤの婚約者のほうに顔を向けた。彼はきわめてハンサムで、どことなくエキゾティックな感じがする。濃いブロンズ色の肌、ダークブラウンの瞳、驚くほど濃いまつげ。

白い歯を見せた笑みは明るく、きわめてチャーミングだ。

マヤが彼にぞっこんになった理由は明らかだ。彼のすべてが好ましい。

ブルックが花婿と握手しようとしたとき、驚いたことにセス・タイラーが進み出て、ブルックを押しのけんばかりにしてニール・ギャレットをにらみつけた。

「やあ、セスだね」ニールはマヤの兄に手を差し出した。

ブルックはびっくりして眉をあげた。兄と婚約者が初対面？

面白い。非常に面白い。

マヤが前に出て少しおどおどした様子でふたりを交互に見たとき、ブルックの推測が正しいことが裏づけられた。「兄さん、この人がニールよ」

「ああ。わかってる」セスは辛辣に言った。

そのきつい口調にブルックはたじろいだ。だがニールは平然としている。マヤの婚約者は彼女の兄よりよほど落ち着きがあり、手を伸ばしたままじっとしている。やがてセスが折れて握手をした。

マヤはブルックの戸惑いを感じ取ったらしく、申し訳なさそうな笑みを見せた。「ニールとの関係はあっという間に発展したの。すごい勢いで進んだし、兄は仕事が忙しかったから、ふたりは会う機会がなかったのよ」

「そういうことはありますよね」ブルックはなめらかに言った。セスから感じられる緊張を少しでもやわらげたい。「相談室で席について、お互いの希望を確認して、これからのことを話し合いません？」

「いいね」ニールはブルックに笑みを投げかけてマヤに近づき、腰に手を回した。「早く始めたくてたまらないよ」

ブルックは相談室まで一同を率いていき、全員がテーブルを囲んで座るとミニ冷蔵庫からシャンパンのボトルを取り出した。

セスの不機嫌な視線を無視してマヤの目をとらえ、ボトルを持ちあげる。「祝杯を挙げます？」

「ええ」マヤは言ったが、その熱っぽい口調は少々わざとらしかった。

無理もない。幸せで楽しい話し合いのはずなのに、部屋の空気はぴりぴりしている。

その責任が誰にあるかは明らかだ。

セスは幸せなカップルの向かい側に座り、長い指でテーブルをトントン叩きながら将来の義理の弟を見つめている。

タイラー家とギャレット家の結婚の企画を進めるにおいて、まずすべきなのは兄を排除することだ、とブルックは心に留めた。

「お水でよろしいですか、ミスター・タイラー？」ブルックはにこやかに言った。

セスはブルックを見やり、わずかに目を細めた。

ブルックは愛想のいい笑みを見せた。「なにしろ、まだ五時にもなっていませんから」

セスはさらに目を細くしてブルックを眺めた。これ以上怒らせたいならやってみろと挑発するかのように。いや、それはだめだ。彼を怒らせてはならない。ブルックがこの案件を引き受けたいのなら。でも、彼は我慢ならないほど尊大なのだ。

「まあまあ、セス、いいじゃないか。グラス半分くらいなら」ニールが笑って言う。

ブルックは、自分に向けられていたのがセス・タイラーのいちばん怖い顔ではなかったことを知った。それはニール・ギャレットのために取ってあったらしい。

ブルックは棚からクリスタルのフルート形シャンパングラスを四つ取り出した――自覚しているにしろいないにしろ、セス・タイラーには酒が必要だ。ニールはセスと世間話をしようと無駄な努力をしている。ニールがどれだけ愛嬌を振りまいても、セスは妹の婚約者に対してうなり声を発する以上のことはしていない。

ニールが気の毒にも話題が尽きて天気のことを話しだしたときには、ブルックはコルクをセスの頭にあてられるほど自分が器用でないことを残念に思った。なんとかして、あの人の頭に分別を叩きこまねばならない。妹が結婚するというのに、セスは憎むべきライバルと役員会で同席しているみたいに振る舞っている。

シャンパンのコルクは音をたてて開くどころか、まったく動こうとしてくれず、ブルックは眉間にしわを寄せた。新たな職場での初日に頑固なコルクに行きあたるとは、なんという不運だろう。

「失礼します。すぐ戻りますので」ブルックは小声で言い、さっきジェシーに教えてもらったキッチンにボトルを持っていった。

断りを言う必要もなかっただろう。ふたりの男性は濃い霧のような緊張と気まずさに包まれていて、ブルックの不在に気づきもしていない。

と、彼女は考えていた。

コルクにタオルを巻いて、あらためて力を入れかけたとき、ボトルが引っ張られた。

顔をあげると、むっつりした顔のセス・タイラーが立っていた。彼は目を合わせたまま手を出し、タオルを奪い取って横に放った。

一歩近づいてボトルをそっとブルックの手から引き抜く。大きな手でさっとひねると、コルクは素直に開いた。ポンという明るい音も、室内の緊張をゆるめてはくれなかった。

セスは無言でボトルを差し出し、ブルックは受け取った。「ありがとうございます」

「どういたしまして」

言葉こそ礼儀正しいけれど、表情には敵意があふれていて、ブルックはすっかり戸惑った。

「ここでなにをなさってるんですか?」

「きみがコルクを開けるのに苦労してたから、手伝おうかと思った」

「いえ、キッチンということではなくて」ブルックは顔をあげて目を合わせた。「ここ、〈ウエディング・ベルズ〉です。妹さんとはあまり親密じゃないみたいですね」

セスのブルーの目が泳いだ。この店に来てから初めて見せた動揺だ。「どうしてそう思う?」

「よくわかりませんけど、たとえば婚約者に一度も会ってなかったからとか?」

「ふたりは付き合いはじめてたったの三カ月だ」セスは早口で言った。「ぼくとマヤは週二回一緒にランチを取ってるが、いま付き合ってる相手とは真剣だということなど、妹はひとことも口にしなかった」

「あなたには話せないと思ってらっしゃったのかもしれません」ブルックは顎をあげて挑むように言った。「あなたは彼を家族に歓迎しようとなさってませんわね」

「ミズ・ボールドウィン。きみはなにもわかってない」

「あなたもでしょう。話に耳を傾けるというより、怖い顔でにらんでおられるだけですから。だからもう一度お尋ねします。ここでなにをなさってるんですか？」

セスは半歩前に出た。「ぼくはスポンサーだ。仕事が欲しいなら、きみは態度に気をつけるんだな」

「では、どういうおつもりですか？ ずっとわたしについて歩くとか？」ブルックはつっけんどんに言った。

その質問は皮肉だったけれど、驚いたことに、セスの冷たい表情は好奇の表情に変化した。少し沈黙がつづいたあと、彼は答えた。

「これだけは言っておく。マヤはぼくにとってすべてだし、ぼくはあの子のただひとりの家族だ。細かなことにもかかわるつもりだ」

「細かなことのどれくらいにですか？」ブルックは警戒して尋ねた。

「すべてに」

ブルックはごくりと唾を飲んだ。うろたえてはいけない。

「どんなふうに進むか、お知りになっておいたほうがいいと思います。細かなこと——そのすべて——にかかわるのなら、花嫁さんや花婿さんと一緒に過ごすだけではありません。わたしともかなりの時間を一緒に過ごすことになるんです」

セスがさらに近づいてきたため、ブルックは狭いキッチンのカウンターまで追い詰められた。ふたりの体にはほとんど隙間がない。

セスはうなるように声を低くした。「どれくらいだ？」

ブルックは唇を舐めた。不安を表に出してしまった自分が恨めしい。そして欲望を。「少なくとも週一回」小声で言う。「結婚式が近づいたら、もっと頻繁に」

「ふむ。週一回か」彼は淡いブルーの目でブルックをうかがい見た。「それは非常に楽しそうだ」

ふたりのあいだに、またしても不穏な空気が漂った。でも今回、ブルックはそれに屈するつもりがなかった——この人がひどいコントロールフリークのいやなやつなのは、もうわかっている。

しかも初めての顧客が隣の部屋にいて、財布の紐を握っているのはセスなのだ。

ブルックは融通の利かない石頭ではないけれど、顧客と異性関係を持つのだけはぜったいに許されない。とくにいまは、ブルックの評判が地に落ちているのだから。お坊ちゃん育ちの気取ったうぬぼれ男のために、〈ベルズ〉でのせっかくの新しい仕事を危険にさらすわけにはいかない——たとえその男性が悩殺的な目と半神半人のような肉体をしているとしても。

慎重に右に一歩移動して彼の強烈な視線から逃れ、呪縛を解く。「それはどうでしょうか」愛想よく言ってキッチンを出ていくと、ドアはひとりでに閉まった。

5

セスは孤独が好きなわけではない。

たしかに子ども時代は内向的だった――選べるのであれば、何十人もの知り合いがいるよりも、数人の親友がいるほうを好むタイプだった。しかし体育会系のクラブに入り、毎年サマーキャンプに行き、中学から大学まで周囲から充分好感を持たれて行動的に社交生活を送ってきた。

あのころは行動的だった。

最近では、ジムに行く時間もほとんど取れず、ときどき舞いこむディナーパーティの招待に応じる時間もない――だから、会社のジムを全面改装して最高のマシンを据えつけた。運動をするのに会社のビルを出なくてすむ。

けれども、常に近くをうろうろしている人間がひとりいる――セスが望んでいないときにまで。

「よう。やってるな」

セスは動きを止めようともせず、バーの負荷をあげた。「ちょっとエネルギーを発散させたいんだ」

「そうか。おれのほうは人生になんのストレスもない優雅なカナリアだけどな」グラントは小声で言った。それでもセスがベンチに横たわって銀色のバーをつかんで深呼吸したときには、胸からウェイトを持ちあげるのに手を貸した。

セスはワークアウトが好きというほどではない。汗はかくし、時間もかかる。しかし、この習慣はなんとか保っている。少なくとも週に五回。うち二回はグラントと一緒に。

グラントはいつも冗談で、これはふたりの男性が友情を維持するのに最も男らしい方法だと言っている。

「先週より重くしてるな」彼は反復運動を繰り返すセスを眺めた。「事情を話してくれるか?」

セスは返事をしなかった。こういうやりとりはいつものことだ。グラントが話しかける。セスが無視する。グラントは気にせずうるさく言って悩ませる。

相手がグラントでなかったら、セスはキレていただろう。けれどグラント・ミラーほど誠実な友人はいない。だからセスは、少なくとも彼が話しつづけるのを許してはいる。

とはいえ、いくら二十年以上揺るぎない友情を維持していても、グラントがヒットチャートトップ40のくだらない歌に合わせて下手なハミングを始めたとき、セスはあきれ顔をせずにはいられなかった。

重さについてはグラントの言うとおりだ。セスはウェイトを増やしていた。発散させたいことがあるからだ。

すなわち、ほとんど知らないにもかかわらずセスの頭を占めている、あるブロンドのウエディングプランナーへの思い。

反復運動を終え、荒く息をつきながら上体を起こして、タオルをもらおうと手を伸ばす。グラントは歌に合わせてダンスまで始めていたので、セスはしかたなく身を屈めて自分でタオルをつかんだ。

「おい、シドニー支社からのメールを見たか？　チェックインのタッチスクリーンがお粗末だって話」

グラントは〝ダンス〟をやめてセスを手招きし、一九五センチの引きしまった長身を窮屈そうに曲げて乗り出した。

「お粗末なのはスクリーンじゃないよ。使う人間のほうだ」

セスはグラントをにらみつけた。「なんだと？　ぼくはなんのために、きみに給料を払ってるんだ？」

グラントはバーを拭いたあと、自分のこめかみを指でつついた。「これだ。この立派な脳みそに給料を払ってるんだよ」

セスはあきれたという表情になった。けれどもグラントの頭脳が立派だという主張は、悔しいが真実だ――グラントはセス同様大学在学中にインターンとしてこの会社で働きはじめ、数年前セスの父ハンクによって最高情報責任者（CIO）に取り立てられた。その決定は物議を醸してひどく批判されたが、それでもハンクは経験豊かな年配の候補者をしりぞけてグラントを選んだ。グラントにとって幸いなことに、ハンクは他人がどう考えようがなにを言おうが気にしない人間だった。「ばかみたいに聞こえるぞ」

「まさか」グラントは真顔で答えた。「ばかはきみの得意分野だろう。その名声をきみから取りあげるのは心苦しい」

「きみの忠誠心には恐れ入る」

「だろ？　それはともかく、最近のきみはひどく不機嫌だな。きみの発する悪い空気は、おれの繊細な神経をずたずたにする」

「きみの繊細な神経をずたずたに？　本気で言ってるのか？」

グラントは長い指をセスに向けた。「話をそらすな。教えてくれ」

セスは腕組みをした。黙れと友人に言いたい気持ちと、マヤの結婚宣言爆弾が投下されて以来胸に巣食っているもやもやの一部を吐き出したい気持ちが同居している。

バービー人形っぽいウエディングプランナーに劣情を催していることを自覚して以来、そのもやもやは増す一方だ。まったくタイプではないのに、会った瞬間から考えるのをやめられずにいる女性。

ブルック・ボールドウィン。

名前を思い起こしただけでも、よからぬ想像がかき立てられる。

グラントはセスの思いを察して笑った。「なるほど。きみを悩ませてるのが女だってことに気づくべきだったよ」

今回ばかりは、セスはグラントが彼のことをこれほどよく知っていなければいいのにと思った。残念ながら、五年生のとき理科の実験で組まされて以来、セスとグラントは互いの心の内を読むことができたのだ。

たいていの場合、自分の執務室と同じくらい立派な二階下の役員室でいちばんの親友が働いていることを、セスはありがたく思っている。しかしいまのセスがしたいのは、妹と金めあてだろうプレイボーイとの結婚について静かに考えることだ。そしてもしかすると――あくまでもしかするとだが――すばらしい肉体をした魅力的なブロンド女について空想をめぐらせることも……。

「おいおい」グラントはボトルから水をぐいっと飲んだ。「そんな顔をしながら言わずにおくことはできないぞ」

「できる」セスは穏やかに答えた。「ぼくたちはもう、ほんもののオッパイにさわれるようになるまでの日々を指折り数える十三歳じゃない。感情を胸の内におさめておける大のおとなだ」

「指折り数えてたのはきみだ。おれは十二歳で初めてさわったぞ」

「嘘だ」

「ほんとだって。クリスタル・パーキンズ、覚えてるか？」

セスは鼻を鳴らした。「そう言いたいなら勝手に言ってろ。ぼくは信じない。彼女は一学年上で、すごくセクシーだった」

グラントは自分の長身で締まった体を指さした。「女の子はこういうのが好きなんだよ」

「いまはな。しかし当時のきみは、歯列矯正器具をつけて、にきび面で、生まれたての子馬みたいなぎこちない歩き方をしてた」

といっても、現在はグラントの言うとおりだ。たしかに女性は彼に夢中になる。二十歳のころ、グラントはぐっと背が伸びた。ワークアウトに精進したおかげで、不器用でひょろひょろしていた体がたくましい筋肉質に変化した。いたずらっぽい笑顔、赤みがかった茶色のくしゃくしゃの髪、熱心な女性ファンなら金色と呼ぶライトブラウンの目もあいまって、グラントは正真正銘のプレイボーイになった。

なんとも腹立たしい。

「それはともかく」グラントは愛想よく言った。「話してくれるのか、くれないのか?」

セスはタオルでごしごし顔をこすった。「マヤが結婚する」

彼が横目で見ると、グラントはあんぐり口を開けていた。「冗談だろ」

「だといいが」セスがつぶやく。

グラントは腕を膝に置いて小さく身を乗り出し、ショックの表情で床を見つめている。

同感だよ、兄弟。

グラントの反応はセスにも理解できた。セスの実の妹は、グラントにとっても妹同然なのだ。グラントはタイラー家で育ったようなものだ。グラントの実家はミッドタウンにある豪邸だが、そこは寂しく不幸な家だった。グラントの母親は有名なファッションモデルとしていつも家を空けていたし、父親はウォール街の大物で、そもそも子どもを望んでいなかった。

タイラー家も家族がべたべたしたりクッキーを手づくりしたりするような家ではなかった

けれど、少なくともハンク・タイラーはグラントに注意を向けていた。グラントが夕食までタイラー家にいることは多かったが、そんなときは必ず実の子どもと同じように〝今日はなにをした?〟とか〝テストの成績はどうだった?〟、〝宿題はすんだのか?〟などと尋ねられたものだ。

本来なら冷淡な子守に育てられたはずのグラントに、こういう生活は大きな影響を与えた。だから、グラントがハンクのもとで仕事を始めたのは当然だと言える――タイラー・ホテル・グループは家族経営のビジネスとして知られており、グラント・ミラーは実質的に家族の一員なのだ。

親友の仰天した顔を見たとき、セスはその事実をいままでにないほど強く意識した。

「いったい誰と結婚するんだ?」

「名前はニール・ギャレット。付き合って三カ月だ」

「三カ月? それできみは結婚を許すつもりなのか?」

「ちょっと待て」セスはいらいらと手をあげた。「まず、いまは十八世紀じゃないから、ぼくに許すとか許さないとか言う権限はない。もちろんぼくも、きみと同じくらい腹を立ててる。だから、わざわざぼくの怒りをかき立てようとしなくていい。気持ちはきみと同じだ」

グラントは両手で顔を覆ったあと背筋を伸ばした。「わかった。で、どういう計画だ? どうやってその男を排除する?」

「簡単だ。アル・カポネ風に」

「いや、マジにだ。きみだって考えたはずだ」

セスは肩をすくめた。「いくつか考えたことはある。しかし殺人で逮捕されるのは困るから、もっと簡単に考えようと思う。そいつがどんなやつか突き止めて、もしもいい人間だとしたら――」

「いいはずがない」

セスは無視してつづけた。「ぼくは自分のできるかぎりのことをする。マヤがどういうやつか知ってるだろう。頭ごなしに反対したら、あいつは駆け落ちするぞ」

グラントは不満げにうなってその推測に同意を示した。

「きみの知り合いに私立探偵はいないよな」セスは意識的に友人と目を合わせるのを避けた。

グラントの目つきが鋭くなる。「まさか、探偵に調べさせる気じゃないだろうな」

もちろん、そのまさかだ。

セスは手を広げて説明を試みた。「ぼくひとりではなにもわからない。Ｇｏｏｇｌｅでジャイアンツの試合の結果を調べるくらいはできるし、リンクトイン（ビジネス向けに特化したＳＮＳ）で会社のプロフィールを更新する方法は知ってる。しかし、こいつの汚点をどう調べていいかはわからない」

「フェイスブックでそいつを調べる以上のことはだめだ。マヤはきみの妹だぞ。そんなことしたら、あの子はきみを殺す」

「妹だからこそ放っておけないんだ」セスは言い返した。「知り合ってたった三カ月の相手と妹を結婚させられない。婚約するまで、ぼくはそいつと会ったこともなかったんだぞ」

グラントは背筋を伸ばした。「逆の立場になってみろ。きみが結婚しようとしてて、マヤが私立探偵を雇って相手の女のことを調べさせたとする。どんな気持ちになる?」

「ありえない」セスは反射的に答えた。「第一に、ぼくが当分結婚しない理由は、きみが誰よりもよく知ってるはずだ。たぶん永遠にしない。もしするとしても、相手は会ったばかりの女じゃない。たとえ会ったばかりの女だとしても——」

「忘れてくれ」グラントは笑い、両手をあげて降参を示した。「きみとは話ができない」

「ぼくは妹を、自分がなにも知らない男とは結婚させられない」セスは静かに話をつづけ、無言で理解を求めた。「もしその男がろくでなしで、ぼくがそいつとの結婚を認めて、そいつがマヤを傷つけでもしたら——」

グラントは大きく息を吐き、自分の顔を手でこすった。「気持ちはわかるよ。よくわかる。おれもマヤを大切に思ってる。だけど——世の中には、きみがコントロールできないものもあるんだ。そうだろう?」

セスは視線をそらした。友人がなにを言いたいのかはよくわかっている。

セスの父親が八カ月前心臓発作で急死したとき、セスは途方もない衝撃を受けた。ただし、衝撃を受けたのはセスひとりだった。

ハンクの心臓が昔から悪かったことを知らされていないのは、セスだけだった。ハンクがそう望んだからだ。彼はセスに知られたくなかった。セスはそのことを父の死後届けられた短い手紙で知り、胸が張り裂ける思いを味わった。

〝おまえは心がやさしすぎる。わたしの病気を知ったら、おまえは治療法を探して駆けずりまわっただろう。しかし、おまえが解決できないこともあるのだよ〟

父は間違っていた。

セスは助けられたはずだ。もっと早く会社の経営を引き継ぐこともできた。世界のどんな立派な研究施設に父を送ることもできた。父を救うことはできた。知ってさえいれば。けれど今回のマヤの問題は、回復不能なダメージが与えられる前に明るみに出た。結婚を止めて妹を救う時間は充分ある。証拠が必要なだけだ。

グラントが指の関節を鳴らしたので、セスは驚いて顔をあげた。高校時代には、グラントが指の関節を鳴らすのを何度も見たことがある――気が高ぶっているときだ。

「ほかの方法があるはずだ」グラントが言う。「彼女のプライバシーを侵すことなく思いとどまらせる方法が」

「あるならやってみろ」セスはぶつぶつ言った。「だけど、あいつはぼくの言うことを聞かないのと同じくらい、きみの言うことも聞かないぞ。ぼく以下かも」グラントとマヤは実の兄と妹のように親しく、実の兄と妹のように喧嘩もする。セスは、自分たちのきょうだい喧嘩を止められるより、グラントとマヤの喧嘩を止めるほうが多いように感じている。

ポキッ、ポキッ。また関節が鳴る。「女性の助けが必要だ」

「マヤは卵巣のある人間の意見なら聞くからか？」セスはいぶかしげに尋ねた。

「おれたちよりはね。トリーに頼んでみよう。マヤを説得できる人間がいるとしたら、いちばんの親友だ」

「トリーがどんな女か知ってるだろう？」セスは冷たく言った。「彼女が、花嫁付添人になるチャンスを自分からぶち壊すと思うか？」

「そうだな」ポキッ、ポキッ。「きっとあの女がマヤを焚きつけたんだ」グラントは渋い顔になった。

セスは横目でグラントを見やった。彼はセスの予想以上にこの結婚話に狼狽している。「大丈夫か？」

「ああ。ただ……信じられないんだ、マヤが結婚するなんて」

セスは最近どこに行ってもついてくる緊張を払いのけようと肩を回してみたが、効果はなかった。「わかってる。相手の正体を見きわめるため、ぼくはできるかぎり話にかかわるようにしてる。結婚式の企画に参加してるんだぞ」

するとグラントは顔をあげ、大声で笑った。「きみが花を選んでるところを見てみたいな。おれも一緒に行っていいか？」

「だめだ」セスはうなった。「あの厄介なウエディングプランナーは、ぼくがついてくるだけでも奇妙だと思ってる。きみまで来たら、もっと変に思われる」

グラントはまだにやにやしている。「去年の夏、おれの秘書が結婚した。彼女はどこへ行くにもブライダルプランの入ったピンクのバインダーを持ち歩いてたよ。どこで買ったか訊いておこうか？　青いピカピカのバインダーがないか調べようか？」

セスはグラントに指を突きつけた。「そのために厄介なウエディングプランナーに金を払ってるんだ。そんなバインダーをぼくたちが持ち歩かずにすむように」

グラントの視線がうかがうようなものに変化したあと、笑みがさらに意味ありげになった。

「なんだ？」セスが無愛想に問う。

「きみは二度、〝厄介な〟ウエディングプランナーと言った。会ったばかりの人間に使うにしては、かなり熱がこもってる――会ったのは一度か？　二度か？」

「一度だ」

「それなのに、わざわざ〝厄介な〟ウエディングプランナーと言ってる。マヤの婚約に対する怒りをこの気の毒な女性相手に吐き出してるのか、あるいは……」

セスは手をあげて止めようとした。「やめろ。〝あるいは〟は存在しない」

グラントが笑う。「〝あるいは〟は存在する」

「黙れ」

「彼女、セクシーか？」

「誰がセクシーだと？」

グラントはにやにやして立ちあがった。ベンチプレスはしないらしい。「じゃあ、話を整理しよう。マヤは金めあての男と結婚しようとしてて、きみは結婚式の企画に参加することで妨害をもくろんでる。ただし、ウエディングプランナーに股間をつかまれてる」セスの頭にタオルを放る。「シャワーを浴びてくるよ」そして歩き去ろうとした。

セスは友人の背中をにらみつけた。「いやなやつだな」

グラントは笑顔で振り返った。「おれが間違ってるならそう言ってくれ。どれについても」

セスは歯ぎしりをして、ブルック・ボールドウィンのことを考えまいとした。彼女のふっくらした唇のことも、自分があの長い髪をつかんで顔を引き寄せたいと思っていることも。彼女のブルーの瞳に秘密が隠されているらしいことも。

グラントは首を左右に振りながら前を向いた。「ウエディングプランナーのことでは幸運を祈る。その表情からすると、きみには幸運が必要らしいから」

だがセスは聞いていなかった。グラントはそれと知らずにセスの頭にある考えを植えつけていた。その考えは急速に形を成しつつある。

ブルック・ボールドウィンは、深夜の空想の相手以上の存在になれるかもしれない。

ニールの秘密を探るのに、彼女を利用できるかもしれない。妹がおそらくは人生最大の過ちを犯すのを止めるのにも。

6

ウエディングプランナーがキャリアの初期に身につけることがひとつあるとしたら、それは非常にすばらしい会場を見たときの感激のリアクションだ。贅沢な海岸の別荘、美しく手入れされた庭園、格別立派な城などを見て花嫁花婿とともに失神する以上に、顧客の信頼を得る効果的な方法はない。

長年ロサンゼルスでプランナーとして活躍してきたブルックは、ありとあらゆる選り抜きの披露宴会場を見てきて、ちょっとやそっとでは動じなくなった。ゆえに会場を見たときの熱狂的な反応の一部は少々誇張にならざるをえない。けれど、ニューヨークはいまだ彼女にとって新しい地だ。

だから、現在マヤに見せている〈スターライト・オブザーバトリー〉の写真を携帯電話で撮らないようにするには、かなりの自制心を要した。まさにインスタグラムにもってこいの風景だったからだ。

「いかがですか?」ブルックは床から天井まである高さの窓から視線を引きはがし、花嫁と花婿に笑いかけた。「これがまだひとつめだということをお忘れなく。ここに決める必要はまったくありません。どういうところがいいかの見当をつけるための、出発点にすぎませんから」

マヤはゆっくり体を回転させ、下唇を噛んで全体を眺めた。淡いピンクのニットドレスを着、クリーム色の膝までのスエードブーツを履いた彼女は、ポップな感じの若い女の子というよりマンハッタンらしいシックな女性に見える。

ブルックのほうはけっこう派手に着飾ったつもりだった。週末にヘザーをショッピングに付き合わせ、見栄えをよくしてかつ暖かくしておく方法を教えてもらおうとした。でも結局、それはニューヨークでは不可能だと判明した。暖かい服装はできる。魅力的な服装もできる。しかし両方を同時に実現するのは難しい。

ブルックは魅力的なほうを選んだ。当然の選択だ。それでもヘザーの助けを借りて、東海岸の冬を乗り切るために正しい一歩を踏み出すことはできた。鍵は靴下だった。スチュアート・ワイツマンの靴を買いこんでブーツのコレクションを三倍に増やした上で、ダサい厚手の靴下を揃えた。靴下はどうせ誰からも見えないし、足をしもやけから防いでくれる。

最もアップグレードしたのはコートだった。柔らかなダウンコートもファッショナブルだけれど、ブルックは豪華な毛皮の縁飾りとヒョウ柄ベルトのついたもっとふかふかの白いコートに喜んでクレジットカードを献上した。

ゆっくりと、でも着実に、彼女は真のニューヨーカーになりつつある。

「すてきね」マヤはそう言ったあと唇をすぼめた。「だけど、ここだとあまり代わり映えしないわ。お友達がふたり、ここで結婚したの。だからちょっと手垢がついた感じ。わかる？」

ブルックはうなずいて理解を示した。こういう反応は充分予期していた。たいていの花嫁にとって、手垢のついた結婚式以上に悪いものはない。社会的地位が高くなればなるほど、そういう意識は強くなる。そしてマヤはピラミッドのほぼ頂点にいる。

「よくわかります」ブルックは手帳にメモを取った。「もちろん、それがご心配でしたら、どうぞご安心ください。わたくしどもはどんな会場でもお客様好みに仕上げることができます——適切なテーマと適切な雰囲気を演出できれば、列席した方々は前にもその場所に来たことがあるのをお忘れになります」

マヤは興味深げにブルックを見やった。「なにを考えてるの?」

ブルックがセールストークを始めようと口を開けたとき、ニールが部屋の奥から戻ってきた。「狭すぎるよ」

マヤは鼻にしわを寄せた。「どういうこと、狭すぎるって?」

「ここだと、呼べるのは二百人くらい?」ニールはブルックを見やった。

ブルックはうなずいた。「二百名様分のお席をご用意できます」

ニールは首を横に振り、マヤの背中に手を置いた。「もっと広い場所じゃないと」

マヤは小さな笑い声をあげたけれど、ブルックはその笑みがわずかにこわばっているのを見たように思った。「そう? 何人くらいを考えてたの?」

ニールはハンサムな顔に戸惑いの色を浮かべてマヤを見おろした。「きみは盛大な結婚式を望んでると思ってたんだけど」

「二百人呼べば盛大でしょ」

「たしかにかなりの規模だ。だけど、きみはタイラー家の人間なんだよ。街の人間の半分は、きみが結婚するところを見たがるだろう。マスコミだって、それに――」

「ちょっと」マヤは手をあげた。「マスコミはお断りよ」

これはまずい。ブルックは愛想よく微笑んで一歩さがった。「少しおふたりでお話し合いください」

「いえ、いいの」マヤが言う。「どうせ兄を待つつもりだったし。兄にもなにか考えがあるでしょう」

ブルックはなんとかうめき声を抑え、軽い口調を保った。「あら、お兄様は今日もご一緒なさるのですか？」

「ええ、そのはずよ」マヤは腕時計に目を落とした。「ちょっと遅れると言ってたけど、そろそろ来ると思うわ」

その知らせに自分とニールのどちらのほうが気を悪くしているのか、ブルックには判断できなかった。ニールはおとなのくせに、いまにも癇癪を起こしそうな様子だ。

ブルックは自分がセスに会いたくない理由を知っている。でも、ニールはなぜ？　いや、〈ベルズ〉本店で会ったときのセスの無愛想な態度を考えれば、ニールがいやがるのも無理はない。

やがて、ニールのハンサムな顔に浮かんでいた緊張がほぐれた。彼はマヤにやさしい笑みを見せ、こめかみに口づけた。「そうだね、セスを待とう。小規模な結婚式がいいのなら、もちろんそうするよ。だけど、愛する人が純白のドレスを着たところを世界じゅうに見せびらかしたいと思った男を責められないだろう?」

上手にかわしたわね。ブルックが感心していると、マヤは婚約者にしなだれかかった。ふたりがうっとりするような熱烈なキスを始めたので、ブルックは目をそらした。ふたりにプライバシーを与えるため、そして率直に言うと、最近は愛し合うカップルを見ていると胸が少し苦しくなるからだ。プロのウエディングプランナーにとって最良の反応とは言えないけれど、いまはどうしようもない。

残念ながら、ブルックは間違った方向に目をそらしてしまった。視線の先にある〈スターライト・オブザーバトリー〉の入り口に、怒りの形相で前をにらんでいるセス・タイラーが立っていたのだ。

最初ブルックは、セスは妹が人前で恋人とべたべたしているのに腹を立てているのかと思った。だが背中に立った鳥肌から推測するかぎり、セスの怒りはブルックに向けられているようだ。

マヤとニールはまだキスに夢中になっていてセスに気づいていない。でもブルックは気づいていた。

この一週間、セスとのあいだに瞬間的に不可解な感情が行き交ったのは勘違いだと自分に言い聞かせてきた――次に会ったときにはふつうの人間同士として向き合えるだろう、と。

でも、目が合った瞬間に胃袋がひっくり返ったことを考えると、それはむなしい希望だったらしい。この気持ちがなんであれ——インスタント欲情、インスタント憎悪——間違いなく存在している。

しかし、存在するからといって、ブルックがそれを認識せねばならないわけではない。手帳を脇の下に挟み、礼儀正しい笑みをしっかり顔に張りつけて、セスのほうに向かっていく。「ミスター・タイラー、よくおこしくださいました」

「ミズ・ボールドウィン。また会えてうれしい」セスはにこりともせず、ブルックの全身に視線を這わせた。怒っているようでもあり、興奮しているようでもある。困ったことだ。ブルックもまさにいまそんなふうに感じている。これでおあいこ、ということで話をすませられるだろうか。

いやいやながら挨拶を交わしているとマヤとニールも気がつき、マヤは飛んできて兄に心をこめたハグをした。セスの険しい表情は妹をハグしているあいだゆるんでいたけれど、ニールが手を差し出したとたん怖い顔に戻った。

セスはニールを無視はしなかったが、将来の弟の手を握る前のかすかなためらいからすると、ほんとうは無視したかったらしい。

「兄さん、どう思う？」マヤはセスを明るく広い空間まで引っ張っていった。

「なにを？」

「ここよ」マヤが両腕を大きく広げてくるくる回る。「結婚式の会場として」

セスは冷たいブルーの目で部屋を見まわし、五秒で評価を終えると、妹に視線を戻した。

「摩天楼の最上階で結婚式を挙げたいのなら、タイラー・ホテルズのどれかを使えばただでできるぞ」

マヤの笑みが完全に消え、ブルックのてのひらはセスの顔を平手打ちしたくてむずむずした。ニールは表情を変えず、マヤに近づいて慰めるように背中をさするだけだった。

セスは失言に気づいたらしい。「おまえの結婚式に金を使いたくないわけじゃない。ぼくはただ――」

マヤは目をそらし、セスはわずかに肩を落とした。自ら掘った小さな落とし穴からどうやって出ればいいのかわからないようだ。

ブルックはなだめるような笑みを浮かべて進み出た。「どうでしょう。この場所はきれいですてきなところですけど、どなたも大喜びなさってるようには見えませんので、ここが最適とは言えないと思うのですが」

確認するためマヤに目を向ける。それでもこの会場にするとマヤが言い張ったなら、男性ふたりは譲歩するはずだ。

でもブルックの予想どおり、マヤの優美な顔には、ほかの人間に決断してもらえたことへの安堵が浮かんでいた。

「そのとおりだわ」マヤは熱心にうなずいた。「ひと目惚れするような場所にしたいの。首をかしげて目を凝らさないと魔法が見えないような場所じゃなくて。わかる?」

「あんまり」セスが小声で言う。

マヤとニールはその皮肉っぽい言葉を聞き逃したらしい。ふたりはまた陶然と、周囲を少々恥ずかしがらせるキスをしている。ブルックはセスにきわめて明瞭に〝つまらないことを言わないで。愛想よくして〟と伝える視線を送った。セスが眉をあげ、罪のなさそうな笑みを見せる。ブルックはますます怒りに駆られた。ああ、この人といると頭が痛くなる。

「で、次は？」マヤはニールから顔を離した。

ブルックは手帳を開いた。「今日はあと四つ、候補を選んでいます。ここがお気に召さないのでしたら、リストから消します。ほかにも建物の最上階の会場がありますけれど、もっと小ぢんまりしたところです。もしここで狭すぎるとお思いでしたら、そこはもっと――」

「誰が狭すぎると言った？」セスが口を挟んだ。

一瞬気まずい沈黙が漂った。マヤはそわそわして兄と婚約者を交互に見ている。ふたたびブルックが声をあげた。「さっきニールが、招待客はこの会場にはおさまらないほどの大人数になるかもしれないとおっしゃったのです」

ブルックは辛辣な発言を予期したけれど、セスは無言だった。それはなにか言われるよりもひどかった。やはり疑いの余地はない――計画の過程を楽しむためには、この兄を排除する必要がある。でも今日はセスと一緒にいなければならない。セスとニールをできるかぎり離しておけば、誰も目玉や手足を失わずにすむだろう。

「アップタウンに向かいましょう」ブルックは言った。「ミラー博物館は貸し切りにできます。美しい場所です。なかなかいいところですわ」

「どうして知ってるんだ？　きみは引っ越してきたばかりじゃないのか？」セスはいやみっぽく尋ねた。

「兄さん！」マヤは怒りをこめて兄をにらんだけれど、ブルックは彼を無視し、大きな笑みを顔に張りつけてマヤのほうを向いた。この最低男になにか言われたくらいで気分を悪くしてなるものか。「どう思われます？」明るく質問する。「次にそこを見にいきます？」

「もちろん」マヤは答えた。「行ったことはないけど、すてきだって聞いてるわ」

「よし」セスは早くもドアに向かっている。「マヤ、おまえは自分の車で来たのか？」

「ええ、そうよ。みんなで――」

「わかった。おまえとニールはそっちの車で行け。ぼくはミズ・ボールドウィンを乗せていく。予算に関して話し合っておきたいことがある」

ブルックは足をよろめかせまいと気をつけてエレベーターに乗りこんだ。「お車でいらっしゃったのですか？」

セスがちらりとこちらを見る。「ああ。なぜだ？」

あら、べつに。ただ、いかにもミスター・ビッグっぽいし、わたしは気絶するかもと思っただけよ。

『セックス・アンド・ザ・シティ』でブルックが好きな場面のひとつが、主人公キャリーの憧れる謎の男性ミスター・ビッグが専属運転手つきのすてきな高級車で現れるところなのだ。ニューヨークにおける究極のステータスシンボルのひとつ。

いや、それをいうならどんな都市においても。

車の所有者が、まったく一緒に過ごしたくないいやなやつなのは、残念でならない。

「マヤとニールと同乗するほうがいいのですが」美しいロビーから出て身を切るようなニューヨークの午後の空気に身をさらしながら、ブルックは異議を申し立てた。「話し合っておくべきことがいくつかあって――」

「そうだろうな」セスはなめらかに言ったあと、ブルックの上腕を強く握って自分のほうに引き寄せた。「博物館に着いてから、みんなで一緒に話し合えばいい」

ブルックは絶望に駆られてマヤを見たけれど、相手はブルックの苦境に気づくことなく楽しそうに手を振り、ニールを従え、待っている高級車に乗りこんだ。「住所をメールして！」

「きみはこっちだ、ミズ・ボールドウィン」セスが言う。

ブルックは腕を引き抜いて彼をにらみつけ、他人に操られるのも手荒に扱われるのもいやだという気持ちを明確に示した。

セスが挑むように両眉をあげる。それに応えてブルックは顎をあげ、彼が指し示した黒い高級車まで歩いていった。待っていた運転手が車のドアを開けると、彼女は感謝の笑みを浮かべた。

ブルックのあとからセスが乗りこんだ。温かな腰でブルックの腰をかすめ、彼女の隣に座る。

ドアが閉まった。

ふたりきりになつた。

7

ブルックを車まで導こうと腕をつかんだ瞬間、セスはそれが過ちだったのを悟った。彼女の横に乗りこんで脚が触れ合ったとき、その過ちはさらに顕著になった。

衣服越しに触れただけなのに、彼の手と脚はいまや熱く燃えている。抱きしめでもしたらなにが起こるかは想像もできない。

おそらくセスは炎上するだろう。

そうしたかすかな触れ合いが彼女のほうに及ぼした影響はといえば……。

目の端でブルックの横顔をちらりと見る。頬はさっきより少し赤みが差し、息は少し浅くなっていた。

ブルックは咳払いをして、ふたりのあいだの狭い空間を見おろした。「わたしのコートを踏んでらっしゃいます」

セスも下を見ると、たしかに彼女のコートを尻で踏んでいて、そのためブルックは動けずにいた。「そうだった」不承不承に言う。「すまない」

そう言いながらも、ふたりはまったく動こうとしなかった。セスは言うことを聞けと体に命じ、彼女がコートを取れるよう少し尻を浮かせた。ブルックがコートを抜いて離れたとたん、引き戻したい衝動を感じた。彼女を抱き寄せ、あのふっくらした唇にキスをし、体を自分の上まで持ちあげて馬乗りにさせ、そして――。

長年仕えている運転手デックスと後部座席とを隔てる仕切りがわずかにおろされた。「お話し中申し訳ございません、ミスター・タイラー。行き先の住所をお聞きしていないのですが」

「あら！」ブルックはメモ帳を探った。「住所を言うわね」

「ミラー博物館だ」セスが割りこむ。

デックスはうなずいた。「承知いたしました。今日はかなり道が混んでいます。タイムズスクエアでコンサート、セントラルパークでなにかの集会、それに三番街で工事が行われています。少しお時間がかかるかもしれません」

「まあ、すばらしいわ」ブルックは携帯電話になにかを打ちこみながらつぶやいた。

デックスは仕切りを戻した。セスは、そのままおろしておけと命令しそうになった。でないと、隣にいるブロンドの魅力に負けてしまいそうだ。

彼女と親しくなってニールとマヤのことを探ってもらうというのは、最善の計画ではなかったかもしれない。この女性のそばにいるとまともに頭が働かないし、筋の通ったことを話しもできない。

こんなのは、まったく自分らしくない。

セスは革シートをゆっくり指で叩き、視線を彼女でなく窓の外に向けた。

彼女が電話をバッグにしまうところが視界の隅に見える。驚いたことに、ブルックは体を回転させてセスのほうを向いた。彼のことを見つめているのを隠そうともしていない。あの小さな手帳に彼のことをメモしはじめるのを、セスは半ば予期した。

〝石頭〟

〝コントロールフリーク〟

〝好感度ゼロ〟

歯を噛みしめ、ゆっくり流れる風景を眺めていたセスだが、ついに降参してブルックを見やった。「なんだ、じろじろ見て」

ブルックは悪びれもせず肩をすくめた。「ミラー博物館にいらっしゃったことはあるのですか？」

セスは片方の肩をあげた。「一度か二度」

「妹さんは、行ったことがないとおっしゃってました」

セスは彼女をにらみつけた。「きみはいつでもきょうだいと行動をともにするのか？」

「きょうだいはおりません」

「なるほど」

ブルックはその発言に噛みついた。「なにが、なるほどなんですか？」

「なるほど、ひとりっ子か。だから甘やかされたお姫様みたいなところがあるんだな」

「あなたが兄だから、いばったところがあるように？」

セスはその非難を意にも介さず肩をすくめた。「マヤのために最善を求めるのが悪いとは思わない」

「そうですか。では、あなたが明らかに気の進まない結婚式の計画に顔を出すのは、妹さんに頼まれたからでしょうか？」

彼女は愛想よく言ったが、その口調の裏に非難を感じ取り、セスは目を細くして険しい顔つきになった。「前に言ったとおりだ。マヤには、こういうことについて相談できる母親も姉妹も父親もいない」

「でもニールがいます」

セスは仏頂面をやめない。今度はブルックが目を細くした。「それが、あなたがこの件にかかわる真の理由ですね。ニールを信頼しておられない」

セスはいら立って、さらに速くシートの上で指を動かした。不意に交通渋滞にひどく腹が立った。

いまこそブルックに協力を求める絶好のチャンスだ。ニールがよくない人間だという予感がすること、妹がまったく信用の置けないつまらない男——あるいはもっと悪いやつ——と結ばれる前にそれを確認するためブルックの助けが必要であることを、彼女に説明するのだ。

セスは慎重に言葉を選んだ。「やつをどう思う？」

ブルックは顔をしかめた。「ニールですか？」

セスがうなずく。

「マヤをとても幸せにしてるように見えますわ」

ブルックの口からは楽しく明るい言葉がすらすらと出てくる。セスには彼女のしていることがすぐにわかった。

営業トークだ。

「ちょっと教えてくれ」セスは彼女と正面から顔を合わせた。「きみは、自分が結婚させようとする男女がお似合いかどうか、少しでも気にするのか？　それとも、結局のところ大事なのは請求書の金額だけか？」

無礼な質問だった。予想どおりブルックの顔から平静さは消えた。それはすぐ戻ってきたけれど、今回そこには辛辣さも加わっていた。「まあ、なにをおっしゃいますやら。請求書の金額だけではございません。主要なブライダル雑誌にどんな好意的な記事が書かれるかも大切ですわ」

彼女は目をぱちぱちさせている。口調は嫌悪と皮肉に満ちていたけれど、その発言は本音でもあると思われる。セスは〈ウエディング・ベルズ〉の本店を見た。その評判は調べて知っているし、ブルックなどプランナーたちが趣味としてやっているわけでないのはわかっている。これは彼女たちの仕事だ。

好きでやっている仕事だが、そこには野心もあるだろう。自分たちのすることにプライドも持っている。仕事はうまくいっているようだ。

ふつうなら、セスはそれを高く評価しただろう。

けれどブルックの野心は、妹と不適切な相手との結婚を進める方向に作用している。だからセスは、彼女が仕事で高い目標を持っていることを拍手で称えようとは思わない。

「話をこれ以上進める前に、知っておいてほしいことがある」セスは彼女と目を合わせた。

「早くお聞きしたくてたまりませんわ。でも、車から出るまで待っていただくことはできません？　わたしをキッチンのカウンターまで追い詰めたみたいに、またわたしのプライベートな空間を侵害するおつもりですか？」

彼女の非難の言葉に記憶を喚起され、セスはこぶしを握りしめた――彼女に身を寄せるのがどんなにいい気持ちだったか、明るいブルーの瞳が欲望で色濃く情熱的になるのを見てどんなに満足を覚えたかが思い出された。彼女もセスを求めている。セスと同じく抵抗しているようだが、ふたりのあいだに熱が生じているのは間違いない。

その熱は、またしてもセスを焼き尽くそうとしている。彼らふたりを焼き尽くそうと。

「ここでも追い詰めることはできる、きみが望むなら」セスは意味ありげに彼らの前の仕切り板に目をやった。この仕切りがあるかぎり、後部座席でなにが起こってもデックスにはまったくわからないのだ。

ブルックは小さく鼻を鳴らした。「いつもはそれで効果があるのですか？　襲うぞと女性を脅せば、その気にさせられるのですか？」

セスの視線は彼女の唇に向けられた。「ときどきは。相手がそんなふうに操られるのを望んでいるときは」

ブルックの表情は変わらなかったものの、手がわずかにぴくぴく動いたのをセスは見逃さなかった。あたかも彼を自分のほうに引き寄せたがっているかのように。セスが彼女を自分の膝に乗せてあのふっくらした完璧な唇を貪り、派手なセーターの下に手を入れて温かく柔らかな肌をまさぐりたいのと同じくらい、激しく求めているかのように。

一瞬空気が張り詰めたあと、ブルックは咳払いをして眉をあげた。「わたしが知っておくべきことがあるとおっしゃってました？」

そう。そうだった。

「ニール・ギャレットが妹にふさわしい男だとは思えない」セスは早口で言った。

「それはびっくりですね。あなたがことあるたびに彼をにらみつけていた様子からは、まったく予想できませんでしたわ」

「とにかく、妹がつけこまれて過ちを犯すのは見たくない」

ブルックのまなざしが少しやわらいだ。「もちろんそうでしょう。でもマヤは、何歳でしたかしら、二十六？　二十七？　もう自分のことは自分で決められる年齢です」

「わかってる。ただ、正しい事実に基づいて決定をくだしてほしい」

ブルックは戸惑って首を左右に振った。「どういう意味でしょう？」

「マヤが愛してるつもりのニールという男がほんとうにニールかどうかも疑わしい。少なくとも、彼の言うことすべてが真実だとは思えない。やつはなにかを隠してる。やつがマヤを罠にかけて結婚する前に、それがなにかを突き止めたい」

一瞬、ブルックの顔になにか恐ろしくて現実味のあるものがよぎった――セスの発言が古傷に触れたかのようだ。けれどもすぐに彼女は頭を横に振り、目から表情を消し去った。そのとき車がようやくミラー博物館の前で停まった。

デックスがドアを開けにくるまで、セスは彼女の視線をとらえていた。「これで合意できたかな、ミズ・ボールドウィン？」

彼女は目をしばたたかせた。「本気で言っておられます？　合意などできてませんわ。あなたは結婚式を企画するためにわたしをお雇いになりました――のみならず、あなたご自身が計画立案に積極的に参加してらっしゃいます。その裏で、結婚式を実現させるつもりはないとおっしゃってます。わたしはどうしたらいいんでしょうか？」

「ぼくの邪魔をするな」セスは躊躇なく言った。「ぼくのやりたいようにやらせろ」

「つまり？」ドアが開くと、ありがたいことに冬の冷気がふたりのあいだの熱を奪った。「ご自分の周囲のすべてをコントロールするということですか？」

セスは肩をすくめた。「まあね」ぼくがコントロールできるときには。

ブルックはあきれ顔をしてドアのほうに体をずらしかけたが、セスは自分の体で遮った。彼女のほうが歩道に近い側に座っていたのだ。

「ブルック」

彼女は動きを止め、憤慨してセスを見やった。「なんですか？」

「ぼくの邪魔をするな」

「ひとつ条件があります」ブルックは大きなつくり笑いを浮かべた。

セスがいぶかしい表情でつづきを待つ。

「あなたの邪魔はしません」――ブルックは手を伸ばし、子どもにするようにセスの頬をピシャピシャと叩いた――「あなたがわたしの邪魔をしないかぎり」

8

その後、幸せなカップルとあまり幸せでない兄とともに二時間ほど過ごしたブルックは、セスは妹の婚約者を完全に誤解しているとの思いをますます強くした。

たしかに、最初見た会場で大規模な結婚式をしようと言い張ったときのニールは少々強引だったけれど、マヤがそれを望んでいないと悟った瞬間、自説を引っこめた。ブルックがこれまで見てきたところでは、ニール・ギャレットは理想的な花婿に思える。この業界でかなりの経験を積んであらゆるタイプの花婿に会ってきたブルックには自信があった。一般的に、花婿は三タイプに分類できる。

①〝受動攻撃的〟といわれる扱いにくいタイプ。自分には意見がない、花嫁はなんでも好きに選べばいいと断言する。ところがDJが選ばれたあとで、実は生バンドにしたいと言ったり、レッドベルベットケーキが選ばれたあとで、実はチョコレートケーキがいいと言ったりする。

②ほんとうに意見がない消極的なタイプ。引っ張っていかれないと、スーツの試着や結婚式のリハーサルに行こうともしない。

③きわめて積極的なタイプ。花について花嫁と同じくらい――あるいはそれ以上に――関

心があり、クラブケーキとミニタルトのどちらがいいかについて強い意見を持ち、結婚指輪を買う前から行きつけの仕立屋で結婚式のタキシードをあつらえる。結婚式で泣くのはこのタイプが多い。

ブルックの見るところ、ニールは三つのどれにもあてはまらない。関心はあり、質問されたら意見を述べるけれど、それよりもマヤがなにを望んでいるかを気にしている。礼儀正しく、フレンドリーで、温和であり、なによりマヤにぞっこんだ。

彼は……適切だと思える。

マヤに男性の問題があるとしたら、それは恋人に関してではない。はるかに問題なのは、彼女の兄のほうだ。セスは黙りこんで怖い顔をしているかと思えば、自分の意見を頑固に言い張ることもある。こっちは狭すぎる、あっちは広すぎる。こっちは派手すぎる、こっちは地味。この男性はいやなやつだが、それにはひとつだけいいことがある。おかげでブルックは、ふたりのあいだに感じられた妙な雰囲気をやり過ごしやすくなったのだ。しかし、彼が花嫁花婿に与えている悪影響を放置することはできない。マヤの笑みは時間とともにどんどんこわばり、ニールの顔色は悪くなっている。その日三カ所めの会場に着いたとき、これ以上つづけるのが無理なことは明白になっていた。

セスのほうは、自分が晴れた日を曇らせる暗雲であるという事実をまったく気にしていない。三人の数歩後ろで、つまらなさそうな顔で電話になにか打ちこんでいる。マヤは、今日はこれでおしまいにしなければならないと観念していた。

　ブルックはマヤとニールを会場の最有力候補であるビルトモア・ホテルの豪奢なロビーに案内した。落ちこんでいる花嫁に対しては、今日はまだ初日であり、必ず理想的な会場が見つかるはずだと励ました。

　そのためには高圧的な兄を排除する必要がある、と付け加えはしなかった。それはマヤが対処すべき問題ではない。タイラー家のような人々が〈ウエディング・ベルズ〉に高額の料金を支払うのは、プランナーがこうした問題を検知するのみならず解決するからでもある。

　とはいえ、この問題がきわめて困難であるのは認めざるをえない。問題を解決させるため彼女に料金を支払う人物自身が問題なのだから。

　それでもブルックは心配していなかった。だてに、この国でもトップクラスのウエディングプランナーをやっているわけではない。

　そろそろ、自分がその肩書にふさわしいことを証明しよう。

　一行は解散すべく元気のない足取りでぞろぞろと外に出、セスはロビーに残って第三の耳のように彼にくっついている電話で超重要らしい用件をすませている。ブルックは衝動的に、待っている車に乗りこもうとするマヤをさっとハグして「わたしが彼と話をします」とささやいた。

　マヤはわからないふりをしなかった。「悪気はないのよ」声を落として言う。「兄はあらゆるものをコントロールすることに慣れてるの。父が亡くなったいま、わたしの保護者であり指導者にならないといけないと思ってるのね……わたしは心から兄を愛してる。だけど、兄のおかげで頭がどうにかなりそう」

ブルックは彼女をさらにきつく抱きしめたあと体を引き、安心させるように笑いかけた。

「彼もあなたを心から愛してらっしゃいますわ。だけど、こんなふうにつきまとう以外の方法で愛を示すよう、わたしが説得してみます」

「ええ、お願い」マヤは感謝の表情でブルックの両手を握った。「兄が自分はかかわってるんだと感じられる方法を見つけましょう。実際にはそれほど……」

「かかわらせずに？」ブルックはにやりと笑った。

マヤはうなずいた。「そういうこと」

ニールがやってきてマヤの腰に腕を回し、やさしくこめかみに口づけた。「早めのディナーに行く？」

マヤがうれしそうに微笑んでうなずくと、ブルックの心は嫉妬で少しだけ痛んだ。そう、ブルックは自信に満ちている。そう、自分のことは自分でできるし、しっかり自活している。でもたまに、長い一日のあと疲れきったときには、誰かが家で待っていてくれたらいいのにと思ってしまう。ともにカクテルを飲み、一日の緊張をほぐすことのできる相手が。

そんな相手がいたときのことが懐かしい。

「マヤ！」

ブルックが振り返ると、見たことのない男性が歩いてきた。でもマヤの顔はぱっと明るくなったので、知り合いらしい。

「グラント！」マヤは駆け寄って男性の腰に両腕を回し、親しげにハグをした。ブルックは興味を持って男性を見つめた――屈託なく親しみやすい感じのハンサムだ。とても背が高いが、猫背になったりはせず、動きはなめらかでゆったりしている。一九〇センチ以上の体を自由自在に操ることができるようだ。太陽に照らされたら赤みがかって輝きそうなミディアムブラウンの髪、ウィスキーのようなライトブラウンのやさしそうな目、濃いまつげ、感じのいい笑顔。

マヤに笑いかける彼を見たブルックは、とても魅力的な笑顔だ、と訂正した。

マヤもうれしそうに笑い返した。「こんなところでなにしてるの？　もう何週間も会ってないのに、まさかホテルの外で会うなんてね」

「オフィスから家に帰る途中だよ。きみは？」

「ああ、しまった」マヤは自然な仕草でグラントの胸に手を置いた。「しばらく会ってなかったから、あなたはまだ聞いてないかもしれないわね」ニールの手をつかんで前に押し出す。

「わたし、結婚するのよ！」

どちらの男性が相手をより嫌っているのだろう。ニールのほうは、マヤとグラントが親しげに言葉を交わすのを見て気を悪くしているようだ。そしてグラントの顔には、マヤの宣言を聞いて見間違えようのない不快感が浮かんでいる。

「祝福すべき話はセスから聞いてる。おめでとう」抑揚のない口調は、まったく祝福する気持ちがないことを示していた。

ふたりの男性は握手をしたが、彼らから発せられる敵意は、セスとニールが初めて会ったときのデジャブのようだ。

マヤは愛情をこめてニールを見やった。「ニール、この人はグラント・ミラー。兄の親友なの。わたしの親友でもあるわ。一緒に育ったようなものだから、彼はもうひとりの兄みたいな存在よ」

ニールはそれを聞いてうなずき、グラントは沈黙を守った。

マヤはようやくおかしな雰囲気に気づいたけれど、それをどう修復していいかわからず、当惑してふたりを交互に見ている。ブルックは進み出てグラントに手を差し出した。「こんにちは。ブルック・ボールドウィンです。ウエディングプランナーよ」

グラントの笑みはさっきマヤに向けたものほど明るくはなかったものの、友好的ではあった。「ああ、きみか。あの厄介なウエディングプランナーだね。きみのことはいろいろと聞いてるよ」彼は小さくウィンクをした。「そういえば、寛大なるセス殿はどこだい？」

今度はブルックが当惑する番だった。セスは彼女のことを友人に話しているのか？

「電話中」マヤはどうでもよさそうに手を振った。「いつものようにね。わたしとニールは早めの夕食に行くところなの。あなたも来てよ！」

「ありがとう。だけどほかに予定があるから」グラントはそう言ったが、ブルックはそれが方便としての嘘なのを見抜いていた。

「あら」マヤが言う。「最新のお相手はどなた?」

グラントはふざけて彼女の顎の下をくすぐった。「きみの知らない人だよ、おせっかいさん」

マヤはくすくす笑い、ニールは顔をしかめ、ブルックは急になにか飲みたくなった。できればアルコールの入ったものを。結婚式の企画にあたってはドラマがつきものだけれど、マンハッタンの裕福なセレブの世界には、表面から見えるのとはまったく別の層が隠されているようだ。東海岸は正直者が多いとブルックは思っていたが、いままで見たところ、誰もが本音を隠しているように感じられる。

「そろそろ行こうか?」ニールはぶっきらぼうに、今日見た会場について熱心にグラントに話しているマヤを遮った。

マヤはニールに目をやった。笑みが小さくなる。「そうだった。おなかがすいてるのよね。ほんとに一緒に来ない、グラント? ブルックはどう?」彼女は気を使って付け加えた。

「いや、いいよ」グラントが言う。

ブルックは丁重な笑みを浮かべて首を横に振った。

「わかったわ。じゃあ、また今度」マヤが言い、ニールは彼女を車に乗せた。「さよなら!」

車のドアが閉まり、ブルックは手を振って見送った。グラントのほうは、車が歩道から離れていくのを見ながら身じろぎもしなかった。

ブルックはため息をついて手帳を大型バッグに入れた。会ってまだ五分もたっていないのに、気がつけばグラントに声をかけていた。「話をしたい？」

　グラントはブルックを見やった。顔に浮かんだ驚きと警戒は、即座にいたずらっぽい笑みに変化した。ブルックの全身をざっと眺める。女性の品定めをする好色な視線ではなく、〝おれにはすべてお見通しだ〟と言うかのような視線だ。

　彼は顎をしゃくってホテルを示した。「セスはまだ中かい？」

　ブルックは肩をすくめた。「たぶんね。電話するって言ってたし、出てきたところは見てないから」

「ふむ」グラントはますます興味深げな表情を浮かべて自分の顎を撫でた。「ブルック・ボールドウィン、おれと一杯やらないか？」

「あの――」

　グラントはてのひらを上にして手を出した。「下心はない。単に、酒が必要な人間がふたりいるだけだ。おれがおごる」

　それにはそそられる。非常にそそられる。たしかに一杯やりたい。けれど……。

「いいわね」ブルックは残念そうに後ろに目を向けた。「でも、まずやっておかなくちゃいけないことがあるの」

　グラントは小さく笑った。「それが、セスにきびしく文句を言ってやることだとしたら、おれも見てていいか？」

「ふたりは友達だと思ってたけど」

「ああ、友達だ。親友だよ」グラントはさりげなくブルックの肩に腕を回し、ロビーのバーのほうに導いた。「だからこそ、おれたちが一緒に飲んでるのをあいつが目にしたときの顔を見てやりたいんだ」

9

セスは、自分はあらゆることに心構えのできている人間だと思っていた。

ハリケーン。相場の暴落。恋人との別れ。

ところが、この一カ月で二度、不意を打たれていた。

ひとつめは妹の婚約宣言。

ふたつめはバービー人形のようなウエディングプランナーに、瞬時に不可解に惹かれてしまったこと。

そしていま、タイラー・ホテル東京支社との電話を切っているとき、三つめのショックが彼を襲った。親友と問題のウエディングプランナーがロビーのバーで、ふつうのことのように酒を飲んでいるのだ。

「おいおい」セスは電話をスーツのポケットに戻し、駆け足でふたりのほうに向かった。

ビルトモア・ホテルのロビーは、ニューヨークでセスが気に入っているバーのひとつだ。値段が高いためたいていの観光客は敬遠するので、いつも静かに人と話ができる。

そして、暖炉の前の狭いふたりがけシートに腰と腰を接して座るグラントとブルックも、静かに話をしているようだ。

「ご機嫌そうだな」声が聞こえるところまで来ると、セスは思わず口にした。

ブルックが驚いて顔をあげる。彼女はグラントに話しかけながら大きく手を動かしていたが、セスと目が合うやいなやその手を膝におろし、笑みは凍りついた。

彼女の態度があからさまに変わったことは意外ではなかったものの、セスはいささか……傷ついた。自分がグラントほど魅力的でなく、女性に対して愛想よくもないことは知っている。それでもふつうは、彼が近づいたとたんにあれほど明るかった人間が暗くなることはない。

「やあ！」グラントはことさら陽気に挨拶してカクテルを飲んだ。ブルックとセスのあいだの奇妙な緊張には気づいていないように見える。

だが、グラントが目をあげてセスと視線を合わせたときの小さなにやにや笑いは、気づいていることを示していた。腹の立つことに、この男はこういう出会いを仕組んでいたのだ。

セスはため息をついて親友とウエディングプランナーの向かい側の革椅子に腰をおろし、ふたりがお似合いのカップルに見えるという事実を無視しようとした。それが自分をいら立たせているという事実も。

「どういうことだ？」片方の手でふたりを指し示し、もう片方で前に置かれた小さな革表紙のドリンクメニューを取る。

「マヤと結婚相手のろくでなしを彼女が見送ってるところに遭遇した」

カクテルに口をつけようとしていたブルックは、それを聞いてうなり声をあげた。「いやだ。あなたまで？」

「なにが?」グラントは戸惑ってブルックを見た。

ブルックはセスのほうに指を突き出した。「この人の根拠のない反ニール運動に対処するだけでも大変なのよ。あなたもニールを嫌ってるの?」

「いや、あの男は――」

「マヤにとって理想的な相手だわ」ブルックはグラントの言葉を遮った。「お兄さんが彼と決闘したくてうずうずしているのはわからなくもない。だけど、あなたはどうして彼に反感を持つの?」

「おれは……」グラントは助けを求めてセスを見たが、セスは肩をすくめただけだった。どうやったらこのウエディングプランナーの首を絞められるか知っていたなら、セスはとっくの昔にそうしていただろう。「おれもあの子の兄みたいなものなんだ」やがてグラントは言った。

「あらそう」ブルックは疑わしげに相槌を打ち、マティーニを口に含んだ。

グラントが肩をすくめる。「ほんとだって」

そのあまりに軽い口調に、セスは不審を抱いた。グラントが嘘をついたらセスには察知できる。なにかがおかしい。だがその正体を突き止める前に、ブルックはセスに注意を向けた。

「ミスター・タイラー。ここでお会いできてよかったですわ。話し合うべきことがありますから」

グラントはにやりと笑い、面白いショーを見ようとするようにくつろいだ姿勢になった。

ブルックの席の背もたれに腕を伸ばす。セスは警告のまなざしでにらみつけたが、グラントのにやにや笑いは大きくなるばかりだった。

「せめて注文くらいさせてくれないか？」セスはぶつぶつ言い、ウェイターを探してまわりを見まわした。

一時休戦を認めて、ブルックはうなずいた。

セスはグラントと同じくマンハッタンを注文し、上着を脱いで自分の横の椅子にかけた。

「よし。じゃあ聞こう」ブルック・ボールドウィンが投げかける説教を聞くため、セスは少し前傾姿勢になってシャツの袖をめくりあげた。

ブルックがすぐに話しださなかったので、セスはいぶかしんで眉をあげた。見ると、彼女の視線はセスの指の動きを追い、彼がカフスボタンを外して白いドレスシャツを肘まであげるところを凝視していた。

「ミズ・ボールドウィン？」

彼女はごくりと唾を飲んだ。「はい。そうですね。あの、こういうことです」

「こういうこと」グラントがおうむ返しに言ったのは、なんの助けにもならなかった。

ブルックがふざけて叱るようにグラントの脚を叩くと、セスは歯を食いしばった。

「あなたがマヤの結婚式の計画にかかわりたいとお思いなのはわかっています。だけど、過剰に口を出すのが、お金の使われ方が心配だからではなく、妹さんとニールを監視するためなのは明らかです。ニールを気に入っておられないから」

セスは肩をすくめた。「それがどうした？　そんなのはべつに秘密じゃない。今日車の中で、ぼくはきみにそう言った」

「そのとおりです。では、今度はわたしからあなたに言わせていただきます。引っこんでいてください。仮にニールが、あなた方が思ってらっしゃるような悪人だとしても、マヤが自分で気づかなければどうしようもありません。しかも」――セスが口を挟もうとしたのを見てブルックは指を立てた――「もしもあなたが間違っていたら、もしも彼が妹さんを愛していて、年老いるまで彼女を最高に幸せにするつもりでいるのなら、このことをわかっておいてください。あなたは妹さんの人生における最高にすてきな思い出をぶち壊してるんです」

「ちょっと待て」セスの頭に血がのぼった。「きみにそんなことを言われる筋合いは――」

「あなたこそ待ってください」ブルックが言い返す。「マヤは自分の結婚式の計画を立てているところです。お姫様になってすべての望みをかなえる、一生に一度の機会です。なのに、幸せを感じるどころか、あなたが口を開いて不満をまくし立てるたびに彼女は打ちひしがれています」

ずばりと指摘されてセスはたじろぎ、今日一日のことを思い返した。たしかにブルックの言うとおりだ。彼はニールを懲らしめるつもりでいやなやつを演じていたが、それによって、自分が守ろうとしている大切な人間を懲らしめていた。

セスは敗北を認めてうなだれ、ウェイターがカクテルを持ってきたときも、無愛想にありがとうと言うことしかできなかった。

酒をぐいっと飲み、弁解を試みる。「妹とあのろくでな――ニールに、好きにさせることはできない。きみは、ぼくが金をけちってるだけのいやな男だと思ってるんだろう。しかし、ぼくの勘が正しいなら、あの男は結婚式を絶好の機会とみている。キャビアやら最高級のシャンパンやら鳩やらに湯水のように金を使う機会だ」

「鳩はそんなに高額じゃないですけど」ブルックがそっと言うと、セスはきつくにらみつけた。

「ごめんなさい」ブルックは両手をあげた。「そういう話ではないんですよね」

セスは酒に口をつけたあと、突然うんざりして両手で髪をかきむしった。「どうしていいかわからない。事態を仕切るのをやめて、それでも……」

「事態を掌握しておくのが？」ブルックがつづきを言ってにっこり笑う。珍しくその笑みに敵意はなく、親しみが感じられた。

「そうだ」セスは小声で言い、微笑み返した。そのとき、ふたりのあいだになにかが走った。いま、セスは彼女とともに過ごしているが、彼女を引き寄せて思うがままにしてしまわないよう突き放すべきだとは感じていない。それは気分がいい。

「おれはここにいないと思ってくれ」グラントがわざとらしく声を落として言う。「いや待て、とっくにそう思ってるか」

ブルックが気まずそうに小さく笑ってセスから視線をそらしたので、張り詰めた空気がゆるんだ。でもかまわない。ブルックはまだ楽しそうだし、楽しげなブルックは……興味深い。

魅力的だ。

そして珍しい。彼女を見つめながら、セスはそう思った。

彼女は笑みを浮かべている。それは珍しくない。けれど、酒のせいか、ひと仕事終わったからか、一緒にいる相手のせいかはわからないが、いまのブルックはセスが初めて会って以来見たことがないほどリラックスしている。笑いはいつもほど抑制されておらず、表情から用心深さは消え、セスに向ける視線はもっと率直だ。

セスはこのバービー人形を誤解していたのかもしれない。彼女は非の打ちどころのない笑みを浮かべ、凡庸なくせに鋭い知性があるように装っているだけの女性だと思っていた。しかし、いまの彼女を見ているうちに、別のブルックが存在していることがわかってきた。

おそらく、それが真のブルックだ。

落ち着き払って取り澄ましたブルックを見ていると、セスは彼女にいやらしくみだらなことをしたくなる。いや、正直言って、それはこちらのブルックに対しても同じだ。けれど、いま素直な目でセスを見ているリラックスした友好的なブルックについては……肉体以外のことも知りたくなる。なにが彼女を笑わせるのか、なにが泣かせるのか……。

グラントがコホンと咳をしたので、セスはびくりとした。

そうだった。自分たちはふたりきりではなかった。だが、近いうちにそうなるという予感がする。

「で、ぼくにどうさせたいんだ？」セスは椅子にもたれ、これも仕事の取引の一環だというふりをしようとした。「自分の金の使われ方を掌握し、妹が財産めあての悪者と結婚しようとしていないことを確かめ、もしもニールがまともなやつだとしたらマヤがこの過程を楽しめるようにするには、ぼくはいったいどうしたらいい？」

ブルックは前歯で下唇を噛みしめて考えこんだ。

「頭から否定はしないでくださいね」ゆっくりと言う。

セスは首を横に振り、酒をひと口飲んだ。「交渉では最初から相手の言葉を否定したりしない」

「とにかく黙って聞いてください。わたしたちウエディングプランナーは、相手の話を聞くことから始めます。あなたも口を挟まず話を最後まで聞いてください。まずは、些細なことにいちいち口を出すのはやめてください。もちろん、大きなお金が絡むことにはかかわってくださってけっこうです。ワインとか、食事のスタイルとかにも。でもそれ以外に関してはマヤの自由にさせてあげてください。あなたがつきまとうことなく、ドレスやケーキや花束は彼女に選ばせてください。ケーキの試食にいってバタークリームのアイシングかフォンダンかについてああでもない、こうでもないと言い合うのは、マヤとニールに任せてください。不機嫌な兄にロマンティックな雰囲気を壊してほしくありません」

「しかし、もし――」

「話は終わってません」ブルックは穏やかに言って指を立てた。「むちゃなお金の使われ方をしているかどうか判断できるよう、マヤとニールが決めたことについて、あとでわたしとあなたが話し合います」

セスは黙りこみ、一方グラントは楽しそうににやにや笑って身を乗り出した。「あとで？　なんのあと？」

ブルックの笑みが少し揺らぐ。せっかくのいいアイデアを邪魔しそうになったグラントの頭を、セスはひっぱたきたくなった。実のところ、セスもさっきそういうことを彼女に提案しようかと考えていたのだ。

「単に、結婚式に関することでマヤとニールに会ったあとで、それについてセ――ミスター・タイラーと話し合う、という意味よ」

グラントは両手を大きく広げた。「うん、それはすばらしいアイデアだと思う。じゃあ、きみたちふたりは毎日夕食をともにするのか？　飲むのか？　寝酒は？」

「グラント」セスは冷静な口調を保った。

「なんだ？」

セスは厄介な友人を無視してブルックに目を据えた。「日中ニールと妹のあいだに起こったことは、すべて話してくれるか？」

「すべてというのは？」

「ぼくの懸念は金じゃなくてあの男だ。マヤが、真に愛し合う相手、あの子によくしてくれる男と結婚するのなら、喜んで何百万ドルでも出す。だが、もしもニールがそういう男でないとしたら、ぼくはそれを知りたい。その場合はぼくが対処する」

「わかりました、わたしが彼を厳重に監視します、あなたが邪魔しないことに合意してくださるのなら。それが条件です」

セスは苦笑した。「しかし、ニールは美男子だし、自分が誠実な人間だと女性に思わせる名人のようだ。あいつがいかさま師かどうか、きみに見分けられるのか？」

ブルックの笑みがこわばる。彼女はグラスを持ちあげ、セスと目を合わせるのを避けた。

なるほど。

では、彼女の目には魅惑的なブルー以外のものがあるとセスが推測したのは正しかったらしい。

ブルック・ボールドウィンには秘密がある。

10

ようやく目をあげてセスと視線を合わせたブルックは、それが間違いだったことを思い知った。クレイや台なしになった結婚式に関して自分はひとことも言っていないのに、彼はなにかが隠されていることを嗅ぎつけ、それを突き止めようとしている。

残念でした、ミスター・タイラー。過去の失敗にこだわるつもりはないし、あなたに教えるつもりもないわ。

クレイとの過去は秘密でもなんでもない。むしろ自ら進んで明らかにし、傷口を空気にさらしてきた。

その結果、最近のブルックが無力に感じることはめったにない——クレイの逮捕以降慎重に自分のまわりに壁を築き、たいていはそれが功を奏していた。

でも、この人……セスは、彼女を無力に感じさせる。それは都合が悪い。

セスが目を細くして見つめてくる。彼がブルックを解剖し、痛いところを突き、弱点である内なる秘密につけこもうとするのを予想して、彼女は身構えた。ところが驚いたことに、セスはゆっくりうなずくと椅子に座り直した。「いいだろう」

「いいとは？」

「きみの言うとおりにする。結婚式の計画から手を引こう。きみがすべてを——計画についてもあの男についても——報告すると約束してくれるなら。それがぼくの条件だ」

ブルックは小声で笑った。「決まりですね。思ったより簡単に話がつきましたわ」

セスは彼女の視線をとらえた。「きみを信用しようとしてるんだ、ミズ・ボールドウィン。そのことを後悔させないでくれ」

「それと、警戒をゆるめないように」グラントはブルックに助言した。「セスはトイレに立ったらすぐにＧｏｏｇｌｅできみのことを調べるぞ。いや、すでにそうしてなかったら驚きだ」

「たしかにそのことは考えた」セスはブルックから目を離さずに言った。「しかし、謎は自分の手で明らかにするほうがはるかに面白い」

「謎なんてありません」ブルックはあわてて言った。悔しいことに、弁解口調になっている。「それから、わたしの内面を知ることに興味があるふりはなさらないでください。初めて会った瞬間に、わたしをおつむ空っぽの気取り女だと判断なさったでしょう」

「そうだ。きみのほうは、ぼくについての判断を留保したんだろうな。ぼくがどんな人間かについて性急な推測はしなかっただろう？」

ブルックは口をすぼめた。彼は、ブルックがセスを花婿だと思いこんだことを示唆している。

一本取られた。

すべてを明らかにしたほうが……気は楽になるだろう。

彼女はグラントのほうを向いた。「初めてお会いしたとき、セスが花婿さんだと思いこんでしまったの。彼はいまだにそのことにご立腹なのよ、だって典型的な反結婚論者みたいだから」

さっきまでの屈託ない表情が揺らぎ、グラントは警戒するようにセスを見やった。ブルックが地雷の上に足を置いてしまったかのように。

「ごめんなさい」ブルックはそっと言った。なにに謝っているのかもわかっていないけれど、古傷を突いたのだと直感が告げている。頭の中は好奇心で渦巻いているが、心構えができていないときに傷をつつかれたらどう感じるか、ブルックはよく知っている。

でも、セス・タイラーに古傷があるなんて、とうてい信じられない。彼はとてもガードが堅く、なにをするにも慎重だ。誰かが彼を不意打ちして傷つけるなど、ありえそうにない。

それでも誰かが彼を傷つけたのだ。伏せた目から彼をうかがい見たとき、ブルックにはそれがわかった。こわばった口元を見れば明らかだった。

「謝らなくていい」セスがつっけんどんに言う。「愚かな友人は、ぼくが祭壇に実際よりも近づいたことがあるとの誤った印象を持ってるらしい」

グラントは反論するかのように口を開けたが、すぐに閉じ、グラスを持ちあげた。

「ぼくは元恋人に求婚した」セスは、外は雨だと言うような感情のこもらない口調で話した。「彼女はノーと言った。以上」

ブルックは無表情を保とうとしたが、昔からポーカーフェイスは苦手だった。彼のことを思って胸が痛む。でもそれより、彼がその思い出を自分の内にしまっておくべきだと思っていることに胸が痛んだ。

心が粉々に壊れているのに平気な顔をしておくのがどんなにつらいか、ブルックはいやというほどよく知っている。

「やめろ」セスはささやいた。

「なにをですか？」

「ぼくに同情するのを」

「セスは哀れみが嫌いなんだ」グラントが説明した。

「嫌いじゃない人がいる？」ブルックがそっと言う。

一瞬セスと目が合い、ふたりのあいだに理解の光が行き交った。どちらも、ひどく傷ついていながら、それを自分自身にも認めるくらいなら死ぬほうがましだと思っている。

だがその瞬間は過ぎ去り、セスはグラスを掲げて自虐的な無言の乾杯をした。

グラントは身を乗り出してテーブルから自分のカクテルを取ってぐいっと飲み干したあと、てのひらで膝を叩いて立ちあがった。「さてと。楽しかったよ」

「どこへ行くんだ？」

「デートがある」グラントは財布を出して、三人分の酒とチップに充分足りるだけの紙幣を抜き出した。

「誰とだ？」

グラントはその質問を無視し、ブルックの手を取ると屈みこんで自分の唇まで持ちあげ、いかにも紳士的に手の甲に口づけた。ブルックはその仕草を不思議なほど魅力的に感じた。

「ミズ・ボールドウィン、きみはすごく美しい。お会いできて光栄だった」

セスがあきれ顔を見せる。グラントはブルックにそっとウィンクをしてあとずさり、セスの肩をぎゅっと握り、振り返りもせずホテルのバーからのんびりした足取りで出ていった。

「ほんとうにデートだと思いますか？」ブルックが訊く。

セスは肩をすくめた。「違うだろうな」

「どうしてですか？　彼はあなたの妹さんを愛しているから？」ブルックは同情をこめて尋ねた。

セスは呆然とした。「なんだと？」

ブルックはたじろいだ。それは周知の事実ではなかったのか？　グラント・ミラーがマヤに愛情を抱いていることなど、ものの五分で推測できた。でもあの引きつった顔からすると、セスはまったく知らなかったようだ。

「あいつはマヤにとって兄同然だ」

「兄同然は、実の兄とは違います」ブルックは穏やかに言った。「だけど、それはあなたのほうがよくご存じですわね。わたしは誤解したのかも」

「誤解だと思いたい」セスは自分の顔をこすった。「しかし……マヤの婚約の話をしたとき、グラントはかなり動揺した。ぼくはそのことを深く考えなかった。ぼく自身も動揺したからだ。あいつはマヤを守ろうとしているんだと思った。　兄として」ブルックの指摘が意味することが理解でき、彼は大きく目を見開いた。「くそっ」

「たぶんそうなんでしょう」ブルックはあわてて言った。「あの、わたしはなにも言うべきではありませんでした。マティーニのせいで口が滑っただけです。だからふだんはお客様と飲まないんです」

セスはゆっくり危険な笑みをたたえて身を乗り出した。「客と飲まない？　なのに、ここにいるじゃないか」

「グラントに一杯やろうと誘われたからです。グラントはわたしの顧客ではありませんし」

「ふん。だが、別の場所で飲もうと言うこともできたはずだ。なのにホテルに戻ってきた。ぼくがいるとわかっていながら」

「あなたと話をしたかったからです。結婚式について。彼女が結婚式の企画を楽しめるようにするために」

「そしてぼくたちは、互いが満足できる合意に達したわけだ」

ブルックはなにかの罠が仕掛けられている気がして答えをためらった。「ええ」

セスの笑みはゆったりとした自信をたたえたものだった。「それなのに、きみはまだここにいる」

ブルックは否定しかけたけれど……セスの言うとおりだ。まだここに座っている。さらに奇妙なことに、離れたくないと思っている。心の一部では、これが終わらないことを望んでいる。楽しいことかどうかもわからないのに。

セスは訳知り顔で微笑んだ。「戦略を練り直してるのか？」

ブルックは残りの酒を飲み終えた。そうだ。そういうことにしておけばいい。「定期的にあなたとお会いするのは、いわば〝チームのために犠牲になる〟ということだ、とだけ言わせてください」

セスの顔から笑みが消える。ブルックは一瞬、彼が傷ついたように思った。でも、そんなことはありえない。彼はブルックに好感を持っているふりもしていないのだから。ブルックを肉体的に求めているかもしれない――ブルックは気づかないほどばかではない――けれど、求めたくないと思っているのは明らかだ。

なのにいま、彼の顔には突然恐ろしいほどの孤独が見えた。それをどう解釈すればいいのか、ブルックにはまったくわからない。

セスは小さくうなずいて自分の酒を飲み干した。「じゃあ、話し合いはこれで終わりだな」

「ミスター・タイラー」

彼はぱっと目をあげた。いつものように冷たいブルーの目だ。けれども……もしかすると、冷たいというよりは警戒しているだけかもしれない。それならブルックにも理解できる。少しは。

「あなたは――」ブルックは唇を舐めて言い直した。「わたしともう一杯いかがですか？」

セスの眉があがる。「ここで？　いま？」

ブルックはうなずいた。

セスは得意の冷たく値踏みするような目つきでブルックを見つめた。そのあと立ちあがったので、ブルックの心は沈んだ――危険を冒したのが報われなかった落胆と、彼が去っていくことを考えたときの胸の痛みとで。

ところが彼は去っていかなかった。

ためらうことなく小さなカクテルテーブルを回りこんでブルックの隣に来て、グラントが数分前に空けた席に腰をおろした。

彼は礼儀正しく距離を空けていた。ブルックを圧迫せず、体に触れようともしない。それなのに、グラントよりずっと近くにいるように感じられる。

「いいかい?」彼が小声で尋ねる。急に自信がなくなったかのように。

ブルックは微笑んだ。「ええ。ええ、どうぞ」

ふたりは見つめ合ったが、やがてウェイトレスが来たので視線を離した。

「マティーニでいいか?」セスはブルックの空のグラスを顎で示した。

「ええ、同じものを」ブルックはウェイトレスに笑いかけた。「ウォッカのベルヴェデーレで、少しダーティに」

「ぼくはもう一杯マンハッタンをもらおう」

ブルックが見ると、セスは面白そうな顔をしていた。

「なんですか?」

「ダーティなウォッカのマティーニ……なぜか、きみにぴったりの飲み物に思えるね」

ブルックは首をかしげた。「あなたはわざとそういう言い方をするんですか？」

「どういう？」

「エロティックに聞こえるような」

「きみの注文した飲み物の名前を言うことの、どこがエロティックなんだ？」

「ダーティというところ」ブルックはそっと言って横を向いた。

セスの笑い声は低くセクシーだった。「ミズ・ボールドウィン、ぼくは誓って、そういういやらしい意味で言ったわけじゃない。しかし、きみがそういうふうに受け取ったのは興味深い」

ブルックはその発言を無視した。これを――〝これ〟がなんであれ――無事に乗り切るつもりなら、自分が話の主導権を取らねばならない。

「じゃあ、元彼女のことを教えてください」軽い口調を保って言う。「反結婚論者にしては、結婚寸前まで行ったみたいですね。グラントはそう思ってるようでした」

「グラントには妄想癖がある。それに、ぼくは反結婚論者だと言ったことはない」

ブルックは鼻を鳴らした。「言う必要もありません。スカーフみたいに不信感をまとってらっしゃいますもの」

セスは考えこむような表情になった。「結婚はうまくいくこともあると思う。間違いなく。ただ、映画で見るような甘ったるい愛だけじゃつづかない」

「甘ったるい愛？　そんな陳腐な言い方しかできないんですか？」

セスが小さく笑う。「そういう言われ方にうんざりしてるみたいだ」

「よくある〝真の愛は幻想である〟みたいな言葉にうんざりしてるだけです」

「じゃあ、きみはどう言わせたいんだ？」セスが質問したとき、ウェイトレスがふたりのカクテルをトレイに載せてバランスを取りながらやってきた。「ぼくたち男はみんな、自分にふさわしい女性に飼い慣らされるのを待ってるとか？」

ブルックはウェイトレスがグラスを置いて立ち去るのを待ち、時間を稼いだ。

「飼い慣らすというわけではありません」やがて彼女は答えた。「わたしたち女が求めるのは……望むのは……」

ブルックは言いよどみ、セスは体ごと横を向いて彼女とまっすぐ顔を合わせた。表情は真剣だ。「なんだ？　なにを望んでる？」

「善良な人が愛してくれること」ブルックは静かに言った。

セスは意外そうに目をぱちくりさせ、ブルックは小さく吐息をついてグラスを持ちあげた。

「わかってます。悲しいほど単純ですよね。だけど実のところ、わたしたち女がほんとうに求めてるのは、バラでも豪華な食事でも詩でもない。ほんものの愛だけなんです」

セスは無言で、ブルックがマティーニをすするのを見つめている。ブルックは変なことを口走らないよう注意せねばならない。マティーニにはパンチ力があるし、このバーのグラスは大きい。それでも、いくらさっき飲んだ酒が回っているとはいえ、自分が大胆になっているのがアルコールのせいだけとは言いきれない。

ウォッカと同じくらい、隣に座った男性にも酔っているのは間違いない。いや、おそらくウォッカよりも。

「それで、あなたの意見は？」本心をさらけ出してしまって無防備に感じているのが情けない。「さっきおっしゃいましたね。結婚はうまくいくこともあるけど、〝甘ったるい愛〟だけじゃつづかないって。だったら、なにがあれば長つづきするんですか？」

「企業合併と同じだよ。両者が同等の利益を得られるなら、うまくいかない理由はない」

ブルックは唖然とした。「それって……それって……ひどい言い方」

「そうかい？誰でも求めるものがあるんだよ、ミズ・ボールドウィン。だから、双方が互いに相手の求めるものを提供できればいいわけだ」

「そう」ブルックも体ごとセスのほうを向いた。「ではお訊きします。あなたの元恋人が求めて、あなたが提供できなかったものはなんですか？」

彼はびくっとして小さくのけぞり、ブルックは勝ち誇った笑みを浮かべた。そんな質問はセスも予期していなかっただろう。それが彼女の狙いだった。人が男女関係について冷たく無感情に話すのが、ブルックには我慢できないのだ。自分自身の男女関係について話すとなれば、そう冷静ではいられない。

「ナディアは……」セスはブルックの後ろに視線を向けて考えた。「ナディアがなにを求めてたのか、ぼくにはわからない。ナディア自身もわかってなかったんだと思う。それが問題だったのかもしれない」

「あなたは？　あなたが求めて、彼女が提供してくれなかったものは？」

セスはブルックに目を戻した。ブルックの呼吸が突然苦しくなった。やはり最大の問題はウォッカではなさそうだ。彼だった。

「ぼくは安定を求めてる」セスはしみじみと言った。「サプライズを起こさない人を求めてる。ナディアが気まぐれだったわけじゃない。ただ、彼女がなにを考えてるのかわからなかった。ぼくは知っていたいんだ。すべてを」

「だったら、あなたの理想的な伴侶はロボットですね」

セスは苦笑いした。「信じてもらえるかどうかわからないが、自分がいかに理不尽なことを言ってるかはわかってる。だからこそ当分結婚するつもりはないんだ。あるいは永遠に」

「少なくとも魅力的なサイボーグのモデルが発売されるまでは」ブルックは軽くウィンクした。

ふたりはさっきより接近している。体と体の距離はほんの数センチ。いつそうなったのだろう？　どうしてそうなったのだろう？

なのにブルックは動かなかった。セスも動かなかった。

遅まきながら、自分たちの話が個人的な領域に入っていることをブルックは意識した。これは仕事上の打ち合わせだと考えるべきだ。だから当面の仕事の話に戻った。

咳払いをする。「で、この話にマヤはどうあてはまるんでしょう？　ニールがマヤの求めるものを提供してるんだとしたら？　マヤとニールが互いにこの結婚によって利益を得られるとしたら？　いえ、合併によって」

　セスは面白がっているような顔を見せながらも、その質問には真剣に答えた。「マヤは、両親のいない女や気難しい兄が求めるものを求めてる。一緒にいてくれる相手。妹は……あの子は孤独なんだ」

「わたしなら、マヤを孤独だとは表現しません」ブルックはゆっくりと言った。「でも、あなたのほうがよくご存じなんでしょう」

　セスは居心地悪そうに肩をすくめた。「友達ならたくさんいる。それにもちろん、ぼくもいる。だけど小さいときから、マヤはいつもほかの人間と群れていた。彼らを必要としているからというよりは、単に好きだからだ。まわりの人間から元気をもらってる——とくに、マヤを愛してる者たちから」

「ニール・ギャレットはそういう存在ではないと？」

「正直に言っていいか？」セスはうなじをさすった。「ニール・ギャレットがほんとうにニール・ギャレットという人間かどうかもわからない」

　ブルックは身を硬くした。セスは思いつきで言ったに違いない。セスは彼女とクレイとの過去は知らないはずだ。

　でも彼の言葉はつらい記憶を呼び覚ました。ブルックが思っていた人間ではなかった男性の記憶。性格も、意図も……名前すら嘘だった。

「わたしはニールをスパイするようなものだから、教えてください――どうしてニールをそんなに疑うんです？　どうして信用できないんですか？」できるだけ冷静に尋ねる。

セスはグラスを持ちあげて濃い色のチェリーを眺め、慎重にひと口すすった。「どうかな。直感、だな。彼に関することはすべて曖昧すぎる。家族。仕事。過去。SNSのプロフィールはすべて同じ時期に載せられてる。一年ほど前に」

「SNSにプロフィールを載せるのが遅い人はたくさんいます。あなたご自身を含めて」

興味深げな視線を向けられ、ブルックは自分がなにを言ったのかに気づいて顔を赤らめた。

セスは少しブルックのほうに顔を寄せた。いたずらっぽい笑みを浮かべている。「ミズ・ボールドウィン。きみはぼくのことをリサーチしてたのか？」

「お客様はすべてリサーチします」ブルックは無愛想に答えた。

セスの笑みがますます大きくなる。「なにを知りたかったんだ？」

ブルックは顔を背けなかった。「あなたがなにに関心があるのか。あなたのもくろみはなにか」

「ぼくのもくろみ？」

「初めて会った日」ブルックは目をそらすことなくつづけた。「あなたはとても控えめでもあり、すごくずうずうしくもありました。その矛盾が不思議でしたし、あなたがなにを求めてるのかを知りたかったんです」

「ぼくがなにを求めてるかは、はっきりわかってるはずだ」セスの手が徐々にブルックのほうに向かい、大きな指がそっと顎に触れた。「いまでも求めてる。そしてもっと言えば……きみもそれを求めてるんだと思う」

11

セスはあまりにも強硬に彼女を追い詰めてしまった。

あまりにも早く。

ブルックのマンションまでの車中、セスは状況を見誤ったことで自分を責めていた。セスが過ちを犯すのは珍しい。だがたしかに今夜は間違っていたし、ブルックはお返しとして黙りこんでいた。

セスが彼女に触れて、彼を求めていることを認めろと迫った瞬間、ブルックはびくついて口を閉ざし、目まで届かない口元だけのこわばった笑みを浮かべたあと、唐突に話題を変えた。ふたりはその後飲み終えるまでバーにいたけれど、彼女は慎重に個人的な話を避け、花やリボンやカナッペについてべらべらしゃべっていた。セスを遠ざけようとする意図的な試みだったに違いない。

それでいい。

セスに女性と戯れる時間はない。ましてや妹を担当する気取ったウエディングプランナーとは。

いや、彼女は気取った女ではなかった。あのつくり笑いと用心深い目に隠された真のブルック・ボールドウィンは……。

そう、彼女はサプライズだった。

もちろんロマンティストだが、ロマンスに慎重でもある。ハッピーエンドに対する揺るがぬ考えは、世間知らずな思いこみから生まれたお決まりの幻想というより、意識的な信念であるようだ。

さらに不可解なのは、彼女の求めるのは善良な人からの愛――それだけだ――と認めたことだ。

その言葉の持つ単純さと真剣さにセスは驚いた。いま彼女はセスの隣で身を硬くして座り、なにがあっても彼と顔を合わせまいと横を向いている。しかしセスは、彼女を引き寄せてあの言葉の意味を説明してくれと懇願したかった。

彼女の求める〝善良な〟人間とは、どういう人間なのかを。

それは自力で突き止められるだろう。ニールのことを調べるのと同じ方法で、ブルックのことも調べればいい。彼女がなにに関心があるのか。どんな秘密を隠しているのか。しかし、実はそんな方法で調べたくない。彼女から自発的に話してほしい。秘密を打ち明けてほしい。

なぜそんなことを望んでいるのか、自分でもわからない。恋人はいらない。それどころか友人も欲しくない。

なのに、彼女を車からおろしたくなかった。ふたりのあいだに奇妙な緊張を残したまま、彼女に去ってほしくなかった。

「次はいつ会える?」セスは思わず口にした。

ブルックが驚いて彼を見る。

「取引しただろう。結婚式について話し合うんだ」

「ああ。そうでした」ブルックはバッグを探って手帳を取り出した。「ええっと、金曜日にマヤと会っていくつかドレスショップを見てまわります。だけどあなたはそういうことに関心をお持ちじゃないでしょうし……」

「金曜日でいい」

ブルックが顔をあげる。「え？」

「約束は何時だ？」セスは彼女の驚きを無視して尋ねた。車はブルックのマンションのすぐ前で停まっている。さっさと話を決めなければならない。

「二時です」ブルックがしぶしぶ答える。

「それから何時間くらいかかる？」

ブルックは目を細くした。「マヤを連れていきたい店は何軒かあります。どういう感じが好みか知りたいので。交通渋滞を考えても、五時くらいには終わるでしょうね」

「五時か。決まった」

「いいえ、決まってません。金曜日にあなたと会うつもりはありません」

「ぼくが結婚式の企画から手を引いたら、きみは内容を教えてくれると言ったじゃないか」

「ええ、あなたにとって大事なことや、ニールに関係があることについては。でも今回、ニールは同行しません。マヤのドレスはあなたと無関係です」

「非常に高額なんだろう」

ブルックが勢いよく口を閉じると、歯と歯があたってカツンと鳴った。「ええ、高額でしょうね。マヤがどんなものを欲しがるかによりますが」

「支払いをするのはぼくだ」セスがきっぱりと言う。「だから金曜日の五時半に会おう」

彼は携帯電話を出してスケジュールを記入し、ブルックの目に浮かんでいるはずのいら立ちは見まいとした。そう、セスは主導権を握って彼女を振りまわしている。しかし彼は引きさがらなかった。なぜか、ブルック・ボールドウィンと会う時間をつくるのは必要なことだと感じていた。彼女がそれを好もうが好むまいが。

「わかりました」ブルックはきびきびと言った。「五時半ですね。あなたのオフィスにうかがいます。妹さんの好みがスウィートハートドレスかホルターネックかを検討して――」

「それからきみをディナーに連れていく」

彼女は取っ手に手をかけて勢いよくドアを開け、運転手のデックスを驚かせた。

セスは体を伸ばして、車から出ようとするブルックの腕をつかんだ。「ミズ・ボールドウィン」

彼女は怒りの形相でセスをにらみつけた。「あなた、何回わたしの言葉を途中で遮ったかわかってます？　ご自分の主張を通すために、どこまで強引になる気ですか？」

セスは口を開けたものの、自分がひどく傲慢に振る舞っていたことに気づいて反論をやめた。「すまない」

ブルックも口を開けたが思い直して閉じ、うさんくさいものを見るような目を向けて腕を引き抜いた。

もう一度彼女に触れたくてセスの指がうずうずする。それでも彼はこぶしを握り、深呼吸して気持ちを落ち着かせ、丁重に頼んだ。「ミズ・ボールドウィン。金曜日にディナーに行ってくれないか？　お願いだ」

「マヤのウエディングドレスについて話し合うため？」ブルックが警戒して尋ねる。

まさか。妹のウエディングドレスになど、なんの関心もない。

だが妹をだしにして彼女に会うことにした以上、彼はしかたなくうなずいた。「そうだ」

「わかりました」ブルックがゆっくり言う。「ディナーに行きましょう。だけど、ミスター・タイラー、ちゃんとわかっておいてください……。わたしはなにも求めてません……ロマンティックな関係は。肉体関係も。わたしたちのあいだにあるもの――それが存在しないふりはしません。でも、それに屈するつもりもありません。〈ベルズ〉におけるキャリアは大切ですし、こういうことで仕事を棒に振る危険は冒したくないんです」

セスはますます強くこぶしを握り、拒絶を受けて手を引いた。驚いたわけではない。セスだってなにも求めていない。ただ……真っ向から拒否されて胸が痛んだにすぎない。彼女を見るたびに劣情を催すというよりは、彼女のそばにいるだけで気持ちが明るくなるからだ。

しかし、そんな思いは一方通行だったらしい。

「単なるビジネスディナーだ」低く小さな声で言う。「いつも誰かとそういう食事をしてる」

それは真実だ。ただし、彼女のような相手とではない。彼女に感じさせられるようなことを感じさせる人とではない。

「承知しました」ブルックは取り澄まして言った。「金曜日、五時半。レストランで落ち合います？」

「ぼくのオフィスに来てくれ。ぼくの仕事が長引くかもしれないから。きみがそれでよければ」

ブルックはうなずいた。「よろしいですわ。では、どうぞごゆっくりお休みください、ミスター・タイラー」

「きみも」セスはそっけなく言い、ブルックは車をおりてドアを閉めた。

でも、彼はゆっくり休めそうになかった。

彼女のことを頭から追い出すのに、ひと晩じゅう忙殺されそうだ。

12

「信じられない、〈ブランシュ〉の予約が取れたなんて」高級車からおりて、ニューヨークでも有数のウエディングドレスショップの前に立ったマヤは、感心して言った。

「〈ベルズ〉にお任せくだされば、なんでも手に入るんです」ブルックは笑顔で答えた。「最高のものが」

「そうよね。だけど、店の中に入ることもできなかったお友達がたくさんいるのよ――かなりの有名人でも」マヤは少々畏怖しているようでもある。

それを聞いてもブルックは驚かなかった。〈ブランシュ〉のような小さくおしゃれな店は、高級そうな雰囲気を演出することに腐心している。誰でもいつでも入ってこられる安易な店だと思われないため、ときには必要もないのに客を追い返す。

でも、そこにこそ〈ベルズ〉の存在価値がある。ウエディングプランナーの仕事の半分は、花嫁のみならずドレスショップをも味方につけることだ。

そしてブルックにとって幸運なことに、アレクシス・モーガンはすべての高級店を味方につけている。

ブルックはおおらかな笑みを浮かべた。顧客に好印象を与えられたことが誇らしい。今日は会場を見てまわった悲惨な日とは正反対に、すばらしい一日を過ごしている。つきまとう婚約者や尊大な兄抜きでマヤ・タイラーとともに過ごすのは、とても楽しい。

最初からマヤには好感を持っていた。なにがあっても明るく受け止めようとする人間は、好きにならずにいられない。しかも、マヤとふたりきりで〈スターバックス〉に寄ってからウエディングドレス探しを始めたあと、マヤがあどけない顔の奥に鋭い知性を隠していることがわかって、ブルックはとてもうれしかった。マヤには辛辣なところもある。だからこそ彼女は、単に一緒に仕事をしやすい顧客というだけでなく、友人になれるタイプの女性でもあるのだ。

「この鉢植えを見て」ドレスショップの地味なブラウンストーンのステップをのぼりながら、マヤはうれしそうに声をあげた。「全部真っ白。お花も、鉢も。スプレーで茎を白く塗らなかったのが驚きね。茎だけ緑で残すほうが、よほど勇気がいるわよ」

ブルックは曖昧に微笑んだ。正直に言うなら、この訪問についてそれほど心躍らせてはいなかった。電話で応対した女性はとても礼儀正しかった——媚びるようですらあった——けれど、〝上流〟と〝上流気取り〟のあいだには細い線がある。ブルックの本能は、〈ブランシュ〉は後者であると告げていた。

それでもマヤは、おそらくは文字どおり銀のスプーンを口にくわえて育ってきたホテル帝国のお姫様だ。ブルックとしては、彼女にこの店の案内だけはせねばならない。

ブルックはベルを鳴らした。

「どちら様ですか?」応答した声は、インターホン越しでも上品そうで垢抜けて聞こえた。

「こんにちは。ブルック・ボールドウィンです。二時のお約束で、マヤ・タイラーさんをお連れしました」

「予約を確認させていただきますわ」

マヤが目を丸くするのを見てブルックは微笑んだ。「そうですね、ぜひ確認してください」

愛想よく答える。

「はい、ございました。すぐにまいります」

ものの二秒もしないうちにドアが開き、ブルックとマヤはそのばかげたほどのもったいぶったやり方にあきれて視線を交わした。白いパンツスーツ姿の褐色の髪の美女が、シャンパングラスふたつを載せた銀のトレイを持ち、人工的な笑みを顔に張りつけていた。

「〈ブランシュ〉にようこそ」お辞儀をし、トレイをふたりに差し出す。「ミズ・ブーリュの助手、マリエッタと申します。ミズ・ブーリュは二階でお客様方をお待ちしております」

ブルックはためらうことなくグラスを取った。これを無事に乗り切るにはアルコールが必要となりそうだ。

マヤも同じことを考えたらしく、感謝の表情で優美なフルート形グラスをつかむと、躊躇せずぐいっと中身を口に流しこんだ。ブルックと目を合わせてにやりと笑う。

予想どおり、玄関も全体が白大理石製だった。階段も同じ。ブルックとマヤは唖然として目を合わせ、マリエッタの曲線美の後ろ姿を見ながら螺旋階段をのぼっていった。

二階はあらゆるものを白で統一した階下とは少し違い、硬材の床は自然なダークブラウンのまま残されていて、完全無欠な印象がやや薄まっていた。

しかし階段の上で待っていた女性は、自然とはほど遠かった。髪は白と言ってもいいくらい薄いプラチナブロンド。笑みを浮かべた口からのぞくまばゆいばかりの白い歯は、同じくらい白いラップドレスとよく調和していた。

靴は？　白。マニキュアは？　白。宝石は？　白。

白くないのは肌だけだった。ひどく人工的なオレンジ色をしている。

ブルックはくすくす笑ってしまわないよう、あわててシャンパンを口にした。見ると、マヤも同じことをしている。

白とオレンジで彩った女性が歩み寄った。「ミズ・ボールドウィン。ミズ・テイラー。ようこそおこしくださいました。わたくしはステイシー・ブーリュ、〈ブランシュ〉の販売担当をしております」

儀礼的な握手を交わしたあと、ステイシーはマリエッタを鋭く一瞥し、一本の指を振って追い払った。

「どうぞこちらへ。応接室にご案内します」ステイシーはそう言うと、さっと背を向けた。

「正直言って、ちょっとびくびくするわ」マヤがささやく。

「同感です」ブルックはささやき返した。

応接室は実際には広い円形のリビングルームで、コースターにいたるまですべてを白で統一していた。

「さて、ミズ・タイラー」ブルックとマヤが白いソファに腰をおろすやいなや、ステイシーは口を開いた。「どのデザイナーにするか、もうお決めになりました？」

「うーん」マヤは眉根を寄せた。「まだそんなに検討してないの」

「わたくしどもはあらゆるデザイナーを自由に使えますのよ」ステイシーは両手を広げて殺風景な部屋を示した。「ここにドレスはございませんで？」

「ないわね」

「ええ、ございませんのよ」ステイシーが誇らしげに言う。「既製品は展示しないからです。わたくしどもが提供するのは、超最高級のオーダーメイドだけですの」

超最高級？

お高くとまったドレスショップならブルックも数多く見てきたけれど、ここは群を抜いている。とはいえ、マヤ・タイラーはまさに社会の最高層にいる花嫁であり、このくらいがちょうど似合うのかもしれない。だからブルックは笑みを顔にしっかり張りつけた。マヤはいつもこういうふうに媚びへつらわれているのだろう。

「いまはまだ、ドレスショップをどこにするか決めてないのよ。もちろんデザイナーも」マヤは明るく言った。

ブルックは感心した。お見事だ。これでステイシー・ブーリュは、簡単に契約にこぎつけられるわけではないことを痛感しただろう。

ステイシーはこわばった笑みを浮かべた。「ほかにどんなお店をご覧になられますの？　わたくしどもが最高であることは保証いたします」

「ブルックが選択肢をいろいろ考えてくれているわ」マヤはなめらかに言った。「こちらのお店の進め方を教えてくださる？」

「はい。まずは採寸の前に、スタイルや生地などのご要望について何度かブレーンストーミング形式で話し合いを行います。ウエディングドレスは単なるドレスではありません。結婚式全体を彩る装飾の一部なのです」

まあ、大げさなこと。

「あら。そうなの」マヤが言う。「面白い考え方ね」

ステイシーの電話が鳴り、彼女は顔をしかめて下を見た。「申し訳ございません、ミズ・タイラー。最近何度もこの番号からかかってきますの。すぐに対処しないといけないのですけれど、かまいませんでしょうか？」

「ええ、どうぞ」マヤは即答した。

ステイシーが席を離れた瞬間、マヤはブルックのほうを向いて〝うんざり〟と口の動きで伝えた。

ブルックは頬の内側を噛んで笑いをこらえ、前に置かれた冷たいシャンパンボトルを顎で示した。「もっとお飲みになります？」

「ええ、お願い」マヤはそっと言った。

ブルックはふたりのグラスに注ぎ足した。ステイシーの話の断片が聞こえてきて、ふたりは顔を見合わせた。ステイシーはまったく声を落とそうとしておらず、電話の相手にいら立っているのがはっきりわかる。

「すみません、どなたのご紹介ですか？」気短に言ったあと言葉を切る。「そうですか。わかりました。あのですね、わたくしどもは過去のお客様から個人的に紹介していただいた方々からのご予約しか受けつけませんのよ」

ステイシーは自分のマニキュアを眺めながら相手の話を聞いている。「どなたかのご紹介があればいいんですの。お客様に……コネがあることを保証していただける方が」

今回、彼女は電話の相手に返事をする暇を与えることなく話をつづけた。「申し訳ありませんけれど、この先二年ほどは予約が埋まっておりますの。お客様のご要望に合うお店が見つかることをお祈りいたしますわ」

ブルックは怒りをこらえた。こういう場面には何度となく遭遇してきたし、店が客を選ぶこと自体が悪いとは思わない。それでもステイシー・ブーリュの冷酷さは受け入れがたい。

「失礼いたしました」ステイシーは戻ってきてブルックたちの向かい側に腰をおろした。「ときどき、必死になった花嫁さんがしつこく言ってこられることがあるんですの」

「そうよね、わたしたちみたいに最高のドレスを求める人がいるのはびっくりだわ」マヤが皮肉をこめて言う。

ステイシーは気まずそうに笑った。「ええ、あの……先ほど申しましたように、わたくしどもの仕事の進め方ですけれど——」

「実は」マヤは身を乗り出してコーヒーテーブルにグラスを置いた。「そちらの進め方はわたしに合わないみたい」

「は？」

ステイシーは鳩が豆鉄砲を食らったような顔をしている。ブルックはカメラを持ってこなかったのを後悔した。

「さっきの電話で、今後二年間は予約で埋まってると言ってたでしょう。わたしの結婚式までは一年もないの」マヤは明るく愛想よく言った。

ステイシーは自分の失言に気づいて、きれいに化粧を施した目を大きく見開いた。「いえ、そういう意味では——」

「それと、過去の客から紹介された人しか受けつけないって言ってたけど、わたしは誰からも紹介されてないわ。そうでしょ、ブルック？」マヤは滑稽なほど大きく開いた無邪気そうな目でブルックを見やった。

「ええ」ブルックは喜んで調子を合わせた。「ごめんなさい、わたしはニューヨークに来たばかりで、どなたからもご紹介をいただいておりませんの」

「残念」マヤはがっかりした顔でてのひらを軽く太腿に叩きつけ、ぴょんと立ちあがった。「わたしたちの要望に合うお店を探さなくちゃならないみたいね」

ステイシーは姿勢を正した。「ミズ・タイラー、お待ちください。わたくしどもは必ず、理想のドレスを見つけてさしあげますわ。あなたのお立場に見合う、美しい特注のドレスを」

「いまのわたしにとって大切な立場は、花嫁としての立場だけ。それは、さっき電話してきた女の人と変わらないわ。その人だって、理想のドレスを手に入れる資格はわたしと同じだけあるのよ」

マヤは愛想のいい柔らかな表情をかなぐり捨て、怖い顔を見せている。人工的に日焼けしたオレンジ色のステイシーの頬が、ピンクに変色した。「ですけれど、ミズ・タイラー――」

「ここは終わりね」マヤはステイシーを完全に無視してブルックに話しかけた。

これまでブルックにはマヤと兄の類似点がまったくわからなかったけれど、いま初めてそれが見えた。マヤのすっと伸びた背筋と冷たい目は兄そっくりだ。不愉快な相手と取引するとき、きっとセス・タイラーもこういう感じなのだろう。

そして彼の気難しさを考えると、ほとんどの人間が〝不愉快な相手〟に分類されると考えられる。

ブルックはステイシーに向かって〝しかたないでしょ？〟と言うかのように小さく肩をすくめ、マヤについて階段をおり、呆然としているマリエッタの横をすり抜け、冷たい冬の午後の中に出ていった。

玄関ステップをおりると、ようやくマヤは歩く速度を落として振り返った。口に手をあてて小さな笑いを漏らしたあと、もとのやさしく愛想のいいマヤに戻った。けれど、マヤが穏やかな外面の下に鋼鉄を隠している事実を知って、ブルックはますます彼女が好きになった。とりわけ、マヤが氷の女王の雰囲気を利用したのは適切な理由だったから――ひどく上品ぶった俗物に身のほどをわきまえさせること。

「ひどい人だったわね」マヤが言う。

「失礼いたしました」ブルックは答えた。「ほかの店はあそこまで高慢ではないと思います」

「謝らないで」マヤは手を振った。運転手がふたりのためにドアを開ける。「もちろん、あなたはあの店を案内する必要があったのよ。〈ブランシュ〉は最高だし、わたしは最高のドレスが欲しいと言ったんだもの。ただ……あんな店だとは思わなかった」

ブルックはマヤの隣に乗りこんだ。「紹介してもらえないというのは嘘でしょう？　あそこでドレスをつくったお友達もいらっしゃるんじゃないですか？」

「何十人もね。みんなゴージャスなドレスだったわ。だけど、あの店の雰囲気がどうしても好きになれなかったの。自分に合ってるとは思えなかった」

「どういうのがご自分に合ってると思われます？」ようやくマヤの具体的な希望が聞けるかもしれないと思って、ブルックは尋ねてみた。

マヤはため息をついた。「わたし……自分の欲しいものがわからないって変かしら？」

ブルックはにっこり笑った。「全然変じゃありません。空想上の結婚式をうっとり考えるのと、実際の結婚式を計画するのはまったく違います。それを認識して驚かれる花嫁さんはたくさんいらっしゃいますわ」

「でも、単に結婚式の話じゃないの」マヤは少し疲れているようだ。「わからないのは……すべてに関してよ」

「どういうことでしょう？」

マヤは額に手をあてた。「あの……ほかのドレスショップの約束をキャンセルしてもかまわない？　そんな余裕はない？」

「あら、もちろん大丈夫です。時間はたっぷりありますし、そもそも結婚式の日取りもまだ決まっていませんもの。だから、いくらでも融通は利きます」

「すべてに関してじゃないわね」マヤはつぶやいて自分の手を見おろした。

これはまずい。ブルックはこの声の調子を知っている。結婚式のストレスにさらされた花嫁というより、少し途方に暮れている女性の声だ。

「マヤ。話をしたいですか？」ブルックはやさしく尋ねた。

マヤは顔をあげた。「ええ、そうね。ぜひ話したいわ。ウエディングドレスの買い物の代わりに、ワインで一杯やるのはどう？」

「いいですね」

マヤは運転手との仕切り窓をおろし、アッパーウェストサイドのワインバーに向かうよう指示した。

二十分後、ブルックとマヤは窓際の座り心地がいい高い椅子に腰かけていた。マヤはソーヴィニヨン・ブラン、ブルックはカベルネ・フランのグラスを、それぞれ手にしている。

「で、兄とはどうなってるの？」マヤはいたずらっぽく微笑んだ。

予想外の質問だったので、ブルックははぐらかした答えを考えることもできなかった。

「え？　ああ、はい。ええっと。べつになんともなってません。どうしてですか？」

マヤは笑った。「わかってたわ。あなたたち、意識し合ってるでしょ」

「いいえ、意識なんてしてません」ブルックはあわてて答えた。

「あらそう。だったら、今日のことを報告するために、あとで兄に会わないわけ？」

「お兄様からお聞きになったんですか？」

マヤは鼻を鳴らした。「まさか。グラントよ」

わたしがあなたの婚約者をスパイすることになってるのは聞いてないでしょうね。ブルックは話題をマヤのほうに向けようとした。「グラントのことを話してください」

マヤの青い目がわずかに細められた。「どういう意味？」

ブルックは無表情を保ったままワインを口に含んだ。「彼のことに興味があるだけです。すごく好感の持てる人ですよね」

「そう？」

ブルックの発言に対してマヤが少し用心深い表情になったのは、ブルックの思い違いではないだろう。そして、マヤに不安を感じさせているのがこのこと――グラントの存在――なのは確実だ。

「デートなさったことはあるんですか？」ブルックはさりげなく尋ねた。

「ないわ！」マヤはぞっとしたような顔になった。「どうして？　彼があるって言ったの？」

「ないのでしたら、彼があると言うはずもないのでは？」ブルックは戸惑って首をかしげた。

マヤはブルックのほうに指を突き出した。「やるわね、あなた。ほんとに」

ブルックはウィンクをした。「そうですね」

マヤは吐息をついてワインを飲んだ。「あなたが知りたいのは、わたしとグラントのあいだになにがあったかってこと？」

ブルックは返事をせず、黙って待った。

「なにもないわ」マヤは指でテーブルを叩いた。「なにもない。肉体関係も、恋愛感情も。ただ、彼は……わたしたちは……わたしは前から思ってたの……」

「おふたりは友達以上の関係になれると？」

「そう！」マヤはほっとしたように言った。「わたしは小さいときからグラントに憧れてたの。だって兄の親友だし。わかる？」

ブルックはうなずいた。「よくある話ですね」

「そのとおり。よくある話。わたしは昔から、彼がわたしの存在に気づいて、いままでとは違う目で見てくれるのを待ってた。セスの妹としてじゃなく、ひとりの女性として」

ちゃんと見てるのよ。ブルックは心の中で言った。間違いなく見てるわ。

マヤがこの話のあいだじゅう婚約者の名前を一度も口にしていないことに、ブルックは気づいていた。というより今日一日じゅう、マヤの唇から〝ニール〟という言葉は出ていなかった。

いま、結婚相手でない男性に関してマヤが熱っぽく話す様子を見ていると、もしかするとこの結婚にセスが懸念を抱いているのは正しいのかもしれないという気がする。ただし、彼が考えている理由ではないが。

「グラントに気持ちを伝えたことはあります？」ブルックはおそるおそる尋ねた。

マヤはワインをじっと見た。「何度か……ちょっとした瞬間みたいなものはあったわ。彼がなにかを感じたと思えることも。でもそういう瞬間は過ぎ去って、わたしは……わからない。陳腐な言い方だけど、せっかくのいい関係を壊したくなかった。わかる？　彼は家族みたいなものよ。それに、兄にとってすごく大切な人なの」首を横に振る。「わたしたちの関係がおかしくなったら、兄とグラントの友情は壊れてしまう。そうしたら、わたしは自分を許せない」

「そんなとき、ニールに出会ったんですね」

「そう」マヤが微笑む。「ニールに出会ったの」

ブルックは唇を噛んだ。これをきっかけに結婚式の話をすべきなのはわかっている。それでも、ニールに関するセスの疑念を頭から振り払うことはできなかった。

「ニールとのなれそめは？」彼女の頭に疑いの種を植えつけたセスに向かって、ブルックは胸の内で悲鳴をあげていた。

真の愛は存在する。ぜったいに。

存在していてほしい。クレイとのことは単なる過ちにすぎず、恋に落ちて結婚していつまでも幸せに暮らせる望みはまだあると思いたい。

「すてきな出会いだったのよ」マヤは勢いづいて話しはじめた。「これだっていう運命の瞬間があるでしょう。そういう瞬間。〈スターバックス〉で、いつも頼んでるトリプルグランデのバニラ2ポンプ、アーモンド1ポンプのラテを待ってたの。バリスタがそれをカウンターに置いたから取ろうとしたら、彼も自分のだと思って手を伸ばしてきたのよ」

ブルックは目をぱちくりさせた。「ニールも同じ注文だったのですか？」

〈スターバックス〉の人気を考えれば他人が同じものを注文することはさほど不思議ではない。でもマヤの注文は独特だったから、これはものすごい偶然だ。

「そうなの！　不思議でしょ？　ドリンクの好みが同じ人には会ったことがなかったし、彼はわたしのすぐ後ろに並んでたのよ。しかも、とってもすてきな人」

セス・タイラーの疑念がブルックにも伝染したのかもしれない。ニールが後ろにいたならマヤの注文を耳にして声をかける口実として同じものを注文した可能性があるという言葉は、喉元まで出かかっていた。

でもブルックはウエディングプランナーだ。ウエディングプランナーは式を企画する能力とともにロマンスも売っている。だから彼女はただ微笑んで、そのあとどうなったのかと尋ねた。

マヤは肩をすくめた。「話をしたわ。で、彼がデートに誘ってくれて、わたしはイエスと言った。彼はその後何度も誘ってきて、わたしはその都度イエスと言った。それから彼が結婚を申しこんできて……やっぱりわたしはイエスと言ったの」

ブルックは目をしばたたかせた。「それは……」

「退屈？」マヤが笑顔で言う。

「いえ、わたしが言おうとしたのは、それはすごく、あの、効率的ということです」

マヤは笑った。「効率的。兄が喜びそうな言葉ね。ただし兄は、これに関してわたしの効率のよさを喜んでないけど」

「兄というのは、たいていそういうものです。彼が少々過保護になるのはしかたないと思いますわ。とりわけ、話があまりに早く進んだことを思うと」

「兄にはうまく説明できないんだけど、わたしと兄は……求めるものが違うのよ」

「そうなんですか？　あなたはなにを求めておられるのですか？」ブルックは心から、この矛盾した女性の望みを知りたいと思った。マヤはロマンスに浮かれていたと思ったら、次の瞬間にはびっくりするほど現実的になる。

「わたしは家庭を持ちたいの」マヤは迷うことなく言った。「もう社交界にはうんざり。もちろん、いつも社交の場には出ていってるし、華やかなのは好きよ。だけど単なるデートには飽き飽き。ひとりで過ごす寂しい夜には、もっと飽き飽き。それに、赤ちゃんが欲しい。クッキーを焼いたりしたい。それから……」言葉が止まり、彼女はきれいにマニキュアをした指でワイングラスの脚をつかんだ。

「地に足のついた生活が欲しいんですね」ブルックが言う。

「それよ」マヤは熱をこめて答えた。「まさにそのとおり。地に足のついた生活。たとえお金や高級マンションが消えても残るもの」

「それが——ニールなのですか?」

マヤの笑みは少し不自然だった。「あなたがニールの名前を口にするときの言い方、ちょっと引っかかるわね。奥歯にものが挟まったみたいな」

しまった。こんなふうに話を進めるべきではなかった。友人はいつもブルックの演技が下手だと冗談を言う。マヤはブルックの疑いを見抜いていたらしい。というかセスの疑いを。

こうなったら正直になろう。腹を割って話そう。

マヤが感づいている兄の疑念についてというより、ブルックの抱いている懸念について。

「ごめんなさい」ブルックはテーブル越しに手を伸ばしてマヤの腕に触れた。「自分の問題であなたの幸せに水を差してしまいました。そんなことしてはいけないのに」

「問題?」

ブルックは大きく息を吐き、短縮版の身の上話をすることにした。「わたしがニューヨークに越してきたばかりなのは知っておられますわね。でも、その理由はご存じないでしょう」

「〈ベルズ〉で働くためでしょう」

「そうです」ブルックは爪でカクテルのナプキンをなぞった。「だけど実を言うと、ロサンゼルスで仕事ができなくなったから、よそに引っ越すしかなかったんです」

「なにがあったの?」

ブルックはワインをすすった。「わたしの人生における最大の結婚式、すなわち自分自身の結婚式が、婚約者が手錠をかけられて連行されたために新聞の一面を飾って終わった、とだけ言わせてください」

マヤは大きく目を見開いた。「そんな。その話は聞いたことがあるわ。そうだったの。どこかであなたの顔を見たことがあると思ったんだけど、あんな事件とは結びつけて考えなかった」今度はマヤのほうから手を伸ばしてきた。「残念だったわね」

ブルックはつくり笑いを浮かべた。「わたしも残念に思います。でも、わたしがクレイにだまされたからといって、あなたもニールにだまされていると疑ってはいけませんわね」

「ええ、ニールはそんな人じゃないもの」マヤは反射的に答えた。

そう、もちろんあなたはそう思ってるわね。ブルックは自分でも驚くほど皮肉っぽく考えた。婚約者が自分の願っているような人間ではないかもしれないなどと思う人間はいない。

「兄はあなたの過去を知ってるの？」マヤは興味深げに尋ねた。

「いいえ」ブルックは即答した。「このことは、わたしたち女子だけの話にしておいていただけると助かります」

「もちろんよ。しかも、そのほうが楽しいもの。あなたは、兄が自分で解きたがるセクシーなパズルよ」

ブルックはあきれてうなった。

マヤが声をあげて笑う。「次はいつ兄に会うの？」

ブルックは腕時計に目をやった。「実は今夜なんです。五時半にオフィスにおうかがいすることになってます。それからディナーに行きます」

マヤは眉を上下させた。「ディナーのあとは？」

「あとはなにもありません。仕事上の会合ですから」

「かわいそうに」マヤはブルックの手を軽く叩いた。「あなた、自分がどんな面倒に巻きこまれてるかわかってないわね」

「どういうことでしょう？」

「こう言えばいいかしら。なにかを欲しいと思ったら、兄は必ず手に入れるのよ。どんなときでも」

13

ブルックが約束の時間を十一分過ぎても現れなかったとき初めて、セスは彼女の電話番号を知らないという不愉快な事実に思いいたった。

この何日か、彼女にまた会える——ふたりきりで会える——ことを考えて胸をわくわくさせていたというのに、連絡を取る方法もわかっていなかったのだ。

時計に目をやる。五時四十二分。

彼女は遅刻するタイプには思えないのだが。約束をすっぽかすつもりか？

ドアが短くノックされたので、彼は前屈みに座っていた姿勢から背筋を伸ばした。だが入ってきたのがブルックではないとわかって、また背中を丸めた。

「どうして十七歳に戻ったみたいに振る舞ってるのか、話してくださいます？」秘書は、まるで自分が主であるかのようにセスの執務室に入ってきた。ときどき、ほんとうに主だと思えることがある。エッタ・マンザはごま塩頭で、アーモンド形のハシバミ色の目、がっしりした体格、さっぱりした性格をしている。年齢は不詳。セスは子どものころから彼女を知っていたし、よく彼女のデスクで宿題をしたものだ。当時からずっと、エッタは〝六十歳プラスマイナス二十歳〟に見えていた。父が彼女をどこで見つけたのか、セスは知らない。エッタがよくある上品ぶって取り澄ました秘書ではないことだけはたしかだ。

父の葬儀のあと、月曜日の朝、少し悲しみ非常に途方に暮れてオフィスにふらふらと入っていって、デスクについていたエッタを見たときほど、ありがたく思ったことはない。いつもと違うことを示すのは、彼女の赤く腫れた目だけだった。

あのとき彼女は濃いブラックコーヒーを淹れてセスの前に置き、十時にドイツ支社と電話会議があると告げたのだった。

エッタが父の死後も引きつづきセスの秘書として残ることについて、話し合いはまったくしなかった。それは既定の結論だった。でも、彼女はセスにとって単なる秘書以上の存在だ。エッタを母親のようだと表現するのは正しくない。温かい紅茶や手づくりマフィンを用意してくれるタイプではない。だが必要なときはウィスキーを注いでくれる。話をすべきだと彼が自覚していないときでも、話に耳を傾けてくれる。

それでもいま、この瞬間、エッタはセスが会いたい人間ではなかった。

「今日の午後、電話はあったか？」セスは彼女の質問を無視して尋ねた。

「とんでもない。うちは世界でも有数の大規模ホテルチェーンですけど、電話は一本もありません。メールの一通も。わたしは一日じゅうスパイダーソリティアをして遊んでました」

セスは彼女の皮肉に不快感を示そうとにらみつけた。しかしセスがどんなに不機嫌でもまったく動じないごく少数の人間のひとりであるエッタは、たじろぎもしなかった。

「わたしの質問に答えてくださいます？」

「どんな質問だ？」

エッタは腕組みをしてセスを見つめた。「しらばっくれても、そうはいきませんよ。わたしは定時後の会合についてスケジュールを組み直し、ピート・コリーラご夫妻とのビジネスディナーをキャンセルしたんですから」

「で？」

「で。ナディアとよりを戻したんですか？」

ナディア？

元彼女のことを思い出すのに、少し時間を要した。

「違う」セスはそっけなく答えた。「ぼくとナディアは終わった。いまの電話担当は誰だ？」

「ジャレドです」

「誰だ、そのジャレドというのは」

エッタは中央受付エリアのほうに顔を向けた。「新しいインターンです。先週お会いになったでしょう」

「ああ。そうだった。背が高くて、痩せてて、すごく仕事熱心なやつだな？　毎朝ぼくにビタミン剤をくれる」

「そうです。電話をお待ちになってるんですか、セシー？」

セスは座ったまま目を背け、返事を拒んだ。

エッタは少し顔を後ろに向けて声をかけた。「ジャレド、ご婦人からセスに電話はあった？」

椅子のひっくり返る音がして、長身でブロンドの若者が少々息を切らして部屋の入り口に現れた。「なんでございますか、ミス・エッタ？」

そのうやうやしい口調にセスはあきれた。インターンが敬礼しないのが驚きだ。

「苦しゅうない」エッタはセスの思いを読んで言った。「若い女性から社長に電話はなかった？」

「えええええええええ」ジャレドは天井を仰いだ。頭の中で最新の電話を順に思い起こしているようだ。「いいえ。あなたがデスクを離れてから電話は四本かかってきましたが、どれも女性からではありませんでした。でももっと早い時間なら、女性からの電話は何度もありました。通話記録を確認してリストをプリントアウトしますか？　なんでしたら――」

「ジャレド。あなた、ガールフレンドはいる？　ボーイフレンドでもいいけど」エッタは遮って質問した。

「はい。高校時代から付き合ってるサミーって子がいます」

「それはいつだ、昨日か？」セスがつぶやく。

「だったら、サミーのロッカーに入れた手紙への返事を待ってたときのことを思い出してみて」

「いや、ぼくはメッセージを送ったんです。スナップチャットで。それともツイッターだったかな？」

エッタは手をあげた。「わたしが最新のSNSに興味があるように見える？　黙って聞きなさい。とにかく、その子と付き合うようになる前のことを思い出すの。あなたの顔もこんなにひどかった？」彼女はセスを指さした。

ジャレドはおどおどした様子で、部屋に来てから初めてセスをちらりと見た。「あの、はい。ああいう顔をしてたと思います」

セスは両手を投げあげた。「どんな顔だ？」

「ひどい欲求不満と孤独にさいなまれた顔」エッタは得意げに言った。

セスはうなった。「いまはそういう話をしてるときじゃない」

「お言葉ですけど……」ジャレドが言う。

セスがきつくにらみつけてジャレドを黙らせると、若者はあとずさりで部屋を出てお辞儀をし、自分のデスクに戻った。

「女の子に待ちぼうけを食らわされたからといって、あの子にあたらないでくださいね」エッタは言った。

セスはパソコンの時計に目をやった。もう三十分近い遅刻だ。まあいい。ブルックはおじけづいたか、忘れたか、あるいは単に取引を中止することにしたのだろう。これでセスもようやく、彼女の官能的な曲線美や大きな青い瞳について考えるのをやめられるかも……。

「失礼します、ミスター・タイラー」ふたたびジャレドが現れた。

うるさいやつめ。「なんだ？」

「下の受付から、たったいま連絡がありました。ミズ・ボールドウィンという方が面会にいらっしゃってます。でも社長のご予定にはなにも入ってませんでした」

「通せ」セスはいずまいを正した。

無意識のうちに手を頭に滑らせて気まぐれに波打つ髪をおとなしくさせようとしたが、ますます乱れるだけだった。

エッタがうれしそうな声をあげた。「わかってましたよ。わたしのかわいいセスは恋をしてるんですね。ミズ・ボールドウィンってどんな方なんです?」

「ビジネスミーティングだ。彼女はマヤのウエディングプランナーで、ぼくたちは来るべき婚礼の費用に関して話し合うために会うだけだ」

「あらまあ。〝婚礼〟みたいな古めかしい言葉をお使いになるなんて、トラブルのにおいがしますわね」

セスはわざとらしくドアのほうを見た。エッタはそのほのめかしを理解しているはずなのに、動こうとしない。首をかしげてセスを見つめたあと、小さくうなずいた。「あなたのそんなところを見られてうれしいですわ」

「どんなだ? いらついてるところか?」

「社長はいつもいらいらしてらっしゃいます」エッタは事務的な口調になった。「わたしが言いたいのは、生きておられるように見えるということです」

ネクタイを直していたセスは、ぱっとエッタに目を向けた。「それはいったいどういう意味だ?」

彼を見つめるエッタの表情は少し悲しげだった。「どういう意味かは、ご自分でもおわかりだと思いますけど」

彼女は毎日履いている茶色のローファーのきびすを返し、背を向けて部屋を出た。セスはその後ろ姿を見送った。

生きてるだなんて、あの女はなにが言いたいんだ？　セスは憤慨して窓のほうを向き、考えをまとめようとした。

もちろんセスは生きている。充実して暮らしている。毎日エクササイズし、たいていの人間にとっては夢でしかないような影響力のある成功したキャリアを送っている。生活必需品も、贅沢品も、なんでも持っている。なに不自由なく生きている。

あと必要なのは、このニールという男と結婚しようとする愚かな妹を止めることだけだ。しかし、そのためにブルック・ボールドウィンがいる。彼女はニールに関する自分の意見を正しいと思っているが、セスはそれが間違いであることを証明してやるつもりだ。

「ミスター・タイラー？」

聞き覚えのある落ち着いた声を聞いて振り向いたセスは、彼女をここに招いた理由を一瞬忘れてしまった。ニールのことも、妹のことも、結婚式のことも。

ブルックしか目に入らなかった。彼女は体にぴったりフィットして目の色と完璧に調和したブルーのドレスを着ている。ほっそりしたふくらはぎは、危険なほどセクシーなハイヒールへとつながっている。

そのとき突然、エッタがセスを生きていないと言った意味が理解できた。

いままでは生きていなかった。この瞬間までは。
少なくとも下半身は。
触れられてもいないのにここまで発情したのは思春期以来だ。ブルックはそこに立ってい
るだけなのに、セスには、ドレスの下に手を滑らせてあの尻が見かけどおりに丸いかを確か
めたいということしか考えられなかった。
答えはイエスに違いない。
くそっ。これは都合が悪い。
「遅くなって申し訳ありません」ブルックは部屋に入ってきた。疲れきった様子が、なんと
も愛らしい。「マヤと一緒にいて、今日はもうドレスを見るのをやめようということになっ
てワインを飲んでたんですけど、結局やっぱりドレスを見たいとマヤがおっしゃって、でも
予約の時間が過ぎてたので、空き時間に割りこませてもらうようお店に頼んで、だけどそう
すぐには――」
セスは首を横に振った。「いいんだ」
ブルックは気まずい笑みを浮かべた。「わたしが入ってきたとき、怒ってらっしゃるみた
いなお顔でしたけど」
むらむらしてたんだ。ひどくむらむらしてた。
セスは肩をすくめた。「もともとそういう顔だ」
ブルックは大声で笑いだした。「あら、そうだったんですか。わたしは、自分がいつもあ

なたの最悪の面を引き出してると思ってました」

「そうじゃないとは言いきれないが」セスはブルックの横を通っていき、部屋のドアを閉めた。

ブルックは驚いてセスを見やった。「ディナーに行くと思ってたんですけど」

ああ、そのつもりだった。しかし、きみのそばにいると決まって股間が硬くなることに気がついたんだ。

もちろん、彼の執務室でふたりきりになるのが正しい解決策かどうかもわからない。しかしいまはなにも考えられないし、少し頭を冷やす時間が必要だ。

静かな部屋を出てしまったら、そんな時間も取れそうにない。

「まずは一杯やろうかと思った。だが、きみが空腹なら、すぐに出かけてもいい」

「いいえ！　わたしは……一杯やりましょう。それと、ちょっと腰をおろしたいですわ。マヤといるときグラス半分飲んだのですけど、それではニューヨークのブライダルショップ業界に対処するには足りなかったようです」

「ロサンゼルスとは違うのか？」

「ええ、ロサンゼルスでも競争は激しいですけど、あちらの店は冷静なふりくらいはします」

「マンハッタンに冷静というものはない」セスは部屋の左端のほうに歩いていった。そこには高価なエスプレッソマシンとともに、ワインや酒のボトルが何本か置かれている。

「わたしにも、それがだんだんわかってきました」

セスが振り返ったとき、ブルックは小さくため息をついて壁際の革張りのカウチに沈みこみ、こめかみをさすっていた。今日一日のストレスの話は単なる世間話でなく本音だったようだ。セスは彼女を慰めたいという不愉快な衝動に駆られた。そういうのは苦手なのだが。

「なにがいい？　マティーニ？　ワイン？」

「あなたと同じものでけっこうです」ブルックはまだこめかみをさすっている。

セスはクリスタルのグラス二個にウォッカを注ぎ、トニックウォーターで割ってライムを添えた。

彼がカウチまで来てグラスを手渡すと、ブルックは感謝の笑みを浮かべた。指が触れ合う。ふたりは一瞬見つめ合ったが、やがてブルックは視線を下に落とした。彼女の隣に座りたいという思いにそそられながらも、セスは横の椅子に腰かけた。

充分近くはないが、その分よく彼女を見ることができる。

しっかりしろ、タイラー。おまえはまるでストーカーだぞ。

ひと口飲んだブルックは、満足げに目を閉じた。「こんなにウォッカをおいしく感じるなんて、悪いことをしてるみたいですわ」

「頭はどうだ？」

彼女は目を開け、鼻にしわを寄せた。「はい？」

「さっき、こめかみをさすってた。頭痛だろう？」

「ちょっと頭痛になりかけてただけです」ブルックは小さく首を回した。「でも、もう治ってきました。座ったら楽になりました」それから彼女は声をあげて笑った。「情けないとお思いでしょうね。ウエディングプランナーのくせに、ドレスのショッピングで半日過ごすのにも耐えられないなんて」

セスは微笑んだ。「ぼくもマヤとショッピングしたことがあるのを知らないんだな。そのあと頭が痛くなってカクテルが欲しくなる気持ちはよくわかる」

ブルックは微笑み返しながらも首を横に振った。「頭痛の原因は妹さんではありません。彼女はすてきな女性です。大変なのは、この街に慣れることです。マンハッタンは地図上では狭くて整然として見えるのに、実際にはそうじゃないでしょう？」

セスはグラスを見てにやりと笑った。「ああ、たしかに違う」

「ニューヨークはお好きですか？」

「大好きだ」セスは躊躇なく答えた。「しかし、ときどき逃げ出したくなることがないと言ったら嘘になる」

「ほんとうに？　逃げ出すことがあるんですか？」

「いつでも逃げられるわけじゃないが、北カリフォルニアの海岸に別荘がある」

「ハンプトンズ（ニューヨーク郊外の保養地）のビーチハウスではなく？」

「ああ。逃げ出すときには、ずっと離れたところに行きたい。ハンプトンズは人気がありすぎて、あまり好きじゃない」

「それは驚きですね、あなたの社交性を考えると」ブルックはウィンクをした。

彼女の楽しげな口調に、セスは満足を覚えていた。言葉はいつもどおり皮肉めいているが、ふたりのあいだにあった敵意が少し薄れたと感じたのは、セスの思い過ごしではないだろう。

ブルックは手を下にやり、セクシーなピンヒールに包まれた足の甲をそっと指でなぞった。セスは察してうなずいた。「靴は脱いでいいぞ」

「いえ、そんな」ブルックはうろたえている。

「ミズ・ボールドウィン、十二センチのヒールが楽なはずないだろう」

「もちろんです」ブルックは小声で答えた。「でも、わたしをミズ・ボールドウィンと呼ぶ人の前で靴を脱ぐわけにはいきません」

「わかった」セスは挑むように彼女の目を見つめ、低い声でぞんざいに言った。「靴を脱いでいいぞ、ブルック」

14

いつ、非常におしゃれで非常に高価で非常に窮屈な靴を脱ぐよう男性に言われることが、成人して以来最大の興奮を与えるようになったのだろう？

たったいまだ。

セス・タイラーがあの冷たいブルーの目で見つめながら彼女の名前――ファーストネーム――を口にしたとき、ブルックが脱ぎたくなったのは靴だけではなかった。

唇を噛み、もうひと口酒を飲む。「わたしは――いえ、けっこうです」

セスは一度うなずくと、小さなエンドテーブルにグラスを置いた。この話題はおしまいだろうとブルックは思った。ところが驚いたことに、彼はゆっくり屈みこんでブルックのふくらはぎをつかみ、そっと足を前に伸ばし、靴を脱がせたのだ。

締めつけられていた足の指が解放されてたちまち楽になる。けれども足が楽になったのとは逆に、体のそれ以外の部分はこわばった。

セスはブルックと目を合わさずにもう片方の脚をつかみ、そちらの靴も脱がせた。左右の靴を丁寧に脇に置いたあと、ようやく彼女の視線をとらえる。ブルックは息をのんだ。彼の瞳にはたっぷりのぬくもりが浮かんでいたが、それに驚いたわけではない。

彼女の胸の鼓動を激しくさせたのは、彼の照れくさそうな表情だった。それは、こういう大胆な行為が彼らしくないことを物語っている。そしてブルックは……ああ、どうしよう。彼女はとてもやさしい気持ちになっていた。

笑みを浮かべたとき、唇は小さく震えていた。「靴を脱がせるなんて、シンデレラの逆ですね」雰囲気をやわらげようとして言う。

「たしかに逆だな」セスはブルックの返事に安堵しているようだ。「ぼくは王子様じゃないし」

「あら、そうでした？」ブルックは手をぐるっと動かして執務室全体を示した。「職場がこんなに宮殿みたいなところだとしたら、お住まいがどれだけ立派なところか想像もできませんわ」

セスは椅子にもたれこんでグラスに手を伸ばした。自分たちがついさっき、ほんの数日前に会ったばかりの仕事上の知り合いというより何年も付き合ったカップルのような瞬間を過ごしたことなど、なかったかのように。

彼は少しいたずらっぽく微笑んだ。「ミズ・ボールドウィン、きみはぼくの家への招待を取りつけようとしてるのか？」

またミズ・ボールドウィンに戻っている。でもかまわない。彼がこんなふうに愛想よく親しげに微笑みかけているかぎり、ブルックはなんと呼ばれようと気にならなかった。

「どこにお住まいなのですか？」珍しく気安い雰囲気になったのに乗じて、ブルックは尋ねた。

セスはグラスを見おろした。「父は不動産が好きだった。ぼくとマヤはニューヨーク近辺の何カ所かの土地を相続した」

「答えになってません」

「その質問をされるのが嫌いだからだ」セスは小さく息を吐いた。「まあいい。ぼくは自分のホテルに住んでる」

「それのどこが悪いんですか？」

セスは目をしばたたかせた。「きみは思わないのか？　……そういうのは冷たいとか、人間味がないとか」

ブルックは笑いながら酒を口に含み、足をあげてカウチに座りこんだ。しまったと思って少し恥ずかしくなったけれど、足をおろすのはよけいにばつが悪い。くつろいでいるということで許されるだろうと考え、そのままにしておいた。

「べつにそうは思いません。ホテル住まいは気に入っておられます？」

セスは氷を噛みながら考えこんだ。「そんな質問をしてきたのは、きみが初めてだ」

「まあ、だったら新しいお友達をつくるべきですわ。お知り合いは皆、あなたが住んでいる場所を気に入らないか、関心がないようですね」

セスが顔をしかめたので、ブルックはすぐさま自分の発言を後悔した。冗談のつもりだったけれど、彼の神経に障ったらしい。「非難するつもりでは――」

セスは手をあげた。「謝らないでくれ。きみの言うとおりだ。たぶんぼくには新しい友人が必要なんだろう。ホテル住まいを気に入ってるかどうかについては……気に入ってる。一生そこで暮らしたいかとなると、それはわからない。来年も。でも現段階では、便利なのがいいと思う。職場に近いし、いつでも好きなときにルームサービスを頼めるし……」

「それに、建物はご自分の所有ですし」

「そう。この仕事にはいろいろと役得がある」

ふたりは束の間黙りこみ、ブルックは緊張を解いた。

でもやがて、いつまでも必要なことを先延ばしにはできないと思い、バッグから手帳を取り出した。「では、結婚式の話をします?」

セスはうめき声をあげた。「しなくちゃいけないのか?」

ブルックは意外に思って顔をあげた。「あなたが言い出されたんですよ、ミスター・タイラー」

「わかってる」彼は残りの酒を飲み干した。「あのときは、いい考えだと思った。いや、いまでもそう思う。マヤのまわりでなにが起こってるかを知りたい——知らなくてはならない。だが、きみがそんなふうに靴を脱いでソファに座りこんでるとき、ぼくがしたいのは話じゃない」

ブルックの下腹部がざわめいた——セスがほのめかしたことを空想して。

彼が正直な気持ちを口にしてきまり悪そうにしている様子を見たとき、ざわめきはさらに激しくなった。

セスはブルックのグラスを顎で示した。「おかわりは?」

ブルックは視線を落とした。「やめておきます。今日はあまり食べてませんし、飲むのはもう少し食べ物をおなかに入れてからにします」

「そろそろ食べにいこうという誘いか?」

彼の口調に残念そうな響きが聞こえたのはブルックの思い違いではないだろう。そして、彼女自身の本能が告げていることについても確信がある——自分はここで起こっていることを終わらせたくないと思っている。それが非常に悪い考えなのは、充分すぎるほどよくわかっているのに。

「違います」ブルックは小さな声で答えた。

するとセスはまた身を乗り出した。少し切迫感に駆られたような表情をしている。大きな取引をまとめるときも彼はこういう表情をするのだろうとブルックは推測した。

「ここで食べるのは不適切だと思うか?」

「ここで? あなたの執務室で?」

セスはうなずいた。「出前を取ればいい。寿司でもイタリアンでも、きみの好きなものを。もちろん外に行ってもいいんだ、もしもきみがそんなに……」

くだけた雰囲気にしたくないなら、ね。ブルックは心の中でつづけた。

「外へ食べにいくなら、何カ所か予約はしてある。きみが選べるように。好みがわからなかったから」

「予約なさったのはあなたですか？　それとも秘書？」ブルックはにやりとした。

「ぼくだ。エッタはぼくの私生活に関与しない」

ブルックは首をかしげた。「あら、これはビジネスディナーじゃなかったんですか、ミスター・タイラー？」

セスは微笑んだ。「たしかにビジネスディナーだな、きみがぼくをミスター・タイラーと呼びつづけるなら」

ブルックは視線をそらした。彼をセスと呼ぶことはできない。いまはまだ。彼らが適度な距離を空けていることを確認する目撃者のいない居心地いい部屋で、靴を脱いだ足をあげてソファに座りこみ、ふたりだけで食事を取ることを話し合っているだけでも、充分問題なのだから。

「車を呼ぼうか」ブルックが黙りこんだのを見て気分を害したと誤解したらしく、セスは不機嫌そうに言った。

「だめ！」ブルックは片方の手をあげた。「やめてください。あの靴をまた履くのは……まだその覚悟はできてません。ここにいるほうがいいですわ」

靴が口実なのは明らかだったけれど、セスはそれを指摘しなかった。「行きつけのイタリア料理店がある。ぼくのことをよく知ってる。頼めば三十分で料理を届けてくれる」

「あなたのことなら、街じゅうの誰もが知ってると思いますけど」ブルックはそっけなく言った。「でもイタリアンはいいですね。わたしはイタリアンならなんでも好きですから、お薦めの料理を注文してください」

セスはうなずくとポケットから電話を取り出して番号をプッシュしながら自分のグラスをつかんでバーに戻り、おかわりをつくった。

ブルックは残りの酒をすすりつつ、彼の後ろ姿を眺めた。セスは思っていたより肩幅が広い。顔は細面で鋭利な印象があるので、体全体も細いのだろうと考えていた。でもこの角度から見ると、けっこうがっしりしている。よくジムに通っているようだ。上半身は逆三角形でウエストはきゅっと引きしまり、脚は長い。

ライトブラウンの髪は波打っていて裾はシャツの襟にかかっている。セス・タイラーには散髪が必要だ、と考えてブルックは笑みを浮かべた。彼はほかのすべてにおいて非常に厳格なくせに、なぜか髪にだけ神経が行き届いていない。彼が散髪のための時間を取っていないことに、ブルックはなんとなく親しみを覚えた。

それは彼に……人間味を感じさせる。

もう、なんなの。ブルックは自らを戒めた。長すぎる髪を見ただけでそんなに興奮するなんて、ちょっと変よ。

彼女はメールチェックをしながら、セスが彼女の知らない料理を次から次へと注文するのをなんとなく聞いていた。イタリア語に詳しくないブルックの耳には、彼のイタリア語の発音は完璧に聞こえる。彼はいったい何カ国語を話すのだろう。なぜか、少なくとも三カ国語は話せるだろうとブルックは思った。妹の結婚式をあれだけ仕切りたがっている人だから、国際展開するホテルグループでなにが起こっているかを知りたがらないはずはない。

ブルックの電話の着信音が鳴った。ヘザーからのメールだ。『ドレスのショッピングはどうだった？』

ブルックは返信した。『あなたの警告どおり。すごく怖かった』

『心配しないで。お店となじみになれば、もっとやりやすくなるから。あなたの〈ブランシュ〉初体験を見てみたかったわ』

『あら。あのお店、いつもあんなふうなの？』

『いつもね。だけどあの店を困らせるくらいの花嫁もいるのよ。#モンスター花嫁』

ブルックは鼻で笑った。『メールでハッシュタグ？』

『ごめんごめん。さっきまでSNSのアカウント更新してて、つい。で、マヤはどの店に決めた？』

『未定。でも〈ブランシュ〉はパス。マヤは、あんな気取った連中お断りって』

『いい気味。だったら兄上殿との会食はプライベート？　マヤが決めてないのなら、報告することはないんでしょ』

ブルックは唇を噛みしめ、どう答えようかと考えこんだ。タイラー家の結婚式に関するセスとの取り決めについてはヘザーに話してあるが、ヘザーはとくに不審を覚えた様子ではなかった。結婚式の企画において、花嫁花婿を満足させるためにプランナーが口うるさい家族に対処することは珍しくないのだ。

けれども、ブルックがセスとしていることは、花婿の扱いにくい母親をなだめたり、花嫁のけちな父親を説得して彼のかわいい天使のために高価なドレスを買わせたりするのとは、まったく違うという気がする。

『その沈黙が答えね』ブルックが返事を思いつく前にヘザーからのメールが届いた。『いいと思う。彼のこと調べてみたの。すごくすてきじゃない』

ブルックはあきれて電話を置いた。そのときセスが注文を終えて戻ってきた。

「すまない、さっきのは嘘だ。四十五分かかるらしい」

「かまいませんわ」ブルックは自分の手帳をぽんと叩いた。「あなたとは予算についてお話ししなくちゃいけませんし。現時点では仮の見積もりしか出せませんけれど、こういうことは急にばたばたと決まることもありますから」

「思い出させないでくれ」セスは不満げに言ってグラスをテーブルに置き、スーツの上着を脱いでネクタイをゆるめた。

ブルックは彼の目に視線を据えておこうとしたが、うまくいかなかった。ぱりっとしたドレスシャツで輪郭が強調された上半身にはそそられる。「今夜はしなくても大丈夫です。結婚式の話し合いを、ということです。また来週にでも改めて」

セスはブルックと目を合わせた。「そうだな。ちょっと時間をくれ」

「はい」ブルックは警戒して答えた。「それまでは、なんの話をなさりたいですか？」

セスは〝話〟という言葉を聞きながらブルックの全身に熱い視線を這わせた。話以外にふたりができることを想像して、ブルックの体に興奮が走る。

大学以来、軽い気持ちで男性と寝たことはない。彼女は三度めのデートでようやくベッドインするタイプだ。相手を心から好きにならないかぎり、寝ようとは思わない。

そして、セス・タイラーを好きかどうかは、まだわかっていない。

彼と寝たいかどうかも。

嘘つき。

そう、たしかに彼と寝たいと思っている。しかし、世の中には気軽に寝てはいけない相手がいるし、顧客は間違いなくそのリストに入っている。

ブルックの心を読んだのか、セスが隣の椅子に腰をおろしたとき、彼の目から発せられる熱は少し弱まっていた。「なんの話をしたいかという質問だったな」

雰囲気がセックスでなく会話に向いたことに安堵して、ブルックはうなずいた。

セスはブルックのまなざしをうかがい見ている。「ぼくが質問しようとしてることはプライバシーの侵害だと思われてもしかたがない。だから、地獄へ行けと言ってくれてもいい」

「きっと地獄にはお友達がいらっしゃるんでしょうね」ブルックが軽く冗談で返す。

セスは挑発に乗ろうとしなかった。

「きみの話をしたい」セスはそっと言った。「クレイのことを話してほしい」

15

しばらくのあいだ、ブルックは呆然とセスを見つめた。驚いていたけれど、実際には驚くべきことでもない。Ｇｏｏｇｌｅで彼女の名前を検索したなら、二秒後にはクレイの派手な逮捕劇に関する記事が十も二十も表示されるのだから。

一瞬、彼女は怒りに駆られた。一生懸命働いてウエディングプランナーとしてのキャリアを築きあげてきたのに、ひとりの男性の悪行ゆえにそれが台なしになるなんて、あまりに不公平だ。

一般大衆の目から見るかぎり、彼女はもはや優秀なウエディングプランナーのブルック・ボールドウィンではない。極悪人の婚約者が祭壇で逮捕された、哀れで無知な女だ。たいていの場合、ブルックはその事実を受け入れている。過ぎ去ったことをぐずぐず考えてもしかたがない。

でもたまに……たまに、その不公平さを思って息が苦しくなるときがある。

いまがそんなときだった。セス・タイラーには、クレイの元婚約者として見られたくない。セスには……。

セスにはどう見られたいのだろう？

有能なウエディングプランナーと見られたいのは当然だ。彼は妹の結婚式に上限なく金を使おうとしている顧客なのだから。でもブルックは、女性として見られたいとも願っている。といっても、相手の正体を知らないまま二年間男性と付き合うような女性ではない。

けれど……。

ブルックはまさにそんな女性だった。できるものなら歴史を書き換えたい。だがそれは不可能だ。実際に起こったことも、そのニュースが世間に広まっているという事実も、変えることはできない。画像や動画もネット上に拡散している。

できるのは、過去を乗り越えたと世間に思わせることくらいだ。クレイには驚かされたけれど傷つけられてはいない、と。

ブルックはセスと目を合わせてかすかに微笑んだ。「調べたんですね」

「ぼくが調べたわけじゃない。なにか隠してると察知したことは認める。だけど、こそこそ嗅ぎまわるべきじゃないと思った」

「それは興味深いですわね。あなたはサプライズが嫌いなコントロールフリークだと思ってました」

セスは短く笑った。「正解。そのとおりだよ。でも、きみに関しては違った」

ブルックは目をしばたたかせた。「どうしてですか?」

「わからない」彼はブルックの目を見つめて答えた。

しかし、ほんとうはわかっている。ふたりとも知っている。

「こそこそ嗅ぎまわってらっしゃらないとしたら、どうやってクレイのことを知ったんですか?」

「グラントだ。あいつは、ぼくが失礼なことを言う前に知っておくべきだと思ったんだ」

ブルックはふんと鼻を鳴らした。「そんな話を信じろと?」

「愛想よくしてほしいね。ぼくはきみに食事をおごろうとしてるんだぞ」

「愛想よくするというのは、秘密を洗いざらい話すということですか?」

「きみが話していいと思うなら。いやなら言わなくていい」

セスを見つめたブルックには、それは本心からの言葉だとわかった。彼はブルックを質問攻めにしたり、詮索したりするつもりはない。単に話すことを勧めているだけだ。打ち明けることを。

「どの程度ご存じなのですか?」ブルックは酒をひと口すすった。

「CNNの報道程度だ。その男に会ったことはないが、彼がニューヨークにいたとき共通の知人がいた。名前はよく耳にしてたから、記事を読んですぐ、ぼくには誰のことかわかった」

「あなたにも、ほかのみんなにも」ブルックがぽつりと言う。

セスはため息をついて自分の首の後ろをさすった。「最初ニュースを聞いたときもひどいやつだと思ったが、そいつがだました相手がきみだと知って……そういう人間を裏口から連れ出して取り巻き連中もろとも叩き殺すことが許された時代に生きてればよかったと思う、とだけ言わせてもらおう」

ブルックはびっくりして口を半開きにした。「それはすごく……」

「野蛮だ」

「わたしが言おうとしたのは〝楽しそう〟です。もちろんクレイにほんとうに死んでほしいとは思ってませんけど、彼が一種のセレブになったことに腹を立ててるのは認めます」

「きみはやつに傷つけられたからな」

「違います」ブルックは即座に言った。「傷ついてません。というか、たしかに傷つけられましたけど、もう乗り越えました。変えられない過去にこだわっても、どうしようもないでしょう？」

セスは信じられないと言いたげに目を細くした。けれどもブルックは見つめ返し、文句があるなら言ってみろと無言で挑みかけた。そうしたら、セスこそ求婚を断ったナディアという女性にこだわっているのではないかと訊き返せるからだ。

自分たちはふたりとも、前に進もうと強く決意しているはずなのだ。

「すでにご存じの事実以上に、そんなに付け加えることはないと思います」ブルックはゆっくりグラスを左右に揺らして氷が溶けるのを見つめた。「自分は間違いなく生涯かけて愛する人と結婚するんだと思ってました。だけど彼は……彼は、わたしが思ってたような人ではありませんでした。素性も、中身も」

「逮捕のあと、彼と話をしたことは？」

「ありません」

「したほうがいいかもしれない」

「彼は拘置所にいるんですよ」ブルックは勢いこんだ。「彼が最初に電話をかけた相手は弁護士でしたし、わたしがあわてて面会に行こうとしなかった理由はおわかりだと思いますけど」

セスは降参したように両手をあげた。「きみの神経に障ることを言ってしまった。申し訳ない。きちんと決着をつけたほうがいいんじゃないかと思っただけだ」

ブルックは目を丸くした。「まあ、それはどうもご親切に。知り合いで、そんなことを言ってくれた人はいませんでした。それで、あなたのほうは元恋人とおしゃべりしてるんですか？ 仲よくやってます？ きちんと決着をつけました？」

セスは目を細くしてブルックを見つめた。「きみは見かけほどやさしくはないんだな」

「ふだんはやさしいつもりです。あなたはわたしの最悪の面を引き出すんです」

するとセスはにっこり笑った。「だったらプライベートな話題は避けたほうがよさそうだ。きみは不機嫌になるから」

「不機嫌ではありません」ブルックは言葉を吐き出した。「クレイのことは話します。なにをお知りになりたいんですか？」

「癇癪を起こさないと約束するか？」

「いいえ、そんな約束はできません」ブルックが愛想よく言う。「だから慎重にお進めください」

セスは前のめりになってブルックの視線をとらえた。「きみが愛していた男――結婚するつもりだった男――は、きみに嘘をついてた。何年も。最悪の方法できみを利用し、正体を隠していた。そして、否定したいならいくらでもすればいいが、きみは傷ついてるはずだ」

ブルックは唾を飲みこみ、無言を保った。

「それはきみの問題だし、ぼくは詮索しない」セスはそっと言った。「きみも思ってるとおり、ぼくたちには関係のない話だ。ぼくが知りたいのは、ニール・ギャレットがクレイみたいな人間だという可能性をきみが考えようとしない理由だ。ニールが詐欺師だとは言わないだけど、クレイは自分が言ったとおりの人間ではなかったわけだろう。なのに、どうしてニールは違うと断言できる？　くそったれ野郎は世間にクレイただひとりで、男に最悪の裏切られ方をしたのが自分ひとりだなんて、どうしてそんなふうに信じられるんだ？」

情けないことに、ブルックは目の奥で涙がこみあげるのを感じた。すばやくまばたきをして涙を押し戻し、顎をつんとあげ、挑みかけるようにセスを見つめる。

「そう信じたいからです。わたしの仕事は、人をハッピーエンドに導くことです。仕事をうまくやるためには、信じる必要があります。信じなくちゃいけないんです」

セスはさらにしばらくブルックを見つめ、そのあと小さく首を左右に振った。

「いいですか」ブルックは軽くいなした。「あなたはまさか、元恋人が運命の人ではなかったというだけの理由で、ハッピーエンドは存在しないと思っておられるんじゃないでしょうね」

セスは残りの酒を飲み干して立ちあがった。「実のところ……まさにそう思ってる。あと、この部屋でまともにものを考えられるのは、ぼくのほうだとも思ってる」

16

セスの辛辣な言葉は、数秒間ふたりのあいだに漂っていた。

ブルックは反論したくてうずうずしていた――彼は間違っていると言ってやりたい。ハッピーエンドは存在する、と。自分にそれがまだ訪れていないからといって永遠に訪れないとはかぎらない、と。

でも、彼の顔に浮かんだ頑固さを見て思いとどまった。セスに人生を詮索されたくないなら、ブルックも彼の人生を詮索してはならない。

けれど、ほんとうは詮索したい。そのことにブルックは戸惑っていた。彼には好感が持てない。彼は厳格で腹立たしく、とんでもなくセクシーだと思っていたら、一瞬で途方もなく冷たく変わる不可解な男性だ。また、一度の恋愛の失敗によってすべての希望を捨て去るような人だ。ブルックが昔から苦手としている、典型的な悲観論者タイプ。

それなのに、彼の表情にある頑固さ以外のなにかに、ブルックは引きつけられている。彼が存在を認めようとしない苦悩。ブルックはその苦悩を癒やしてあげたいという強い衝動に駆られている。彼女の良識は、話題を妹の結婚式に戻して彼とのことは仕事上の付き合いとして割り切れと告げているのに。

セスの電話の着信音が鳴り、張り詰めた空気が少しゆるんだ。彼は電話に出た。「ああ……

うん、こっちに持ってこさせてくれ。ありがとう、クリスチャン」

彼は大きく息を吐きながら通話を終わり、ブルックを見ずに電話をテーブルに戻した。

「食事が届いた」

表情は死刑囚のように陰鬱だ。

数分前の打ち解けた雰囲気は、完全に消えてしまった。

ブルックはグラスを置いた。「帰ります。来るべきではありませんでした」

セスは引き留めなかった。

ブルックは前屈みになって靴を履いた。「あくまでわたしの意見ですが、あなたは妹さんを誤解しておられると思います。ニールのことも。すべてを」

セスはせせら笑った。「きみは人を見る目があるからね。しかも、悩みはすぐに乗り越えられる」

ブルックは冷ややかな笑みを顔に張りつけ、手帳とバッグをつかんで立ちあがった。「もう、ふたりで会うのはこれきりにしましょう。今後は計画の進捗状況を上司に報告し、上司からあなたに詳細を伝えてもらうようにします」

「そういう取り決めじゃなかったぞ」セスは不満そうに唇をゆがめた。

「あんな取り決めをしたのが間違いでした」ブルックはドアに向かった。肩越しに振り返ってセスに視線を送る。「それと、あなたがご親切に指摘してくださったとおり、わたしには人を見る目がないようです。すっかり誤解してましたわ、あなたのことを」

ドアの取っ手をつかんで乱暴に開ける。ところが、セスの手がふたたびドアをぴしゃりと閉めた。

「ぼくは自分の素性について嘘をついてない」セスの声は低く、怒りに満ちている。「自分がどういう人間かについても」

「だったら、あなたはどういう人間なのですか？　自分が幸せになるのを拒否するだけでは飽き足らず、妹の幸せをも望まない、冷たく堅苦しいコントロールフリーク？」

「冷たい？」セスの温かな息がブルックの顔にかかる。「それはたしかか？」

ブルックの心臓は轟音をたてている。彼女はまたドアの取っ手をつかんだ。だがセスの大きな手はドアを閉じたまま押さえ、背後からブルックの動きを封じていた。

ブルックは手を体の脇におろして息を吸った。「行かせてください」

セスの指がかすかに動く。手をドアからどけたいと思っているのに、動かせないかのようだ。

「そうしようと努力してる」セスはうなるように言った。

「もっと努力してください」ブルックの声には焦りがあった。

「なぜだ？」セスは少し身を寄せ、広い胸でブルックの肩を押した。「ここにいたら起こるかもしれないことが怖いから？」

ブルックは辛辣な返事をしようと口を開けたものの、顔はほてり、頭は混乱していて、もっともらしい嘘をつけそうになかった。実際、この部屋から出なかったら起こるであろうことが怖い。職業上の一線を越えてしまい、そこから戻れなくなることが怖い。

セスの唇が頬に触れた。キス、というほどではない。なのに、その官能的な触れ方によって、唇の触れたところから下半身にまで炎が広がった。彼の口に触れてほしい場所、とどまってほしい場所にまで。

ブルックは動けと自らに命じた。なのに体は言うことを聞かない。セスはさらに近づき、ふたたび口でブルックの頬をかすめた。ただし今度は、彼女の口にもっと近いところだ。このキスとも言えないキスは、彼女がいままでに経験したどんなキスよりセクシーだった。

ブルックの視線はドアを押さえている手の甲を見つめつづけているが、そのあいだにも、もう片方の手が近づいてくる気配を感じていた。

セスはブルックの後頭部をつかんで、そっと顔を自分のほうに向けさせた。目と目が合う。少しのあいだ、どちらも動かなかった。

やがてセスは屈みこみ、唇にキスをした。

ブルックはうめいた。彼の舌が口の中に滑りこんで熱く自信たっぷりに動く。片方の手でブルックの頭を支えたまま、もう片方の手はドアを離れてブルックの腰をつかみ、体を自分のほうに向かせる。胸と胸とが触れ合い、ふたりは男と女として向き合った。

ドサッという音がする。ブルックのバッグが床に落ちたのだ。うめき声が聞こえたが、それは彼女自身の口から発せられたものだった。

ブルックは彼の顔を両手で包んで髪に指を差し入れ、自分からもキスをした。キスの主導権を握ろうとしたものの、それは完璧な失敗に終わった。セスはあまりに大柄で、あまりに支配的で、あまりにセクシーだ。彼はキスをゆったりとした官能的なものから熱くみだらなものに変え、またゆったりしたキスに戻している。

ドンドンという音を聞いたブルックは、自分の胸の鼓動かと思って恥ずかしくなった。けれど音が大きくなるにつれて、ゆっくり現実に引き戻されていった。

セスが顔をあげる。息は荒い。

またドンドンという音。ドアだ。誰かがノックしている。ブルックのぼんやりした頭がようやく機能しはじめた。

あわててドアから離れる――ドアの向こうに立つ人から見えないところまで。

セスは悪態をつぶやきながらドアを大きく開けた。

「こんばんは、ミスター・タイラー。ご注文のお食事をお届けにまいりました」

セスはありがとうと聞こえなくもないうなり声を発し、財布を取り出すと、五十ドル紙幣を配達の青年に押しつけた。

「ありがとうございます。ただいまお釣りを――」

セスはビニール袋を受け取ってドアをバタンと閉め、ブルックに向き直った。

どちらも動かない。どちらも口を開こうとしない。

大変なことをしてしまったという事実を、欲望で曇っていたブルックの頭が認識しはじめた。ゆっくり屈みこむとバッグを拾いあげて立ちあがり、強いてセスと目を合わせる。

彼が考えていることを知ろうとしたけれど、いつもと同じく険しく冷たい顔にはなんの感情も浮かんでいなかった。

ブルックがドアの取っ手に手をかけると、セスはふたたび止めた。ただし今度は言葉によって。

「ここにいろ。食べるんだ」

「それはできません。当然でしょう」ブルックはドアを引き開け、暗い廊下に顔を出して、配達の青年がすでにエレベーターに乗ったことを確かめた。

「ぼくはディナーをおごると約束した」

「食欲はありません。ほんとうに」

ほかの欲はあるけれど、食べ物はいらない。

ブルックは廊下に足を踏み出した。

「ミズ・ボールドウィン。ブルック」

ブルックは足を止めたものの、振り返りはしなかった。

「こんなことを言ってもしかたないかもしれないが、ぼくは後悔してない。ほんの少しも」

「あなたはそうかもしれませんけど」ブルックはささやいた。「あんなことをしてはいけなかったんです。プロとして失格です。わたしのほうは恥ずかしく思ってます。どうかわかっていただきたいのですが、これはわたしひとりの過失であり、〈ベルズ〉にはなんの責任もありません」

「おいおい、きみはほんとうにぼくが気にすると思ってるのか、きみが――」

「妹さんの結婚式を企画していることを?」ブルックはようやく振り返って彼と顔を合わせた。「それがわたしの仕事ですから。もしも、わたしの口に舌を突っこむことが結婚式をやめるようわたしを説得するための試みだとしたら――」

セスの表情は一瞬で氷から激怒へと変化した。「ふざけるな。さっきのキスは、互いを求める男と女の行為だ。しかし、きみは自分に嘘をつきつづけるといい。それが得意らしいからな」

その言葉はブルックの神経をおおいに逆撫でした。

彼女は十二センチのヒールをくるりと回して身を翻し、エレベーターに向かってずんずん歩いていった。

セスが呼び戻そうとするのを半ば予期していた。追いかけてくるのを。

けれども、聞こえてきたのはドアが勢いよく閉まる音だった。直後になにかがグシャッとぶつかる音。高価な出前の食事がドアに投げつけられたようだ。

こんなに心が乱れていなかったら、氷の王様に感情があったことを思ってブルックはにやにやしただろう。

でも実際には、エレベーターに乗りこんで閉じるドアのほうを向き、ゆっくり顔まで手をあげたとき、自分はいったいなにをしてしまったのだろうと考えこむばかりだった。

17

〈ウエディング・ベルズ〉のオフィスが基本的に女性専用ゾーンであることを、ブルックはすでに当然のこととして受け入れていた。

もちろん、ときどき気乗りしない花婿や、たまに花嫁の父親が立ち寄ることはある。あるいはもっと珍しいことに、花嫁の兄が。

鋭いブルーの目をした毒舌家で、ブルックの出会った中で最高にキスのうまい兄が。

そんな思いを追い出そうと、ブルックは頭を横に振った。だめだ。ぜったいにだめだ。

ブルックは週末のあいだじっくり考えた末、彼にキスした自分を許すことにした。往々にして間違いは起こるものだし、それで自分を責めてもなんの役にも立たない。

でも……同じシナリオを繰り返す状況に身を置くつもりはない。セスと職業上の距離を空けることができない以上、物理的に距離を置く必要がある。

こんなことでアレクシスと話をするのを楽しみにしているわけではないけれど、利害の対立を明確にすれば、上司の理解を得られるのではないかと思っている。

だからブルックは意図的に早く出勤してきた。アレクシスは七時というとんでもなく早い時刻から働きはじめるのを知っているし、あわただしい一日が始まる前に彼女をつかまえたかったのだ。

ところが、〈ベルズ〉本店の静かな受付エリアに立っていたのはアレクシスではなかった。男性だ。

ブルックは急停止し、ジェシーのデスクを探っている黒髪の男性を見て目をぱちくりさせた。男性が顔をあげる。片方の手は眼鏡を直し、もう片方は引き出しから抜いた黄色いはぎ取り式メモ用紙をつかんでいる。

「やあ、どうも」男性は小さな笑みを浮かべた。「ミズ・ボールドウィンだね」

まあ、すてき。ハンサムで、しかもイギリス紳士だ。

「そうです。ごめんなさい、どなたか存じあげないのですけれど」ブルックは笑顔になったが、警戒はゆるめなかった。まだこの人が誰でなにをしているのかわからない。

「ああ。そうだったね」彼はデスクの横を回ってやってきた。格好のいい眼鏡に加えて、整った輪郭、感情豊かな茶色の目をして、紺色のピンストライプのスーツを着ている。おとなしく学者っぽい感じだが、それなりに魅力的ではある。

「ローガン・ハリスだ。〈ベルズ〉の顧問会計士だよ」

「まあ!」ブルックは彼が差し出した手を握った。「なぜか、アレクシスが経理もひとりで全部やってるんだと思いこんでました」

彼は楽しげに微笑んだ。「彼女はみんなにそう思わせたがってる」

ブルックは笑った。この男性は社長のことをよく知っているようだ。「アレクシスはあなたをどこに隠してるんですか？　鎖で縛って鉄仮面をかぶせて地下室に監禁してるとか？」

「わたしが脱走したことは彼女に黙っててくれ。たまには日光を浴びたくてね」

「それとメモ用紙が欲しかったみたいですね」ブルックは彼の左手を指さした。

「SOSのメッセージを書けるように」

ブルックはくすくす笑った。そう、少女のようにくすくす笑ったのだ。昔からイギリス流のアクセントは憧れだった。そうでない女性がいるだろうか？

「真面目な話、どうしていままでお会いしなかったんでしょう？」

ローガンは肩をすくめた。「わたしとアレクシスは週二回会っているが、いつも朝八時より前だ。それが双方にとって都合のいいスケジュールなんだよ」

「出張サービスつき会計士ですか。感動しました」ブルックは来る道で買ってきたラテをすすった。

「ほとんどの顧客はダウンタウンにあるわたしの事務所まで来てくれる。しかしアレクシスとは長い付き合いでね」

「そうですか」ブルックは男性をじっと見た。話し方は完璧に会計士のものだが、そこにはなにかが感じられる……アレクシスのことを話すとき、少し口調が熱っぽくなるようだ。

噂をすれば……。

聞き慣れたコツコツという音がする。アレクシスのピンヒールが階段をおりてくる音だ。

「ローガン、メモは見つけ――あら！　おはよう、ブルック」

「おはようございますー」ブルックはわざとのんびり語尾を伸ばして言いながら、社長がこのハンサムなイギリス人と関係を持っていることを示す兆候を探した。でも、なにも見つからなかった。アレクシスはいつものとおり完璧に身なりを整えている。乱れた髪の毛も、はみ出した口紅も、かけ違えたボタンもない。

残念だ。非常に残念。

「今朝は早いのね」アレクシスが言う。

「早く来てよかったですわ。でなかったら、ハンサムなイギリス人会計士の存在を知らないままでしたから」

ブルックが意味ありげだが罪のない口調で軽く言うと、ローガンが顔を赤らめたので、ますます興味を引かれた。なんとかわいい男性だ。

「ハンサムなイギリス人……？　ああ。ローガンのことね」

ローガンは憤慨した表情を見せた。「おいおい。きみにはほかにも会計士がいるのか？」

アレクシスは肩をすくめた。「あなたの話し方には慣れちゃったみたい」

「それからハンサムなところ――それにも慣れたんですか？」ブルックがからかう。

アレクシスは少し戸惑った様子でブルックを見てまばたきをした。ブルックは軽く笑った。

すべてを掌握している鋭い女性のわりに、社長はときどき不思議なほど鈍感になる。

あるいは非常に巧みなポーカーフェイスの使い手なのか。

おそらく両方だろう。

「さて、おふたりと一緒に数字いじりをしたいのはやまやまですけど、わたしも自分の仕事ブルックはラテを持って階段に向かった。

「でもアレクシス、そのお仕事が一段落したら、ちょっとお話ししたいんです。忙しくなる前に」

「いいわよ」アレクシスは例の鋭すぎる視線でブルックを見つめた。ブルックは、なにを話したいかアレクシスにはお見通しなのではと思って不安に襲われた。そんなはずはないのに。でも、この女性はアレクシスだ。彼女は常に皆の一歩先を行っている。

「会えてよかったよ、ミズ・ボールドウィン」ローガンが言う。

「わたしもお会いできてよかったですわ。ミスター・ハリス。太陽がのぼるまで地上にいられたらいいですね」

「地上に？」アレクシスが尋ねた。

「内輪のジョークです」ブルックはローガンにウィンクをした。

アレクシスが不審顔になり、ブルックは笑みを隠した。もしかするとアレクシスはローガンに関心がないふりをしていただけかもしれない。なぜなら、自分の知らない内輪のジョークがあると聞いてあまりうれしそうではなかったからだ。

ローガンとアレクシスのあいだにはなにかがある。でも、アレクシスはまだそれを自覚していないらしい。

自分の部屋まで行くと、ブルックはラテを飲みながらパソコンを起動させ、外に目をやって、目覚めかけている冷たい朝のニューヨークを眺めた。人々は足取り重く仕事に向かい、週明けのいつもの単調な仕事を始めようとしている。ブルックはまだ凍るような寒さに慣れようと苦労している途中だけれど、意外にも冬を好きになっていた。

カリフォルニアのように一年を通して日光が明るく降り注ぐのもいいが、ほんものの冬は美しく静かだ。短い昼間のあと毛布にくるまれて過ごす夜は心地よくて心身ともにリラックスでき、思いにふけることができる。ロサンゼルスの長い昼間と短い夜にはなかった、腰を落ち着けてじっくり考える機会が得られる。といっても、最近のブルックはあまり思索にふけることができていない。クレイの事件に関する感情を心から追い出すのも難しかったけれど、いまはセス・タイラーの存在がさらに問題を混乱させている。

そもそも、彼は真面目すぎる。たしかに鋭い目つきの奥にはユーモアのセンスもうかがえるが、扱いにくい。彼はブルックが自ら進んで与える以上のものを要求するだろう。しかも、なにも返してくれそうにない。

快楽は与えてくれるだろう。ふたりのベッドの相性がいいのは間違いない。

でも、互いに快楽を貪ったあとは？

セスは結婚を望んでいない。結婚どころかデートしたいとも思っていないようだ。

ブルックのほうは……それを求めている。彼女を食事に連れていき、すてきなプレゼントを買い、なによりも抱きしめてくれる人を、切に望んでいる。なんの企みも計略もなく、彼女を抱き寄せ、たくましい腕を体に回し、彼女が寄りかかるのを許してくれる人。

親切な人、心やさしい人、ブルックと人生をともにしたいと思ってくれる人。

彼女が望むのはそれだけだ。そんなに高望みではないはずだ。

そしてセス・タイラーはそういう人ではない。

とはいえ、彼はキスがうまい。ほんとうにうまい。

電話が鳴り、発信者名を見てブルックは顔をしかめた。画面に表示された母親の名前を見る以上に、X指定の上質な白昼夢になりそうな空想をぶち壊すものはない。

指で軽く額を叩いてセス・タイラーのみだらな姿を頭から追い出したあと、彼女は電話を取りあげた。

「もしもし、ママ！　早起きなのね。すごく早いじゃない」

「新しく夜明け前のヨガのレッスンを始めたの」カリフォルニアではまだ午前五時になったばかりだというのに、母の声には元気があふれている。「それに、最高の海草ジュースを出すジュースバーがあるのよ」

うーん、まずそうだ。

「おいしそう」ブルックはなんとか返事をした。

彼女自身、かなり健康志向の現代女性だと思っている。定期的にエクササイズし、たいていは昼食にさまざまな野菜のサラダを食べるよう努めている。けれども母ハイディ・ボールドウィンは桁違いの健康オタクだ。カロリー計算、ジュースによる体内浄化、自然食品、無添加。

「ニューヨークはどう？　新鮮な空気をいっぱい吸ってる？」

「ママはロサンゼルスに住んでるのよ」ブルックはラテを取りあげた。「非スモッグ地域というわけじゃないでしょ」

「ところであなた、催涙スプレーは持ち歩いてるでしょうね。あれだけたくさんの人が狭い場所に押しこめられてるんだから、強盗してくださいって言ってるようなものよ」

「どっちが先にわたしの死因になるかしら。大気汚染か強盗か」

「それとも暴走タクシーか」母は言った。「運転免許証も持ってない運転手がいるって聞いたことがあるわ」

「どこで？」ブルックは訊き返した。「そんな話、どこで聞いたの？」

「とりあえず、あなたは幸せにしてるって言ってちょうだい」母は娘の質問を無視した。

「もちろんよ！」なにも考えることなく、返事は口から飛び出した。

それは真実だった――ほんとうに幸せを感じている。自分の住まいも、仕事も、顧客も、徐々に、だが着実に友人になりつつある同僚たちも、大好きだ。ニューヨークという街自体も好きになりかけている。慣れた故郷とまったく違うのは事実だけれど、この街には少々中毒性がある。

だったら、ときどきちょっと寂しくなるくらい平気ではないか？　長い一日を過ごしたあと、恋人に愛撫したり触れたりしてほしくなることはある。玄関を入って靴を脱いだとき、酒を注いで話に耳を傾けてくれる人が欲しいと思うことはある。でもブルックは、幸せとは自ら選ぶものだと固く信じており、自分は幸せになることを選んだ。なぜなら……ほんとうに幸せだから。

「よかった」母は遠慮がちに言った。

「心からここを気に入ってるのよ」ブルックはヒステリックに聞こえないよう、意識的に声を抑えた。

「よかったわ」母が安堵のため息をつくのが電話越しに聞こえてくる。「誤解しないでほしいんだけど、わたしの中の身勝手な部分は、あなたに戻ってきてほしがってるの。そしたら手づくりのケールのケーキを食べさせてあげて、テレビで『リアル・ハウスワイヴズ・オブ・オレンジ・カウンティ』を一緒に見られるでしょ。だけど、すごく心身ともに安定した親である部分は、あなたが元気でやってるのを喜んでるのよ」

ブルックは笑った。「みんなに会えなくて寂しいわ、ママ」

「わたしたちだって寂しいわよ。そうそう、パパの靴下の引き出しにオレオの箱を見つけたって話はしたかしら?」

「まあ大変! オレオを隠し持つなんて!」ブルックはショックを誇張した口調で言った。「次はなにかしら? コカイン?」

ブルックの父も母の健康オタクぶりに付き合ってはいるが、それにも限度がある。月曜日の肉抜きの食事を認め、キヌアを好きになり、朝にスムージーを飲むことはできる。それでも、土曜日の朝のベーコン、金曜日の夜のマティーニ、そしてオレオはあきらめられないようだ。

「彼、ストレスでやけ食いしてるんですって。あなたがいなくて寂しいから」

「まあ、すてき。うれしいわ、チョコレートクッキーと人口甘味料のクリームがわたしの代わりになると聞いて」

「わたしもそう言ったのよ！」

真剣な怒りを帯びた母の声を聞いて、ブルックは微笑んだ。「それで、新しいヨガのレッスンやオレオ事件以外では、みんなどうしてるの？　なにかニュースは？」

一瞬の沈黙があり、ブルックの笑みが消えた。母が黙りこむことは珍しく、ほとんどの場合はよくない知らせの前兆だ。

「あのね」

ブルックは目を閉じた。「さっさと話して、ママ。なんであろうと受け止めるから」

「クレイのことなの」母は早口になった。

ブルックは息をのんだ。といっても、悪い知らせといえばクレイに関することであるのはわかっていた。しばらく母から彼の名前を聞いていなかったので、心の準備ができていなかっただけだ。友人や家族は彼の名前を口にしないよう気を使ってくれていた。だから、いまになって母が彼の話題を持ち出しているということは、よほど重要な問題に違いない。

「近々裁判が開かれるのは知ってるわね」母は小声でつづけた。

ブルックはすぐに答えられなかった。もちろん心の奥ではわかっていたし、ニュースで彼の名前と、もしかしたら自分の名前も聞く覚悟はしていた。でも、せっかく新たな人生を歩みはじめたとき彼に妨害されるのは耐えられない。

「もちろん、もうすぐなのはみんな知ってたでしょ」ブルックは冷静な口調を保った。ラテを飲もうとしたけれど、泡立つ甘い味に突然胸が悪くなり、カップを横に置いた。

「それだけじゃないのよ。実は……あの、先週担当の検察官と会って話をしたの」

ブルックは身を硬くした。「なんの必要があって？」

母はまた黙りこみ、ブルックはうめいた。「ママ。お願い。もったいぶらないで」

「パパはクレイに退職金用口座のお金の大部分を預けてて、それを失ったのよ」母は早口で言った。

そんな。

息をしなくちゃ。空気を吸いなさい。

この部屋に空気は残っていないようだ。

ブルックは胸に手を置いて、なんとか息を吸おうとした。

「ねえ、なにか言って」母が懇願する。

「冗談よね」気絶しないという確信が得られたあと、ブルックは口を開いた。

「だったらいいけど。あなたには知らせたくなかった。それでなくともあなたはつらい思いをしたんだし、わたしたちはばかだった。だけど検察官はわたしたちに――パパに――証言してほしいんですって」

ブルックは少し狂気じみた笑いを漏らした。父はブルックの婚約者、いや元婚約者の裁判で、検察側証人として証言しようとしているのだ。

父はハリウッドの大手映画プロダクションでマーケティング担当副社長をしている。収入は少なくない。ということは、退職金用口座の金額も少なくなかったはずだ。母は数年前にオーガニックのベーカリーをかなりの値段で売却しているが、その代金の大半は……。退職金用口座に預けられた。両親はそれを失ったのだ。ブルックの愚かさのせいで。

「ああ、どうしましょう」ブルックはささやいた。

「クレイのために言っておくと、彼はパパのお金を受け取るのを渋ってたのよ」

「ちょっと待って、ちょっと頭が混乱してるんだけど」ブルックは辛辣に言った。「わたしたちはクレイの弁護側、それとも検察側の証人？」

また電話の向こうが静かになった。その理由はブルックも知っている。クレイのことに関して自分が不愉快な感情を表現したのは、これが初めてなのだ。ブルックは深呼吸をして怒りを押しこめた。少しでも怒りをあらわにしたら、それをきっかけに憤怒の炎で心が焼き尽くされてしまう。

「わたしはただ、彼がほんとうにあなたを好きだったと思うと言いたかっただけ」ハイディは思いやりをこめて言った。「その延長線上で考えると、わたしたち家族を傷つけるつもりはなかったと思うの」

「だけどパパとママのお金を取っていったんでしょ」

怒りが少し陰から顔を出していたかもしれない。

「それはそうよ。ただ、わたしたちのほうから押しつけたようなものなの。義理の息子となる人を応援したくて……」

ハイディは言葉を切った。言えば言うほどブルックの気分を悪くするだけだということに気づいたらしい。

「パパは――証言するつもり？」

「それをあなたに相談したかったの」

「わたしがどれくらい彼を恨んでるか確かめたかったわけ？　彼を死ぬまで刑務所に入れておきたい気持ちは、一から十までのあいだでどのくらいか、とか？」

母は笑ったけれど、それは悲しげな、〝ひどいわね〟というような笑いだった。「まあそういうこと」

ブルックは息を吐き出した。「わからない。というか、もちろん彼には罪の償いをしてほしいわよ。だけど、彼のことはもう忘れようとしてるの」

「それはわかってる。ただ、ときどき思うの……あなた、誰かと話したいと思ったことはない？」

ブルックは眉根を寄せた。「話ならいつもしてるわ」

「クレイについては？」

「それは……あんまり。話さずにすむときには。いやな思い出にこだわってもしかたないから。ママがそう教えてくれたのよ」

「もちろんよ。でも、悲しんじゃだめと言ったつもりはないわ。心配なの、あなたが――」

「わたしは大丈夫」ブルックは母の言葉を遮った。「ほんとよ」

今度は長い沈黙がつづいた。

「ということは、ミズ・ファーレイからあなたに連絡はなかったのね？」

「誰？」

「アイリーン・ファーレイ。検察の責任者」

「連絡は受けてないわ。どうして？」

「検察があなたも証言台に立たせようとする恐れがあるの」

ブルックは凍りついた。「そんなことしないわよ。するかしら？　よくわからない……わたしに証言すべきことなんてないわ。その検察官、わたしのことをなにか言ってたの？」

「もしかすると連絡するかもって」ハイディは悲しそうに言った。「もちろんクレイ自身も証言台に立つでしょ。彼が陪審員に愛嬌を振りまいて好感を持たせるのを、検察は心配してるの。で、最良の対抗手段は彼の人格について信用を落とさせることだと考えてる。彼を単なる詐欺師じゃなく……残虐非道な悪人だと思わせるのよ」

彼はそんな人じゃないのに。

なんてことだ。

最初に浮かんだ思いがそれだというのが情けない――自分の心を粉々にした男性を弁護するとは。でも、クレイとの思い出を消し去るのは難しい。ブルックが知っていたクレイ。愛したクレイ。そのクレイが虚像だったのは知っている。けれど、ふたりで過ごした時間は現実だ。思い出は存在する。クレイと味わった幸福……それはブルックにとって真実だった。たとえ結局は幻想だったとしても。

「連絡はないわ」ブルックはそっと言った。「これからもないことを願いましょう」

「頼まれても証言しないということ？」ハイディは答えを迫った。

「わからない。たぶんしない」ブルックはすっかり冷たくなったラテのカップを手に取ってくるくる回した。「だけど、もしパパがわたしに証言してほしいなら、喜んでするわ」

「それでいいの？　ねえ、わたしたちみんなクレイが好きだったのはわかってるわよね。ただ……」

「彼はパパとママのお金を盗んだのよ」ブルックはいまだに彼の裏切りをどう考えていいかわからずにいる。「彼が自分の行為の責任を取らなくちゃいけないことは、充分わかってるわ」

　できれば、わたしはそれにかかわりたくないけど。

「あなたの頭がそれを理解してるのは知ってるの。あなたは利口だから。心配なのはあなたの心よ」

「ママ」ブルックはやさしく辛抱強い口調を保とうとした。「だからニューヨークに移ったのよ。あの事件とかかわりを持たずにすむように」

　背後で足音が聞こえたので振り返ると、アレクシスがすまなさそうに手をあげて、あとずさりで部屋を出ようとするところだった。

〝ごめんね〟アレクシスは口の動きだけで伝えた。

ブルックは手を振って謝罪をしりぞけた。むしろ、彼女のおかげで電話を切る絶好の口実ができた。

「ママ、もう行かなきゃ。仕事なの」

「わかったわ。またあとで電話してくれる？　パパはまだ証言するかどうか決めてないの。だから、あなたの気が変わったらそう言ってちょうだい。かまわないのよ」

「気は変わらないわ。パパに、どうぞ証言してと伝えて。ほんとに」

「だけど――」

「愛してるわ、ママ。パパにも愛してるって言ってね」

ブルックは電話を切った。母との通話を終わるにはそうするしかない。母はひとり娘に自分から〝さよなら〟と言うことができないのだ。

「どうぞ」ブルックはアレクシスに明るく呼びかけた。「それとも、わたしのほうからお部屋に行ったほうがいいですか？」

アレクシスは入ってきて椅子に腰をおろした。「なんの話をしたかったの？」

世間話をする気はないようだ。

「私用電話で申し訳ありません」時間稼ぎをしているのはブルックも自覚していた。「どうしても……母親というのは」ぶつぶつ言いながら引き出しを探り、ストレスに陥ったときのために常備しているハーシーのキスチョコを出す。

「わかるわ。わたしにもひとりいるから」アレクシスの声はいつになく穏やかだ。「そうでしょうね。だけど元婚約者の犯罪者について心配する母親は、お持ちでないでしょう?」

アレクシスの甲高い笑い声は、隠された苦痛の存在を示唆していた。「いないわ。だけどわたしの母は、わたしに男が誰もいないよりは、詐欺師でもいたほうがいいと思うでしょうね」

ブルックはキスチョコをひとつ口に放りこんだ。アレクシスにも差し出したが、相手は首を横に振った。断って当然だ。アレクシスはチョコレートなど食べないのだから。

それでも、アレクシスの顔はいつもより楽しそうで、態度はよりリラックスしている。ある会計士と時間を過ごしたことが原因だろうか?

些細なことでも社長の別の面を見られたことがうれしく、ブルックは笑顔で世間話をつづけた。「お母様は卵子冷凍についての記事を送ってきたりなさいます?」

「あら、うちの母を知ってるの?」アレクシスは苦笑して手を差し出した。チョコレートについて考えを変えたらしい。「いつも元気を出すために食べるのはフリトスだけど、いざとなったらキスチョコでも役に立つわね」

ブルックは首をかしげて、この優美で上品な栗色の髪の女性が塩味で油ぎとぎとのコーンチップを食べているところを想像しようとした。「だめだわ。そんなのを召しあがっているところは想像できません」

アレクシスはキスチョコを食べるのにゆっくり規則的に口を動かしている。ほかのなにをするときとも同じように秩序立てて。「まあ、そうね。フリトスを食べたくなるくらい落ちこむのはたまにしかない、と言わせてちょうだい。それに、人前では食べないようにしてるから」

「そんなふうに落ちこむのは、あるセクシーなイギリス人と関係があります？」

アレクシスは目をしばたたかせた。「え？」

おやおや。的外れだったのか。

けれど、退却するには遅すぎる。

「あら、とぼけないでください」ブルックは軽く言った。「いつも会計士と早朝にふたりだけで会っていながら、彼が『高慢と偏見』のミスター・ダーシー以来最高にセクシーな人だってことに気づいてないとは言わせませんよ」

アレクシスはまたもや当惑している。「ローガンのこと？」

あらあら、この人ってほんとに鈍感なのね。「彼がものすごくすてきだという事実を見逃してるなんて言わないでくださいね」

アレクシスは唇をすぼめた。「どうかしら。ローガンは昔から……ローガンだった。わたしたち、友達なのよ。そして彼はわたしの顧問会計士。空想の王子様じゃないわ」

「あの人ならポケットプロテクター（ペンなどで汚れないようシャツの胸ポケットの内側に入れておくビニールケース。オタクの象徴とされるアイテム）を使ってても許しますわ、だってあのアクセントがあるから」

チョコレートをのみこむと、アレクシスの顔から笑顔が消えた。「話ってそれだったの？会計士のこと？」

ブルックはため息をのみこんだ。ガールズトークは始まったとたんに終わったようだ。

「実は、そうではなくて……。タイラー家の結婚式のことです」

深呼吸をする。「わたしはどうやら……惹かれてるみたいなんです……花嫁さんのお兄様に」

「そう」アレクシスはちっとも驚いていない。

「あまり……ショックを受けていらっしゃらないみたいですけど」

「わたし、彼を知ってるの」

ブルックは愕然とした。「彼をご存じなんですか」

「彼のことを知ってるの」アレックスは言い直した。「実を言うと、彼の元恋人と親しいのよ」

「ナディアですか？」

アレクシスの目つきが鋭くなる。「彼がナディアのことを話したの？」

ブルックはしまったと思った。その話をするのはセスを裏切るような気がしたのだ。「話のついでにぽろっと名前が出て」どうでもよさそうに手を振る。

「あらそう。あのふたり、うまくいかなかったのよ」

すごく控えめな言い方ね。

「あの、いずれにせよ、わたしは……惹かれてるんです。大きく倫理を踏み越えてはいません」あのキスで小さく踏み越えたという事実は意図的に省略した。「でも、お恥ずかしいのですが、彼に関することとなると、もう客観的に対処できそうにありません」

「そう」アレクシスはゆっくりと言った。「彼が結婚式の計画を立ててるの？」

「いいえ、違います。だけどスポンサーなんです」

「あなたが心配してるのは、彼の魅力に惹かれて自分が理想的でない振る舞いをするかもしれないということ？」

「そんなことはありませんが、あなたがご心配なさるんじゃないかと思って」

アレクシスはしばらくのあいだ、鋭い視線でブルックを見据えた。高校一年のときひどい成績表を持って帰って両親に見せたことを思い出し、ブルックはもじもじした。あのころは図書館よりもチアリーディングの練習場で長時間を過ごしていたのだ。

「あなたはプロでしょ、ブルック。だから雇ったのよ」

「そうです」ブルックはすぐに返事をした。「だから、いまのうちにご相談してるんです。実際に問題が発生する前に」

「タイラー家の結婚式から手を引きたいの？」

「そうではありません」ブルックはきっぱりと言った。「念のため状況をご報告しておくべきだと思っただけです。花嫁さんや花婿さんとの仕事はぜひつづけたいと思います。でもミスター・タイラー――ミスター・タイラー――も深くかかわっていらっしゃいますので、彼に進捗状況を報告するのはあなたかヘザーにお願いできたらと考えたんです」

アレクシスはゆっくり手を伸ばして、ハーシーのキスチョコをもうひとつ取った。「だめ」

「ありがとうござ――え、なんとおっしゃいました？」断られたのだと気づいて、ブルックは訊き返した。

アレクシスが首を横に振る。「これはあなたがつくる結婚式よ。あなたがすべてに責任を持つの。ミスター・タイラーへの対処を含めて。わたしは請求書にサインするけど、それ以上は関与しない。なにも問題は起こらないと確信してるわ」

ブルックの頭は混乱している。「わかりました、でも――」

「口を挟ませてもらっていい？」

ブルックは笑みを噛み殺した。「珍しいですね、あなたが人の話を遮るなんて」

アレクシスは返事を待ってブルックを見ている。

「どうぞ」社長が心を盾で隠していないときなにを言うのか、ブルックはぜひとも聞いてみたかった。

「人はセックスを重要視しすぎると思うの」

ブルックの予想もしない言葉だった。

「それは単に……」アレクシスはいらいらと手を振った。「雑誌やロマンス小説がなにを言ってるかは知ってるわ。セックスはあらゆることを複雑にするってやつでしょ。だけどそんなのは幻想。セックスが物事を複雑にするのは、そうなるのを人が許したときだけ」

「あなたは……許さないのですか？」ブルックはアレクシスの考えについていこうとした。アレクシスの顔に束の間なにかがよぎった——アレクシスのことをよく知らなかったら、ブルックはそれを心の弱さと呼んだかもしれない。

「いまはもう許さない。もしもあなたが、こんなところで上司とセックスの話をするのが奇妙だと思ってるとしたら……それこそがわたしの言いたいことよ。セックスはタブーであるべきじゃないわ」

ブルックはキスチョコに手を伸ばした。ひとつ、またひとつ。こんな会話をするには、ひと袋全部が必要だろう。それにウォッカが。

「よけいなことだったらごめんなさいね」アレクシスは穏やかに言いながら立ちあがった。

「参考にしてちょうだい」

「待ってください、それだけですか？」ブルックは呆然とした。「よく……よく、おっしゃりたいことがわからないんですけど」

アレクシスは微笑んだ。目まで届く、心からの笑みだ。「いいえ、わかってるはずよ」

ブルックはためらった。「つまり、セス・タイラーと寝ろと？」

アレクシスはかぶりを振った。「そうは言ってないわ。寝たい人と寝ればいいと言ってるだけ」

「たとえ相手が顧客でも？」

「わたしならそんな相手を選ばない。だけど、選ぶのはわたしじゃないでしょ？　それに、あなたも〈ベルズ〉の社是は読んだはずよ。誰が料金を払うかは関係ない、なぜなら真の顧客は……？」

「花嫁である」ブルックはつづきを言った。ブルックも、自分自身にずっとそう言い聞かせてきたのだ。

「わたしが言ってるのは、セックスが物事を複雑にするとはかぎらないということ。わたしは昔からセックスと人生におけるそれ以外のことを分けて考えてきたし、そういうやり方を気に入ってる。実際、ときには——どう言えばいいかしら——一線を越えることで、緊張が消える場合もあるわ。増すんじゃなくて」

ブルックはキスチョコをさらに一個口に放りこんだ。「せっかくのアドバイスですけど、わたしたちがこんな会話をしてるなんて信じられません」

アレクシスは肩をすくめた。「せっかくのアドバイスだから……考えてみて」

18

一般的にホテル暮らしが寂しいものだと思われているのはセスも知っている。だが実のところ、ふだんは寂しくない。

地の利を気に入っている。ルームサービスを気に入っている。部屋に帰ったらベッドが整えられて洗面台がきれいになっており、自分で電球を取り替える必要がないところも気に入っている。

けれども木曜日の夜、首が凝り固まり、目はしょぼしょぼし、骨まで疲れきって、香港からの遅延した長時間のフライトを終え、キャリーケースを引いてスイートルームに戻ったとき、セスは入り口で立ち止まり、いままでとは違った目で自分の住まいを眺めた。

そして記憶にあるかぎりでは初めて望んだ……なにかがいてくれることを。誰かが。

犬でもいい。厄介な猫でもいい。

あるいは、生意気な口を利くブロンドのウエディングプランナーでもいい。

セスはそんな思いを頭の奥に追いやり、鍵をキーボックスに入れて電気をつけた。先週の金曜日にキスのあと逃げられて以来、ブルックから連絡はない。拒まれたことによる胸の痛みを乗り越えたとは言えないが、少なくとも彼女と妹との仕事上の関係を壊してはいない。ブルックがまだ結婚式の企画を担当していることは、マヤにさりげなく尋ねて確かめていた。

ブルックと深入りしなくて正解だった。彼はそう考えながら、狭いけれども現代的なキッチンに入って冷蔵庫を開けた。いま、どんな女性とも付き合っている余裕はない。父の後継者としてふさわしいＣＥＯになることに全精力を注いでいる最中なのだから。

また、万が一女性と付き合うとしても、何カ月か後に莫大な金額を記した小切手を渡す予定の相手とではない。

セスにとって残念なことに、実際に小切手を書く羽目になりそうな懸念は大きくなっている。いまのところニールに関して明確な汚点は見つかっておらず、妹は求婚を受けたのを後悔しているそぶりも見せていない。

もちろん、結婚式の企画の過程で、ブルックが怪しいものを発見する可能性はまだ残されている。だが、そもそも彼女が自分自身の仕事の妨害になることをする望みは薄い。セスにあんなふうに言い寄られたブルックが、マヤとニールの結婚反対運動に加わってくれるとは思えない。

唯一頼りにできそうなのは私立探偵だ。しかし、まだ探偵に連絡する決心はつきかねている。

冷蔵庫がほとんど空なのを見て、セスは扉を閉めた。かまわない。腹の減りより胸のざわめきが勝っているのだから。

いや、ざわめいているのは胸より下腹部のほうだった。

「くそっ」セスはつぶやいて御影石のカウンターに両手をつき、冷たいシャワーを浴びよう追い出すのになんの効果も発揮していない。

かと考えた。といっても、冷たいシャワーはこの数日試してきたが、頭からブルックの像を追い出すのになんの効果も発揮していない。

国を出ていた三日間、ニューヨークに戻ったら女友達のひとりに電話をするのだと自分に言いつづけていた。アドレス帳に書いた名前の数から判断するかぎり、セスはグラントほどの発展家ではない。それでも女友達は何人かいる。セス自身と同じく、よけいな期待を持たず肉体関係のみを求める女性だ。

そうした女性の誰かに連絡しようと電話をつかんだものの、連絡先リストをスクロールしはじめたとたん、それが間違っていることを痛感した。完全に間違っている。彼の欲望を満足させてくれる女性はひとりしか存在しない。

もちろん、ばかみたいに彼女の足元に身を投げ出すつもりはない。そんなことをしても、彼女はひれ伏したセスを蹴りつけるだけだろう。セスは弱さを見せてしまい、ブルックはそれを面と向かってあざ笑ったも同然なのだ。ゆえに、いくら彼女を求めていても、セスはその気持ちを克服せねばならない。

電話をカウンターに投げ出し、窓際の古風な酒のカートのところまで行く。ウィスキーを二フィンガー分注いでマンハッタンの夜景をぼんやり眺めた。ふだんは、問題があったとき酒に逃げたりしない。だが仕事上の問題と異なり、今回の問題はブレーンストーミングや重労働や戦略立案では解決できない。

セスは鼻梁をつまんで、今日は早く寝ようかと考えた。まだ九時になったばかりだが、時差ボケには早めに対処しておかないと今後何日も悩まされるのは、経験からよく知っている。

運がよければ、明日の朝目覚めて最初に考えるのが、中途半端に終わったキスのことではないかもしれない。

キッチンのカウンターに置かれた電話が鳴った。どうせ明日まで待たせてもいい仕事の電話だろうから無視しようかと考えつつ、振り返って目をやった。

ホテルのフロントからだ。

「もしもし」

「ミスター・タイラー、お客様がいらっしゃいました」

たぶんグラントだ。彼は予告なく現れてセスの酒を飲んでいくことを、なにも悪いと思っていない。グラント自身のウィスキーのコレクションも、マンハッタンのほとんどのバーに匹敵するほど充実しているのだが。

「グラントだな。通してくれ」

相手は一瞬口ごもった。「あの、お客様はご婦人ですが」

セスの眉があがる。「マヤか?」

「ミズ・タイラーではございません。ミズ・ボールドウィンという方です」

セスのグラスが乱暴にカウンターに置かれた。ブルックだ。

彼は飛行機で乱れた髪を手ですいた。あわててカレンダーに目をやる。彼女と会う約束を忘れていたのか? 結婚式について話し合おうと彼女が送ってきたメモを見逃したのか?

「お通ししてよろしいですか？」

「ああ」セスは咳払いをした。「うん。通してくれ」

彼女からの連絡を何日も待っていたことを考えると、ブルックがロビーからセスの部屋までのぼってくるのを待つ時間など、ないに等しいはずだった。だが、それはおそらく人生で最も長い三分間だった。

忘れるな。あの女はおまえを拒絶したんだぞ。冷静に対処しろよ。

ドアが遠慮がちにノックされ、セスは景気づけにウィスキーをもうひと口流しこんだ。ネクタイをまっすぐ直し、ドアを開け、心構えをして……。

なにに対して心構えをしていたのか、セスにはわからなくなった。

ドアのすぐ外に立つブルックを見た瞬間、息が止まりかけた。ポニーテールにされた髪は、街じゅうを吹き荒れる冬の暴風のため少し乱れている。

彼女は腕に青いウールのコートをかけ、膝の下、ロングブーツのほんの少し上までの丈のケーブル編み白ニットドレスを着ている。

ファッショナブルではあるが、冬の天候に合わせた実用性も備えた服装だ。誘惑をもっぱらの目的とした女性には見えない。それでもセスはすっかり誘惑されてしまった。

大きく息を吸う。なんの用か知らないが、さっさとすませてほしい。やはり冷たいシャワーを浴びなければならないようだ。

「ミズ・ボールドウィン」彼は冷たく言い、よそよそしい口調を保てた自分自身に心の中で称賛を送った。「これは驚きだな。なんの用――」

「黙って」ブルックはセスに最後まで言わせなかった。「とにかく黙って」

セスに歩み寄り、爪先立ちになって彼に唇を押しつける。セスは呆然とした。ショックで。いや、悦びで。

両手をブルックの肩に置く。彼女を押し戻すため――先週の金曜日からなにが変わったのか説明を求めるために。でも、彼女がしがみついて彼の唇の上で自分の唇を懸命に動かす様子を見て、セスは思いとどまった。

「ブルック、どうした?」

「あなたが欲しい」ブルックはわずかに顔を引いて答えた。視線はセスの鼻のあたりに向けられている。彼と目を合わせることができないかのように。「ふたりが同じものを求めてるわけじゃないのはわかってるし、あなたが物事を複雑にしたくないのもわかってる。わたしだって複雑にしたくない。だけど思ったの……こうすることで、お互いにもやもやを吐き出せるかもって」

セスは肩をつかんで彼女を引き寄せた。「今夜だけってことか?」

ブルックは唇を噛んでうなずいた。

「よし」セスはかすれた声で言うと、今度は自分から口を押しつけた。

やさしいキスではない。彼がいつも用いる技巧には欠けている。

だが、技巧を駆使するのはあとでいい。いまはただ彼女を味わいたい。うめき声をあげさせ、彼女の柔らかさを堪能したい。セスがブルックを求めているのと同じくらい、ブルックもセスを求めていることを実感したい。

あとずさってブルックを部屋の中に引き寄せ、彼女の背後に手を伸ばしてドアを閉めた。ブルックはコートとバッグを床に落とした。

彼はブルックの腰に手を回し、少し膝を曲げて彼女の顎の線を口でたどったあと、ふたたび唇と唇を絡めた。ブルックは飢えたようなキスをしたが、そこには遠慮もあった――ほんのわずかなためらいが。肉体に脳が追いついていないような感じだ。

セスはキスの勢いを弱めてブルックに時間を与えた。やさしくうながすように唇を軽く触れ合わせ、舌を出してからかうように口角をなぞったかと思うとまた引っこめる。

何度もそっとキスをして彼女をじらし、先に進めるようになるのを待ちながら、手で脇腹や背中を撫でる。やがてブルックは切迫した小さなうめき声をあげて彼の名をつぶやいた。

「セス」

そうだ。

セスの手があがってブルックの顔を包む。巧みに唇を開けさせて舌を滑りこませ、彼女の舌と熱く絡めた。

またうめき声が聞こえた。ふたりのうちどちらの声だったのか、セスにはわからなかった。甘い。彼女はとてつもなく甘い。

「脱いで」ブルックはセスのジャケットをつついた。「これを脱いで」

セスはわずかに体を引き、荒く息をしながらブルックの顔を見つめた。「どうして気が変わったんだ?」

「んん?」ブルックは青い目を欲望でとろんとさせ、てのひらを彼の胸に滑らせた。

セスは彼女の手をつかんで自分の胸に押しつけ、ブルックが目を合わせてくるのを待った。ついにブルックが恥ずかしそうに見てきたとき、セスの胸が締めつけられた。

「この前、ぼくがキスしたとき――きみはそれ以上進めるのをいやがった」

「そんなふうに思わないで」ブルックは自分の唇を舐めた。「ほんとはあなたが欲しかった。わかってるくせに」

たしかにわかっていた。この目で見ていた。それでも……ブルックは立ち去ってしまったのだ。

ブルックは手を引いてあとずさった。「いやだ。あなたこそ気が変わったのね」

「待て。なんだって?」

彼女は顔を真っ赤にし、ひざまずいてコートを拾った。「わたしがこの前拒絶した理由……事態が複雑になること、わたしがあなたのために働いているという事実……そんなことは忘れるべきだった。気にしちゃいけなかったのよ。ただわたしが思ってたのは……もう、わたしってばかよね」

セスもひざまずいてブルックの手首をつかみ、汗で湿ったてのひらに親指を押しつけて軽く撫でながら顔を見つめた。「逃げるな」

ブルックは唾を飲みこんだ。「気は変わってないの?」

「きみを求めてることについて?」セスは笑顔で答え、ブルックの手を引っ張って立たせた。

「全然」

「あなたはそれでいいの……今夜だけということで?」

セスの笑みが大きくなる。「きみもわかってるはずだ。女があとくされのないセックスを申し出てくれることが、あらゆる独身男の夢だってことは」

「そうね。だけど、あなたの夢でもあるの?」ブルックは率直に尋ねた。「わたしたちがこんなことをしても」――彼女はふたりのあいだを手で示した――「それは、わたしと妹さんとの関係に影響しない? 利益の対立があるとしてわたしを排除したりしない?」

セスはブルックの腰をつかんで引き寄せ、額と額を合わせた。彼女にはぜひ理解してもらわねばならない。「いまぼくに関心のある唯一の利益は、きみのドレスを脱がせることで得られる利益だけだ」

19

タクシーでセスの住まいまで向かうあいだじゅうずっと、ブルックはおじけづくなと自らに言い聞かせていた。自分は現代に生きる二十代の女性であり、惹かれている男性と一夜かぎりの関係を結ぶことも許されるのだ、と。

そして結局のところ、問題なのは、おじけづくことではなかった。

勇気を奮い起こして彼に口づけた瞬間、自分が逃げるかどうかが問題なのではないとわかった。問題は、ひと晩だけで終わりにできるかどうかだ。

いま、セスの大きな手は彼女の腰に置かれ、親指は誘惑するように腰骨に食いこんでいる。それでも彼は待っている。

もちろん待っているのはブルックの同意の言葉だ。いくら気取った皮肉屋であっても、あの偉ぶった外面に隠された真のセス・タイラーは立派な紳士なのだから。

でも今夜、ブルックが望んでいるのは紳士的な振る舞いではない。

荒っぽい扱いだ。

彼女はセスの胸に置いた手の片方を上へと滑らせ、指をネクタイに引っかけて彼の顔を自分の前まで引きおろした。ふたりの唇はいまや数ミリしか離れていない。

「わたしを奪って」ブルックはささやいた。

今回唇が接したとき、ブルックにはもう引き返せないことがわかっていたし、キスを楽しんだ。キスにこめられた彼の欲望を味わい、同じ欲望をこめてキスを返した。

ブルックの手がネクタイをほどくと、セスはドレスの裾から手を入れて尻をつかんだ。必ずしもセクシーではないが東海岸の冬を生き抜くには必需品であるレギンスを、セスはとくに気にする様子もなく、薄い生地の上から熱い手で尻を包んでいる。

「わかってたよ、きみはこんなに気持ちがいいんだって」彼はブルックの口に向かって言いながら、歯で軽く上唇を噛み、尻をいっそう強く握った。

「素肌同士だったら、もっといいわ」セスが首筋に吸いつけるよう、ブルックは顔を傾けた。

「そうか？」セスは彼女の首に口をあててささやいた。「素肌に触れてほしいのか？」

彼が肌を吸うと、ブルックは声をあげた。

セスはレギンスの上から尻を揉みつづけている。ブルックは手をおろして彼のシャツをスラックスから抜き、アンダーシャツの下に手を入れて素肌にてのひらをあてた。

セスが小さくうなったので、ブルックは勝利の笑みを浮かべた。「ほらね？　もっと気持ちがいいでしょ」

セスの口が上に向かってブルックの口と合わさったのと同時に、彼の手はさらに下に向かい、尻をつかんで押しあげた。ブルックは本能的に脚を彼の腰に、腕を首に巻きつけた。

「わかった、ボールドウィン。きみの勝ちだ」セスはぶっきらぼうに言ってキスをしたあと、くるりと後ろを向き、ブルックを支えてベッドルームへ連れていった。「じゃあ素肌同士になろう」

ブルックはセスがベッドに彼女を投げ出すのを予想した。ところが彼はベッドのすぐ横で止まり、ブルックを立たせた。ナイトテーブルに手を伸ばしてランプのスイッチを入れる。

「うーん……」ブルックは眉をひそめてランプを見た。彼女は十八歳でなく二十八歳だ。体の大部分は引きしまっているけれど、どんなに想像をたくましくしても、みずみずしく張り詰めているとはいいがたい。

セスの手が頬をくるみ、唇がこめかみのあたりをさまよう。「きみを見たいんだ」

ゆっくり甘いキスをされると、ブルックのまぶたはおりていき、気がつけばうなずいていた。彼女もセスを見たかったからだ。

彼はブルックを押して背中からベッドに横たわらせた。ふたりは無言で、靴を脱ぐという気まずくてあまりセクシーでない行為に取りかかった。ブルックはレギンスを脱いで横に放り、セスはジャケットを脱いで近くの椅子にぽんと置いた。

ふたりの目が合うと、ブルックはそわそわして唾を飲みこんだ。けれども彼女が緊張にのみこまれる前に、セスは一歩踏み出して彼女の膝の裏を持ち、足をベッドにあげさせた。青い目でブルックを見つめたまま太腿にてのひらを滑らせ、ドレスを腰のあたりまでめくりあげた。

視線を下に向ける。パンティの小さな三角部分は、いまや彼の熱い視線にさらされた。

彼は人差し指の背でパンティをなぞり、濡れているのを薄い生地越しに確かめた。ブルックの頭が後ろに倒れて、柔らかな羽毛の枕に落ちた。

「ぼくのことを考えてたんだな。これのことを」セスは指を動かしつづけている。「いつからだ？」

ブルックが答えずにいると、セスは手を引っこめた。ブルックが抗議の意をこめてにらみつけたので、セスは目をあげた。「いつからだ？　いつから、ぼくがきみのここに触れることを考えてた？」

彼の手を脚のあいだに戻したくてブルックは彼の手首をつかんだ。自分の大胆さにどぎまぎする。ところが彼は抵抗して指を膝の内側に持っていった。「なにか欲しいものでも？」

「もうっ」ブルックはつぶやき、枕の上で頭を反らした。「ずっとよ、わかった？　初めて会った日からずっと。初対面の瞬間から」

セスのまなざしが熱を帯びた。彼は指をパンティのウエストバンドに引っかけ、ひざまずいてパンティをおろした。

「それを聞きたかった」乱暴に言い、彼女の腰をつかんでベッドの端まで体を引っ張る。ドレスを押しあげて、ブルックに彼の意図を悟る暇も与えることなく頭を脚のあいだまでおろす。そっと舌を走らされると、あまりに気持ちがよくて、ブルックはただ横たわって快感に浸ることしかできなかった。

「ああ、すごい」ブルックの指はなすすべもなく羽毛布団を引っかく。彼は口を開いてじっくり舐め、舌で情熱をこめて愛撫した。「セス」

彼は返事代わりにうなって舐める速度をあげ、片方の手をおろして指を一本ブルックの中に差し入れた。侵入に反応してブルックの腰が跳ねあがる。セスは顔をあげてブルックの目を見つめ、指をいちばん奥まで差しこんだ。一度、二度と撫でたあと、もう一本指を追加した。

そのあいだも、舌は決してゆったりした愛撫をやめなかった。彼の二本の指はブルックの中を出入りする。快感が募るにつれ、ブルックの頭から理性的な考えが消えて本能が主導権を握った。指でセスの髪をつかんで彼の頭を固定し、わけのわからない叫び声をあげながら快楽の頂点を越えた。

セスはブルックが体を震わせているあいだずっとその場にとどまり、彼女が全身ぐにゃぐにゃになってぐったりと横たわったとき初めて顔をあげた。

手で口をぬぐってゆったりとしたセクシーな笑みを浮かべる。ブルックはハスキーな笑い声をあげた。「すごく得意そうね、タイラー」

セスは自分のアンダーシャツをはぎ取った。彼が覆いかぶさってきたとき、ブルックからけだるさは消え失せた。

「働きづめのくせに、よく体をこんなふうに保つ時間が見つけられるわね」ブルックは彼の胸の筋肉に唇を押しあて、あおむけにさせて自分が上になった。

「ぼくは朝四時に起きる」セスは彼女が馬乗りになれるよう腰の位置を調節した。

ブルックがあきれたように頭を左右に振る。「あなたもアレクシスも。化け物ね」

「きみは朝ゆっくり寝てるほうか？」セスはブルックと視線を絡めつつ、両手の親指で彼女の太腿をなぞっている。

「寝てられるときは」ふたりとも半裸でそんな話をしているのが奇妙に感じられないことを、ブルックは奇妙に感じていた。

「明日はどうだ？」セスの親指は方向を変え、いまは膝でなく彼女の中心に向かって愛撫をつづけている。

「明日はどうって？」ブルックの声は少々かすれていた。彼の指がそこに近づいているとき、話すのは非常に難しい。

セスの口角があがった。「明日は朝ゆっくり寝てられるのか？」

「あの」ブルックは神経を集中させようとした。「たぶん。朝の最初の約束は十時だし、場所はミッドタウンだから」

「それはよかった。今夜はきみを遅くまで起こしておくつもりだから。さて、そのドレスだ。脱いでもらおうか」

ブルックは命令に従ったものの、時間をかけて彼をじらした。指をゆっくり脇腹に滑らせ、ドレスの裾をいじり、少しずつ引きあげていき、頭から脱いで、最後に横に放った。

「このほうがいい」セスはささやき、てのひらを彼女の背中にあてて体を支え、突然自らの上体を起こした。

唇で乳房の曲線をたどりつつ指でホックを外してブラジャーを肩から脱がせ、ほかの服のほうに投げる。

「ずるい」ブルックは突然恥ずかしくなった。「わたしは全部脱いだのに、あなたはまだスラックスも……」

乳首を口に含まれ、ブルックはなにを言おうとしていたのかすっかり忘れてしまった。彼の首にしがみついて腰を回し、喉の奥からうなり声を出す。ふつうなら恥ずかしくなるところだが、逆にますます興奮が募った。

彼がもう片方の乳房に移動すると、ブルックは彼のスラックスに手を伸ばし、明るくてよかったと思いつつ手際よく彼自身をスラックスとブリーフから解放した。彼を手で包むとき満足の声を漏らしたが、その声はすぐにセスの荒いうめき声にかき消された。

「気持ちいい？」ブルックはなめらかな皮膚に覆われた彼の硬いものを握って上下に動かしている。

セスはきつく目を閉じ、顎をこわばらせてうなずいた。ブルックは体をやや前方に傾け、彼の先端を自分の入り口にこすりつけた。セスはぱっと目を開けてブルックを見つめた。

「大丈夫、ピルをのんでるから」ブルックがそっと言う。

セスは彼女の腰をつかんで少し持ちあげ、しばらくその姿勢を保ったあと、彼女を引きおろして自らを挿入した。

「ああ、すてき」内部が摩擦される感触が最高によくて、ブルックはささやいた。

目を閉じかけたが、セスは彼女の腰に指を食いこませた。「ぼくを見るんだ」

ブルックは従い、ふたりの視線がぶつかった。セスは根元まで彼女の中に埋めこまれた。

「これだ。まさにこういうふうに感じるべきなんだ」

セスの言うとおりだ。ブルックは昔からセックスが好きだった——大好きだった——し、いつも気持ちがよかったけれど、こんなふうに感じたのは初めてだった。まるで映画のよう。ふたりの人間がスローモーションで抱き合い、ムードたっぷりの音楽がふたりを包む場面。ただし、いま音楽は流れていない。聞こえるのはふたりの息遣い、体と体がこすれ合う音、セスが彼女の名をささやいてブルックが彼の名をささやき返す声だけだ。

セスは両手を彼女の背中にあててのけぞらせ、口で乳房をいたぶっている。からかうように噛むのと、ゆっくりやさしく吸うのを、交互に繰り返す。

ブルックは頭を後ろに倒して目を閉じ、腰の動きをどんどん速めている。自分の外と中での彼の感触に没頭して。

「ああ、いいわ……いい……ええ、そこよ……」

ブルックは達した。低いうめき声をあげて腰をさらに強く彼に押しつけ、体を前に投げ出す。セスの肩の硬い肉に噛みつくと、セスはブルックの背中に指を食いこませて腰を突きあげ、乱暴な叫びとともに爆発した。その声は、堅実な実業家の口から出るとはブルックに想像もできなかった動物的な咆哮だった。

ブルックはその一瞬一瞬を楽しんだ。セスはブルックを抱きしめ、ブルックは彼の肩に寄りかどのくらいそうしていただろう。

かって首に荒い息を吐いている。体は徐々に冷え、ふたりは余韻に浸った。

その後、どうやってマットレスに横たわったのかも覚えていない。けれどもブルックは、彼が隣に横たわり、ふたりの体を上掛けで覆い、自分のものだと言いたげに彼女の腹の上に手を広げ、背中から抱きしめた瞬間を、決して忘れないだろう。

また、セックスはすばらしかった――恍惚とするほどすばらしかった――けれど、彼に予想外に抱きしめられたのがさらにすばらしかったことも、決して忘れないだろう。

アレクシスは、セックスによって物事を複雑にさせないことは可能だと言った。社長に〝どうしたら複雑にならずにすむか〟を尋ねておくべきだったことに、ブルックは遅まきながら思いいたった。

20

昨夜セスはホテル住まいに後悔を感じていたけれど、朝にはすぐその考えを撤回した。コンロに火をつけることもなく女性にベッドでグルメな朝食を提供できるのは、すばらしく都合がいい。

とはいえ、キッチンでせっせと働いて仕える価値のある女性がいるとしたら、それはいま彼のベッドで丸くなっている女性にほかならない。

ルームサービスを呼んで五種類の朝食を届けるよう頼んだあと、セスはカップ二杯のコーヒーを淹れたが、彼女のコーヒーの好みを知らないことに気づいて顔をしかめた。

それはちょっと妙に感じられる。この十時間ふたりきりで裸で過ごしていたことを考えると。

こんなふうに女性とひと晩だけの関係を持つのが自分らしくないことを思って、居心地が悪くなった。いままでにもこういう経験はある。ほとんどは二十代前半だった。でもそれはいつも、酔った勢いで女性をベッドに連れこんだもので、結局ふたりのうちどちらかが頭痛と後悔を感じつつ早朝に去って終わっていた。ベッドで気持ちよく朝を迎えたことはない。

一方、彼のベッドで気持ちよく目覚めた女性に関していえば、彼女たちはセスのよく知る女性だった。ベッドへ行く前に、何度もディナーに連れていったり、花や高価なワインを贈ったりした。

ブルックはそのどちらにもあてはまらない。いや、セスはたしかに彼女を知っている。自分のコーヒーにミルクを注いでいるとき、彼はそのことに気がついた。初めて会ってからまだ数週間だし、その期間のほとんどはいがみ合って過ごしてきたというのに、不思議なことに彼女をよく知らない他人と思えないのだ。

そして正直に言うなら、ひと晩だけの相手とも思えない。これは困ったことになったぞ。

ベッドルームからシーツの音が聞こえて、セスは小さく微笑んだ。コーヒーを持ち、ブルックが目覚めたばかりのベッドルームに向かう。ドアの枠に寄りかかって、ベッドに盛りあがったかたまり、すなわちブルックの体が動きはじめるのを見つめた——彼女は眠るとき体を小さく丸める習性があるようだ。さっきセスが起きたとき、ブルックは小さなボールのように丸まっていて、上掛けから見えていたのは長い金髪だけだった。

いま、腕が一本ずつ順に現れ、ブルックは伸びをした。ようやく頭を現すと、上向きになって体を起こした。残念ながら、シーツを脇の下まで引っ張りあげて形のいい乳房を隠すだけの分別はあったようだ。

眠たげにまばたきをして、頭のもやもやを晴らそうとしている。

「おはよう」ブルックの視線が向けられると、セスは小声で言った。

ブルックは即座に頭に手をやったが、ため息をついてその手をおろした。「救いようがないわね？」

「ベッドで徹底的に愛されたように見える、とだけ言っておこう」セスはドアの枠から離れた。

「つまり？　髪は悲惨ってこと？」

セスは笑って賢明にも答えるのを避け、手に持ったマグのひとつを差し出した。「きみのコーヒーの好みがわからなかった。これはブラックだけど、砂糖はあるし、冷蔵庫にはミルクもある」

「砂糖をスプーン一杯もらえるかしら。ミルクはいらないわ」

「承知した」

セスはキッチンに取って返して砂糖を入れた。戻ったとき、ブルックは女性特有の魔法をかけたらしく、もつれた髪はきちんと一本に編みこまれて肩にかかっていた。

「さっきの髪のほうが好きだと言ったら気を悪くするか？」セスはブルックにマグを渡したあと、ベッドの端に腰をおろして彼女に顔を向けた。

ブルックはコーヒーに向かって鼻を鳴らした。「どうして？　ゆうべの自分のみなぎる精力が思い出せるから？」

セスがにやりとする。「つまり、精力がみなぎってたことは認めるんだな」

ブルックはちらりと彼の目を見やった。「ゆうべはよかった、とだけ言っておくわ。とてもよかった」

セスは自分を進歩した人間だと思っていたけれど、原始人と大きくは変わっていないらしい。自慢げに大きく胸をふくらませたい衝動は、無視できないほど強かったからだ。

けれどもそうはせず、コーヒーを飲んでブルックの目を見つめた。「ああ、そうだった」

ブルックは唇を噛み、両手で大きなマグを抱えた。「で、わたしたちは話し合っておくべきだったという気がするの……あとのことについて。それと、泊まるつもりはなかったのよ。ただ――わたしが思ったのは――」

セスはブルックの膝をつかんだ。「おい」

ブルックが大きく息を吸う。

「ぼくはゆうべ、ぜったいにきみをベッドから出したくなかったんだ。もちろんぼくの部屋からも」セスはそっと言った。

ブルックは深く息を吸って、反論したいそぶりを見せた。そのときドアがノックされた。彼女はぎょっとして目を丸くした。「誰か来るの？」

セスは手を伸ばし、彼女の編みこんだ髪の先端を軽くはじいてから立ちあがった。「ルームサービスだ。ここにいて」

数秒後、彼は配達の女性にたっぷりのチップを渡した。配膳は断り、自ら食べ物であふれたカートをベッドルームまで押していった。

ブルックが目をしばたたかせる。「あら、何人分の食事？」

「きみが朝になにを食べるかわからなかったから」セスはずらりと並んだ皿から銀の蓋を取りはじめた。「チーズオムレツからパンケーキからエッグベネディクトまで、なんでも揃ってる」

ブルックは唇を噛んでルームサービスのカートを見つめた。「いつもはシリアルだけなんだけど」

「単なる朝食だ。あまり大げさに考えないでくれ」

ブルックはすでにベッドからおりかけていた。「そのとおり。朝食よね。でもわたしたち、ひと晩だけっていうことだったわ。ゆうべだけ。それで合意したでしょ。朝にじゃれ合うのはそれに含まれてない」

「パンケーキ二、三枚やオムレツを食べるのが、どうしてじゃれ合うことになるんだ？」

「とぼけないで」ブルックは服を捜してまわりに目をやった。「これにはなんの意味もないわ。わたしはあなたに雇われてるのよ。ある意味では」

「ブルック。やめてくれ」セスは彼女に手を伸ばした。「ぼくが食べるものを提供してるからって、指輪のショッピングを始めるわけじゃないぞ」

ブルックは彼の手を振り払った。「それは朝食から始まるのよ。でも、その次は？」

彼は黙って見つめている。

「これはいらない」ブルックは朝食のカートを手で示した。「ゆうべはすばらしかったけど、それ以上は求めてないの」

セスは斧を腹に打ちつけられたようなショックを受けた。

〝それ以上は求めてないの〟

もちろんブルックに知るよしもないのだが、彼女のなにげない発言は、求婚した夜、ひざまずいたみじめなセスを見おろしてナディアが発した言葉とそっくり同じだった。

〝あなたと一緒に過ごすのは楽しかったわ、セス。だけど、それ以上は求めてないの〟

セスを。ナディアはセスを求めていなかった。

そしてブルックもセスを求めていない。冷静に客観的に考えれば、それでいいはずなのだ。けれどセスの心の長らく沈黙していた部分は、忘れえぬ記憶の苦しみに悲鳴をあげている。

「わかった」しばらく黙りこんだあと、セスはきつい口調で言った。「だったら次のときは、ドレッサーに五十ドル札を置けばいいんだな?」

「やめてよ、ばかなこと言うのは」ブルックは服を着はじめた。

「そう、ぼくはばかだよ。卵のひとつやふたつに動揺して大騒ぎしてるのはきみだけど」

ブルックは彼を押しのけた。「もう耐えられない」

セスは彼女の腕をつかんで振り向かせた。「誰もなにもきみに要求してない。ゆうべは、きみのほうからここへ来たんだぞ。忘れたのか? それに、いつまでも幸せに暮らしましたって話の大ファンのきみなら、追い求めるハッピーエンドは一種類しかないと思うんだが」

彼の乱暴な物言いにブルックはぽかんと口を開けた。彼女はセスをひっぱたきたいように見える。セス自身、ひっぱたいてくれればいいのにと思った。

「いま、わたしがなにに気づいたかわかる?」ブルックの声は低く、怒りで震えている。

「あなたって人は、あなたのホテルと同じ。洗練されてて、魅力的で、効率的で、冷たい。

冷たくて心がない」

セスは無言だった。そんなことならいままでにも言われている。どれも真実だ。

「ごきげんよう、ミスター・タイラー。お見送りはけっこうよ」

セスは動かなかった。玄関ドアが閉じる音が聞こえるまでは。

そのあとカートからルームサービスの皿を床に払い落とした。

ぼんやりと料理の残骸を見おろしているとき、自制心を失ってものにあたったのは人生で二回しかないことに気づいた。一度めは先日の夜、オフィスで出前の料理に。そして今度はルームサービスに。

どちらも原因はブルック・ボールドウィンにある。

物事を複雑にしないでおくのは、もう無理だ。

21

「わたしのやり方はまずかった。あなたもそう思う？」ブルックは爪を噛み、ヘザーの後ろについて〈シティワイナリー〉を歩きまわった。ヘザーは金色の紙で包んだチョコレートトリュフを四角いテーブルに置かれた名札の横にひとつずつ置いている。テーブル中央の白い円柱形ロウソクの根元に巻かれた銀色のリボンを調節して、きれいにくるんとカールさせた。

今回の花嫁はメタリック調の飾りつけを選んでいた。ブルックは内心ちょっと冷たい感じではないかと思ったけれど、金銀の輝きとモノクロ的色彩との組み合わせが絶妙なのは認めざるをえない。しかも迫りくる二月の嵐は、交通機関に影響を及ぼすほど激しくなく、絵のように美しい雪景色を演出してくれそうだ。

「ほんとに手伝わなくていいの？」次のテーブルに移ったヘザーにブルックは尋ねた。チョコレートを置き、リボンを直すことをつづけていたヘザーの手が、ふと止まった。〈ベルズ〉で働きだしてしばらくたつブルックには、なにが問題なのか察知できた。

「ねえ」ヘザーの腕に触れる。「すごくいい感じにできてるわよ」

「そう？」ヘザーはまわりに目をやった。「こういう雪の結晶形のライト、安っぽく見えない？　わたしの発案なんだけど、アレクシスがこんなのを使うのは見たことないの。もしかするとダサいかも」

ブルックはヘザーの顔の前で指をパチンと鳴らし、ふだんは自信たっぷりの彼女が目を合わせてくるのを待った。「そんなことない。アレクシスはあなたを信頼してるのよ」

「だけど――」

「やめて」ブルックは指を一本立てた。「あなたがアレクシスの助手を務めてるのにはちゃんとした理由がある。彼女は、あなたがすてきな結婚式を演出できると信じてるの」

ヘザーは大きなハシバミ色の瞳をせわしなく動かして、あら探しをするかのように、息をのむほど美しい目の前の光景を見まわしている。「わかってる。だけど、わたしひとりで会場の演出を担当するのはめったにないことだから」

経験豊かなウエディングプランナーとしてのブルックには、ヘザーが慎重に企画した結婚式が非の打ちどころがないものであることがわかっていた。ブルックがこの結婚式の花嫁――大手広告代理店のグラフィックデザイナー――に会ったのは一度しかないけれど、ヘザーが顧客の好みをずばりと突いたことには確信がある。優雅で楽しげというのは披露宴会場の雰囲気として典型的だが、充分個性的でもあるので、まったく月並みとは感じられない。

しかし女性としてのブルックには、ヘザーの心の内が理解できた。ブルックの見るかぎり、ヘザーは正式なウエディングプランナーに昇格させられる資格は充分だし、アレクシスも同意するはずだ。

でも、それをヘザー自身が自覚しなければならない。彼女は頼ったり従ったりすべき上司なしで結婚式に関する責任を一手に引き受けるプレッシャーを経験し、それを乗り越える必要がある。結婚式が始まる前の数時間、ブルックが吐きそうなほどの不安に怯えずにいられるようになったのは、十以上の結婚式を経験してからだったし、いまだに胸はどきどきする。

ヘザーは、自分にはできる、ストレスを克服できるということを知らねばならない。そしてヘザーにはできるということを、ブルックは百パーセント信じている。

ブルックもアレクシスもヘザーも、結婚式には同じくらいの情熱を感じている。けれど、情熱以外にもヘザーを駆り立てているものがあるようだ。ブルックの野心やアレクシスの完璧主義とは異なるなにかが。

ヘザーにとって、ウエディングプランナーになるのは単なる仕事上の目標ではない。人生の目標なのだ。

ブルックはヘザーの肩に腕を回してぎゅっと握った。「わかるわ、いまは吐きたい気分なんでしょ。だけどわたしの言うことを信じてちょうだい。この会場はすごくすてきよ。今日結婚するカップルは、あなたのおかげで人生最高の日を過ごすことになる。さ、そのきれいに包んだトリュフを少し渡して、手伝わせてくれない？」

ヘザーは大きく息を吸い、ふうっと吐き出した。「入り口のあたりにもうひと箱あるわ。ひとつふたつ余分もあると思う。チョコレートショップの店員さんがわたしを美人だと思ったみたいで、おまけしてくれたの」

「ほんとうに美人だからよ」ブルックはチョコレートの箱を取りに入り口に向かった。「その店員さんとなにか起こりそう？」

「いやだ、あるわけないでしょ」ヘザーは名札の横にトリュフを置く作業を再開した。「だって彼、二十歳くらいなのよ」

「あなたは年寄りだものね」ブルックは皮肉っぽく言い、箱を抱えてヘザーのほうに戻ってきて、近くのテーブルにトリュフを置きはじめた。

「あの子はニューヨーク大学の授業の合間にアルバイトしてるだけだし、わたしは――」ヘザーは言いよどみ、必要もないのにロウソクをいじった。「わたしにとって、大学なんて大昔のことに思えるわ」

「地元の大学に行ったの？」ブルックはさりげなく聞こえることを願いつつ個人的な質問をしてみた。「ミシガンで？」

「そう。ミシガン州立大学」

「ご家族はいまもミシガンにお住まいなの？」

ヘザーはうなずいた。「母はね」

ブルックはヘザーが言葉を継ぐのを待った。ヘザーはジェシーほどのおしゃべりではないにしろ、ふだんは寡黙でもない。ところがアレクシスの秘密主義が移ったのか、それ以上なにも言わなかった。

その後ふたりは黙々と、上質の紙の華やかさとは対照的にタイプライターのような飾り気のないフォントで名前が刻印された象牙色の名札の横に、金色に包まれたチョコレートを置いていった。

ようやく部屋の端まで行くと、ふたりは振り返って完成した会場を見渡した。本番で流れることになっている音楽がなく、何百本ものロウソクがまだ灯されていなくても、非常に華やかな眺めだった。

「よくやったわね」ブルックが言う。

ヘザーは小さくうなずいた。やっと自分の仕事に満足したようだ。「手伝ってくれてありがとう」

「こちらこそありがとう、手伝わせてくれて」

ブルックの顧客は急速に増えつつあるけれど、彼女はいまだニューヨークのブライダル業界においては新参者であり、メインとなって担当しているのはマヤ・タイラーの結婚式しかない。ゆえに、かつては埋まっていた金曜日の朝から日曜日の夜にかけてのスケジュールには、まだ空きがある。

そのため、考える時間がありあまっていた。

彼のことを考える時間が。

「あなたのやり方はまずかったと思うわ」ヘザーが唐突に言った。

ブルックはヘザーをちらりと見た。「え?」

ヘザーはかすかに微笑んだ。「さっき訊いてきたでしょ、セスへの対処がまずかったと思うかって。わたしは気もそぞろだったから返事をしなかったけど、いま返事をするわ。あなたたちふたりとも、完全に本心とは言えないことを口にしたんじゃないかしら」

ブルックはため息をつき、ヘザーとともに出口に向かった。「それどころか、本心とかけ離れてたかも」

ヘザーは腕時計を見た。「結婚式まではあと四時間あるわ。遅めのランチにする？　今夜の結婚式で起こるかもしれない失敗以外のことを考えていたいの」

「いいわよ」ブルックは答えた。

「とろけるチーズって、どうしてこんなにおいしいの？」ブルックは最高のサンドイッチにかぶりつき、うーんと声をあげた。彼女とヘザーはワイナリーのすぐそばにあるにぎやかな狭いカフェで、スモークターキーとスイスチーズとルッコラを挟んだパニーニをもぐもぐ食べている。

「セス・タイラーもそうやってあなたの服を脱がせたわけ？」ヘザーは眉を上下に動かしながら、ソーダ水のボトルの蓋を開けた。「とろけるチーズを餌にして？」

ブルックはサンドイッチにむせかけ、こぶしで胸を叩いた。「いまそういう話をするわけ？」

「さっきは仕事に気を取られてたけど、あなたが彼とひと晩過ごしたと言ったのは聞き逃してないのよ。説明しなさい」

ブルックは吐息をつき、付け合わせのキュウリのピクルスをつまみあげてひと口かじった。ピクルスはあまり好きではないのだが、やけ食いで、いまならなんでも口に入りそうだ。

「ひと晩だけのはずだったの。もやもやを吐き出すだけ。わかる？」

「で、彼はそうしてくれた？　あなたのもやもやを吐き出させてくれた？」

「ええ、そうよ」

ヘザーは大笑いした。「あらあら。あなた、いまにも喉をゴロゴロ鳴らしそう」

顔がほてり、ブルックは皿を見おろした。「あれは、その……よかったわ」

「だったら、どうしてひと晩に限定するわけ？」ヘザーは飲み物を口に運んだ。

「ひと晩だけならあとくされない関係ですむけど、それが幾晩もつづくと……わかるでしょ？」

「危険ってこと？」

「だってほら、肉体の領域だったはずのところに、心や気持ちがかかわってくるのよ」

ヘザーは唇を噛んで身を乗り出した。「あのね、正直に言っていい？」

「もちろん」

「あなたの言ってることが全然理解できない」

ブルックは目をぱちくりさせた。「どういう意味？」

「わたしは人を愛したことがないの」ヘザーは、愛が崇高だと言われることへのいら立ちをうかがわせている。

「一度も？」

「ええ、まったく」ヘザーは不機嫌にサンドイッチにかぶりついた。「ちょっとのぼせたことならある。数カ月つづいたボーイフレンドもいた。だけど誰が相手のときも、わたしはいつも冷静だった。相手との関係がいまある以上のものに発展しないことはわかってた。セックス、親密な交際、どう呼んでもいいけど」

「たしかに、愛は過大評価されることもあるものね」ブルックがぶつぶつと言う。

ヘザーはカールしたひと筋の髪を耳の後ろにかけたけれど、髪はすぐにまた落ちた。「クレイのことを言ってる?」

ブルックはうなずいた。「検察側は、裁判で父に証言させたがってるの」

「まあ」ヘザーは同情して目を見開いた。「だけど、あなたには証言を求めてないんでしょ?」

「まだね。わたしの証言なんて役に立たないだろうし。わたしはただのばかな女よ。警戒すべき兆候になにひとつ気づかなかった。彼が逮捕されるまで、彼の悪事についてはなにも知らなかった」

「腹が立つわね、そんなことがあなたの身に起こったなんて」

ブルックは笑みを顔に張りつけた。「わたしも腹が立つわ。必死で忘れようとしてきた。自分を被害者だと考えるのはやめようとした。だけど、思ったほど簡単にはいかないの」

「そうよね、大切に思ってた人——求めていた生活——が突然奪われたんだから。忘れるのには時間がかかるわ」

「そうなの」ブルックは急に肌がもぞもぞして、首のあたりを引っかいた。「まさにそういうこと。だから、だから……」

「だから、セス・タイラーを好きになったことにすごく戸惑ってる?」ヘザーはやさしく先をつづけた。

「ええ」ブルックは息を吐き、皿を横に押しやった。「一度彼と寝たら、それで気がすむと思ってた。なのに……」

「なのに、もっと欲しくなった」

「わからない」ブルックはテーブルに肘を置き、指先をこめかみに押しあてた。「そう。たぶん。彼にひどいことを言っちゃったの。どうしてか自分でもわからない」

「わかってるくせに」ヘザーは肩をすくめた。「彼を非難することによって、自分のまわりに壁を築こうとしたのよ」

ブルックは不思議そうにヘザーを見た。「人を愛したことがないにしては、ずいぶんわかってるのね」

「わたしはなんでもお見通しだから」ヘザーはもうひと口サンドイッチを食べた。「でも真面目な話、男女関係については過ちを犯してもいいのよ。たぶん彼のほうも、うまく対処できなかったんだと思う」

「そう、まったく対処できてなかったわね」ブルックが不満そうに言う。

あの朝彼の部屋を飛び出して以来、セスから連絡は全然ない。当然だろう。それはブルックの自業自得だ――情熱の一夜を過ごせばセス・タイラーのことを忘れられると考えたのは愚かだった。そして彼も同じ悩みを抱えていると思われる。

でも、あの朝、彼はなにを考えているかちっともわからなかった。それでもかまわなかったはずなのだ、セスが目覚めてすぐブルックを帰らせていたなら。ところが彼は朝食を注文した。そしてブルックはおじけづいて逃げていった。正直言って、それはばかみたいな行動だった。

けれどあのときの彼は不可解で、ブルックには彼の望みがわからなかった。ブルックと一緒に朝食を取りたいのか？　それとも彼女を押しのけたいのか？

〝複雑にならないセックス〟についてもっと詳細に説明してくれなかったことで、社長を殺したい気分だ。

でもそれより重要なのは、ブルックが自分の望みをちゃんと知ることだ。悲惨な結末を迎えて、仕事で大成功する初のチャンスをつぶす危険を冒してまでも、ひと晩だけの関係以上のものを求めているのか？　仕事のチャンスを犠牲にする価値のある男性は存在するのか――たとえその男性がちょっと触れただけで彼女の肌に火をつけるとしても？

「アドバイスはある？」ブルックは期待をこめて質問した。

「そうねえ」ヘザーは親指についた脂を舐め取った。「もちろんわたしは専門家じゃないけど、これはロマンスがどうこうというより、基本的な人間関係の話だと思うの」

「どういうこと？」

ヘザーは同情のまなざしを送った。「あなたは謝るべきだと思う。あなたの良心を満足させるためだけであっても。そうして初めて、彼のことを忘れて先に進める。あるいは彼との関係を進められる」

「どっちを選べばいいの？」

「わたしにはわからない」ヘザーは紙ナプキンで顎を拭いた。「でもどっちにしても、セクシーなドレスのほうが謝罪しやすくなると思うわ」

22

「そういう決定にはぼくがかかわらず、おまえの好きにすることで合意したと思ってたんだが」セスは指で自分の脚をトントン叩いた。車はマンハッタンの交通渋滞の中をゆっくり進んでいく。

「違うわ、合意したのは、兄さんが細かい話にいちいち口を出すのをやめるということ。結婚式からいっさい手を引くということじゃなくて」マヤの口調は穏やかだったが、セスはそこに非難を感じ取った。一週間前、ブルックが別れ際に投げつけた言葉が思い出されて胸が痛くなる。

〝あなたって人は、あなたのホテルと同じ。洗練されてて、魅力的で、効率的で、冷たい。冷たくて心がない〟

彼は妹にちらりと目をやった。「すまない。思ったんだ……おまえは兄に干渉されずに、もっと自由にやりたいんだって」

「そうよ、ドレスの刺繍の模様なんかについてはね。だけど会場については、そうもいかないわ。とにかくこの場所を見てほしいの。いい感じなんだけど、兄さんの意見も聞きたいから」

マヤの言葉を聞いて、セスの胸の痛みが少しましになった。自分は〝今年最高の兄〟大賞の候補ではないかもしれないが、妹が彼の意見を気にしてくれるのなら期待を裏切るわけにはいかない。

「ニールはどう思ってるんだ？」セスは妹をうかがい見た。

マヤがすぐ窓のほうに顔を向けたので、セスはいぶかしんで目を細めた。「彼、最近忙しいの」

セスの目がますます細くなる。「その場所を見もしてないのか？」

「一度は見たし、今日は現地で落ち合うことになってる。彼は、わたしが決めればいいと言ってるの。わたしの理想の結婚式にしたいんだって」

「もちろんそうだろう。しかし、おまえひとりですべてを引き受ける必要はないんだぞ」セスは静かに言った。

マヤは振り返った。顔には心からの笑みが浮かんでいる。「ひとりじゃないわ。ブルックが……親切にしてくれるもの」

「金をもらう立場なんだ、親切にして当然だ」

マヤはあきれ顔になった。「ひどく辛辣ね。わたしが言いたいのは、ブルックは友達として親切にしてくれてるってこと。ニールは忙しいし、兄さんは……兄さんでしょ。ブルックは、ただそこにいてくれるの」

今度はセスが、マヤの詮索する目を避けて窓の外を見た。

「ブルックが言ってたけど、兄さんはメールに返信してないらしいわね」

「返信しなくていいからだ。ぼくは進捗を報告するよう頼んだし、彼女はそうしてくれてる。彼女が質問してきたり、ぼくの気に入らないことを言ったりしないかぎり、返信する必要はない」

「あるわ。しなかったら失礼じゃない」

セスはたじろぎ、マヤはため息をついたあと、妹だけが許されるいやみをこめてセスの肩を軽く叩いた。「兄さんたち、どうなってるの？」

なんともなってない。単にやりまくって、夜が明けたら彼女が一目散に逃げていっただけだ。

妹にはもう少し曖昧にしておくことにした。「なにもない」

「あらそう。だったら、十分後に彼女に会っても気まずくないわね」

セスはぱっと妹を見た。「彼女は来ないと言ったじゃないか」

マヤはしれっと微笑んだ。「あれは嘘」

セスはヘッドレストに頭をもたせかけた。妹が顔をのぞきこむ気配が感じられる。「マヤ。やめろ」

「もう、怒らないでよ。兄さんとマヤのあいだになにかあるのはわかってる。だから、彼女が来ると言ったら兄さんが断るんじゃないかと心配だったの。でも会場の決定については、どうしても兄さんに協力してほしかったのよ」

セスは目を閉じ、間もなくブルックに会うということ以外のなにかに——なんでもいい

──思いを集中させようとした。「わかった。その会場のことを話してくれ」

マヤはうっとりとため息をついた。セスはいまやそれを〝ブライダルため息〟と考えている。バラの花びらやリボンや会場のことを思うたびに、マヤはこういうため息をつくのだ。

「改装を終えたばかりの古いオフィスビルなの。ハミルトン・ハウスといって、何年も前からビル全体が誰にも使われてなかったんだけど、今度再オープンすることになったそうよ。ブルックがその話を聞きつけて、上のほうの階はオフィス用につくられてなくてブルックリン橋が見おろせる広い空間だということがわかったの。戦前の建築で、廻り縁(クラウンモールディング)は……すごく……とにかく、兄さんは気に入るはずよ」

セスは戸惑って妹を見つめた。「ぼくがクラウンモールディングを気に入るって？」

「そう。そういうこと。それから暖炉も。もちろんいまは暖炉として機能しないけど、ブルックには名案があるの。いろんな高さのロウソクを置いて、揺れる炎みたいな錯覚を演出──」

「それは火災の危険がある」セスがささやく。

「だったら炎の出ないフレームレスキャンドルにする」マヤは兄に指を突きつけた。「自分が欲求不満で悩んでるからって、白けることは言わないで」

「欲求不満で悩んでなんかいない。それと、こういう話をきょうだい間でするのは倫理に反してるぞ」

マヤは口をとがらせ、背筋を伸ばして窓の外を眺めた。「もうすぐ着くわ。それから、兄さん？」妹が真面目な口調になったのに気づいて、セスはマヤを見やった。「わたしが会場を気に入ってるからといって、兄さんも好きになる必要はないのよ。率直な意見を言ってほしいの。ただ……できれば……振る舞いには気をつけてほしいの……」

「心があるように」

マヤは鼻にしわを寄せた。「わたしは〝愛想よく〟と言いたかったんだけど。ちょっと考えすぎ。兄さんに心がないなんて、誰がそんな考えを吹きこんだの？」

おまえのお気に入りのウエディングプランナーだよ。

そう答える代わりに、セスはドアのほうに顎をしゃくった。「着いたみたいだ」

運転手がマヤの側のドアを開けると、彼女はうれしそうに手を打ち鳴らした。だが冷たい空気の中に出ていく前に、手を伸ばしてセスの手に触れた。「来てくれてありがとう」

「おまえのためならぼくはなんだってする。わかってるだろう」セスはそっと言った。「ほんとうだ」

「わかってる。わたしも同じよ。それから……わたしを嫌いにならないでね」

セスは眉をひそめた。「どうしてだ？」

すでに車から出ていたマヤは、ドアをぴしゃりと閉めて彼の質問を遮った。

「マヤ。いったいどういう……くそっ」セスは灰色のマフラーをつかんで首に巻きながら二月の冷たい夜気の中に足を踏み出し、妹を捜して見まわした。

するとブロンドの頭が見えた——別の車に乗りこんでいる。車はすぐさまスピードをあげて走り去った。

「マヤ！」叫んだのは無駄だった。マヤはすでに遠くに行ってしまった。セスは両手を宙に投げあげた。「いったいどういうことだ？」と息巻く。

すると着信音がしたので、彼はポケットから電話を取り出した。おせっかいな妹からのメールだ。『彼女と話をしてね。どういたしまして！　愛してるわ』

「くそっ、マヤのやつ」彼はつぶやいたが、今回怒りは少しおさまっていた。

「思うに」背後から小さな声がする。「これはまったく見当違いの、妹による縁結びの行動じゃないかしら」

身を硬くしたセスは、自分に強いてゆっくり振り返り、あの魅力的な声を出す顔を見た。

ブルック。

23

そのちょうど一時間前、ブルックはマヤ・タイラーが自分にとっていちばんお気に入りの顧客になりそうだと考えていた。

けれど、いま不信と怒りがまざった表情で近づいてくるセス・タイラーを見て、マヤへの好感について考えを改めざるをえなかった。

マヤはブルックを狼の群れの中に放りこんだのだ。

いや、一匹の狼のもとに。

その狼は怒り狂っている。

怒って当然だろう。披露宴の会場について彼の同意を求めたいという口実のもと、妹はラッシュアワーに彼をダウンタウンまで連れてきたあげく、あらかじめ待たせていた車の後部座席に駆けこんで逃げていったのだから。

そしていま、彼はブルックとふたりきりで残された。セスを建物にな<u>ぞ</u>らえた女性と。

彼がメールに返信しなかったのも無理はない。といっても、ブルックのメールは私信ではなかったし、詫びの言葉も書いていなかった。完全に仕事上のメールだった。と同時に、彼がブルックと連絡を取り合いたいかどうかを探るものだった。

答えはノーだ。メールの内容への返事どころか、メールを読んだという確認だけの返信すらない。彼と寝てから一週間、ふたりはひとことの言葉も交わしていない。

セスの殺意あふれる表情から判断すると、今夜会ってそんな関係が変わることはなさそうだ。

ブルックは大きく息をついた。「あなたがこのまま車に戻っても、わたしは気を悪くしないわ」

そんなには。

セスは目を細めた。「きみも知らなかったのか？」

ブルックはあきれ顔になった。「わたしが妹さんを言いくるめて、あなたと話せるようにここに連れてこさせたのかと訊いてるの？　そんなことしてない。あなたと同じく、マヤは契約書にサインする前に会場をもう一度見たいだけだと思ってたのよ」

セスはブルックの背後にある建物を見あげた。「つまり、あいつは本気でここに決めようとしてるのか？」

セスとは仲たがいし、マヤのおせっかいに腹を立てているにもかかわらず、ブルックは会場についての興奮を隠そうとしなかった。「そのようね。そう願ってるわ。豪華絢爛な場所じゃないけど、ここはとにかく……とにかく……」

完璧であるということを、どう説明すればいいだろう？　ブルックはこれまでいろんな会場を好きになってきたが、建物を見ただけで息もできなくなった経験はなかった。けれど、堂々とした外観とすてきな内部のハミルトン・ハウスは、根源的なレベルで彼女を魅了した。

ブルックは昔から、歴史的な香りを残しつつ優雅な気品を持って現代に足を踏み入れた場所のファンだった。そしてハミルトン・ハウスの修復にかかわる人々はまさにそれを実現していた。

自分がなにをしているか気づかないまま、ブルックはセスと腕を組んで後ろを向き、ふたりで中層の建物を見あげた。見かけが地味なのは間違いない。昔のレンガは崩れて使えなくなっており、もともとレンガづくりだった建物はいま堅固なセメント建築になっている。けれど、そのレンガは転用されて現在はドアや窓の枠に使われている。一種独特の見かけだが、風変わりなところが魅力的だ。

「すてきじゃない？」

ブルックはセスの返事を期待していなかったし、実際返事はなかった。横に目をやると、セスはブルックをじっと見つめていた。

「中に入るか？」彼は尋ねた。

ブルックは目をぱちくりさせた。「いいの？　あなたは入りたい？」

セスは冷気の中で肩をすくめた。「きみはここの見学の約束があるんだろう。人を待たせるのはよくない」

「案内の人が中にいるわけじゃないの」ブルックはバッグを探って鍵束を取り出した。「ここの管理人さんに気に入られてるから、勝手に中を見られるのよ」

セスの表情は読み取りがたかった。「そうか」

不意に彼の目に嫉妬が浮かんだように見え、ブルックは息をのんで顔を赤らめた。「あの、わたしはべつに――」

セスは首を横に振って顔を背けた。「ぼくも中を見てみたい。今回のことではすっかりだまされたけど、マヤは心底この場所を気に入ってるようだった」

「そうよ」ブルックは話題が変わったのに飛びついた。「彼女の希望にぴったりの場所だと思うわ」

セスは身振りで運転手になにか伝えてからドアに向かった。ブルックが開錠するのを無言で待つ。またしてもセスとふたりきりになることを考え、ブルックの手はほんの少し震えた。不可解だけれど、ふたりは互いを――精神的にも肉体的にも――知るようになったというのに、最初のころの緊張がまた戻ってきた。

なにを考えているのか教えて、とセスに頼みたい。

ブルックが彼に抱いているのと同じ気持ちをセスも彼女に抱いているかどうかを知りたい。真意ではないのにブルックが口にしてしまったことを彼が許してくれるかどうかを知りたい。

ドアを押し開けて中に入る。修繕によって見かけが新しくなったとはいえ、ここにはまだ、長年無人のまま放置されていた建物の雰囲気がある。

「新しいテナントは四月の初めごろまで入居しないわ」ブルックが言い、ふたりは建物の中央受付エリアとなるであろう狭いが上品な大理石製の玄関を通り抜けた。「十四階建てで、十二階まではオフィス用。だけど上の二階分についてはオーナーの企業内部で意見が分かれたの。幹部職用のオフィスとして貸し出したい人もいたけど、居住スペースにしたほうが投資として利益があがると考える人もいた」

「どっちが勝ったんだ？」セスが尋ねる。ブルックはエレベーターのボタンを押した。

彼女は肩をすくめた。「どうかしら。わたしとしては居住スペースにしてほしいわね。だって、夜に帰るのにこれ以上すてきな家は想像できないから。もちろん、わたしに家賃が払えるわけはないんだけど。でも、まだ決まってないんじゃないかしら。いずれにせよ長期投資の対象になるわね。いまはなにもない空間。オーナーは、これから間取りやらキッチンの構造やら設備やらを決めていくのよ」

セスは首を左右に振りながら狭いエレベーターに乗りこんだ。「大変だな。一からそういうのを決めなくちゃいけないというのは。ここがぼくのホテルだとしたら――」セスが急に黙りこんだので、ブルックはたじろいだ。彼はブルックがこの前投げつけた冷酷な言葉を思い出しているのだろうか。

「タイラー・ホテル・グループが世界でも指折りの有名ホテルなのには、あなたの手腕が大きな役割を果たしてるのよね」ブルックは小声で言った。

エレベーターが上昇を始めると、ふたりは口を閉ざした。最上階に着くとセスは開いたドアを大きな手で押さえ、ブルックにうなずきかけて先に行かせた。

ブルックは広い空間に足を踏み出した。スエードのブーツの高いヒールが黒っぽい硬材の床をコツコツと叩く。

「カーペットを敷くべきだったな」セスは下を見てつぶやいた。「もっと実用的だ」

「まあ、だめよ」ブルックは驚いたように言った。「硬いのがいいのよ」

セスの唇がぴくぴく動く。「きみはわかってないみたいだろうけど、ぼくはいま必死で冗談を言うまいとしてるんだぞ」

ブルックが彼の言わんとすることを理解するのに、一瞬の間を要した。ようやくぴんときて笑ったとき、彼のめったに見られないユーモアのセンスを台なしにしなかったことにほっとした。

ブルックは両手を広げた。「で、どう思う？」

セスがまわりを見る。ブルックは経営者として経験豊かな彼の目にこの建物がどう映るだろうと想像した。

でも、どんなレンズを通して見たとしても、ブルックにはいかなる欠点も想像できなかった。黒っぽい床は白い壁と完璧に対照をなし、窓は多くて昼間にはたっぷり日光が入り、窓腰かけや調度品や心地よい抱擁のためのさまざまな場所に美しいアーチが飾られている。

ブルックは壁の中央あたりの窓に歩み寄った。「ここからの景色は最高よ。この角度から見るブルックリン橋は、まるで映画のポスターみたい」

セスはブルックの後ろまで移動した。居心地悪いほど近くはないが、ブルックが彼の体温を感じられる程度には近くに。彼のにおいがわかる程度には。

「きれいだ」

ブルックはごくりと唾を飲んだ。彼が話しているのは目の前の景色についてだということを頭ではわかっている。でも心は——愚かな心は——ブルックについてであることを願っている。

彼女は横に体をずらした。そうしないと彼にもたれかかってしまう。あるいはもっと悪いことに、両手を窓について背を反らし、いまこの場で後ろから奪ってと懇願してしまう。ヘザーが提案したセクシーなドレスは着ていないけれど、セスは巧みに服を脱がせられることを証明ずみだし、いとも簡単に……。

やめなさい。

「見てのとおり、空間はたっぷりあるわ」ブルックは照明のスイッチがある壁のほうに向かった。頭の中ではロマンティックな映像が踊っている。彼女は足を速めた。「内壁がないから、いくらでも融通が利くの。ダンスフロアは中央にしてもいいし、隅にしてもいい。テーブルは円形に配することも、直線に並べることもできる。それから——」ブルックが片方の手でスイッチを入れ、説明を再開するため振り返ると、セスは目の前にいた。

すぐ前に。

ブルックは彼の胸に正面からぶつかった。だがそれに驚く間もなく、彼が唇をとらえた。

ゆったりしたキス。からかうようなキス。セスはブルックの望みを正確に知っているようだ。そしてブルックの望みはこれだった。セス。

ブルックは心をこめてキスに応えた。舌を触れ合わせ、指でシャツの胸元をつかんで彼を引っ張ると、ふたりはドシンと壁にぶつかった。

「メールに返事をくれなかったわね」ブルックは口を離し、彼の顎の線にキスを浴びせた。「八通も出したのに、なんの音沙汰もなし」

セスは低く笑った。「誰かさんは数えてたんだな」

「誰かさんは無視したわ」

セスはいったん動きを止め、それから両手を彼女の肩から腰まで滑りおろした。「それが心のない人間の反応だろう?」

ブルックは息をのんだ。怒りに任せて投げつけた言葉を投げ返されたからだけではなく、彼の顔に痛みが見えたから。彼の目に苦悩が見えたから。

「セス」

けれどセスはブルックにそれ以上言う間も与えず、さっきよりさらに激しく唇をぶつけてきた。手の付け根でブルックの胸を支えて彼女を壁に押しつけながら、口で彼女を痛めつけ、罰を与え……。

ブルックはそれを求めた。そのすべてを求めた。

舌と舌が絡み合い、ブルックの指は彼のシャツをつかんでいる。バッグが床に落ち、手にあった鍵束もやかましい音をたてて落下する。ふたりは互いの服と格闘した。厚手の冬用コート越しでも、相手の肌の熱さが伝わってくる。

ブルックは彼に少しでも近づきたくて腰を突き出した。ふくらんだ股間に向かって体をこすりつけると、セスは悪態をついた。

彼はブルックの後ろの壁に手をつき、体を引いていら立ちにうめいた。

彼の熱い息がブルックの頬にかかる。ブルックは目を閉じて彼の近さを味わった。でも、それは一瞬だけだった。

「ぼくたち、ここでなにをしてるんだ？」

ブルックは首を横に振ることしかできなかった。「わからない。あなたのことをどう考えればいいのかわからない。わたしはすべてについて計画を立ててきた。でも……」

「でも、なんだ？」ブルックがハスキーな声で訊く。

「でもあなたがこちらを見たら、わたしはただ、欲しいとしか思えなくなる」

「これはきみが企んだわけじゃないってことだな」セスはブルックの頬骨に軽く親指をあてた。

「これというのは、マヤが縁結びをすること？　マヤがあなたも連れてくると言い張ったとき、なんとなく予感はしたわ。だけどまさか、彼女がわたしたちを見捨てて逃げるなんて思わなかった」

「正直に言うと、いまはあいつに腹を立てつづけるのが難しい」

ブルックは目を開けてセスと顔を合わせた。彼の冷たく青い目に浮かぶ表情は読み取りがたい。「わたしも、マヤが行ってくれてよかったと思ってる。あなたに言わなくちゃいけないことがあるし、観客がいなくてほっとしてるの」

彼はゆっくり壁から離れ、熱い体をブルックから遠ざけた。反射的に彼を引き戻したくなり、ブルックはこぶしを握った。彼にぶつかっていき、抱きしめてと頼みたい。キスしてと。壁に押しつけて奪ってと。それから……。

「言いたいことがあるなら聞くよ」

セスは腕組みをした。その排他的な姿勢は謝罪を受けるにふさわしいと思えない。それでもブルックはやるだけやってみなければならない。

時間を稼ぐため屈みこんでバッグを拾い、こぼれたリップクリームや傘やヘアバンドを中に戻す。空いているほうの手で鍵束をつかみ、そわそわと手の中でひっくり返しながらふたたび立ちあがって、セスの目を見つめた。

「ごめんなさいと言いたかったの」単刀直入に言う。

セスの眉があがった。「なにについて?」

「あなたは朝食を注文してくれたのに、わたしは……逃げ出した。必要もないのに。それから、あの朝あなたの部屋を出るとき、ひどいことを言った。思ってもいないこと、真実でもないことを」

セスが顔を背けたので、ブルックの胸が苦しくなった。手を伸ばして彼の腕に触れる。

「本心じゃないのよ。あんなに親密になって気まずかったの。泊まるつもりもないのに泊まったのが恥ずかしかったし、あのときのすべてが──度を越えてしまったみたいで」

「ちょっと訊いていいか？」

ブルックはうなずいた。

「きみが怒ったのは、ぼくが朝食を提供したからか？　それとも、あのままぼくのところにいたかったからか？」

ブルックは口を開け、自分は朝型人間じゃないといった無難で軽い冗談を返そうとした。でもそのとき彼の顔に傷つきやすい暗い表情を見、ちょっとは勇気を出して正直になろうと考えた。彼のために。

「逃げたのは、朝食だけでは満足できないと気づいたから。求めてるのはセックスだけだ、それで充分だと考えて、あなたのところへ行った。なのに結局泊まって朝食まで一緒に取ることになった。しかも、もっと多くを望んでた。わたしが欲しかったのは……」

ブルックが黙りこんだので、セスは助け舟を出した。「昼食？」

ブルックは小さな笑い声を漏らした。「ええ、そうね。だけど、昼食をともにしたら夕食も欲しくなる。夕食を取ったらまたセックスすることになる。そうしたらまた泊まってしまって……ね、繰り返すことになるのよ」

「そんなに悪いことか？」セスは一歩彼女に近づいた。「ぼくたちがもっと長く一緒に過ごすことは」

その質問についてどう感じているか、ブルックの心ははっきりわかっていた。考えただけで胸は躍る。一方、頭は……。

「ぼくにチャンスをくれ。ぼくは少々無情かもしれないし、いやになるほど野心的だし、氷みたいに冷たい。だけど裏表のない人間だ。少なくともそれだけは言える」

「あなたは冷たくないわ」ブルックはささやいて彼に近づいた。ネクタイの結び目を見つめる。さっき互いを探り合ったせいで、結び目は少しゆるんでいる。

「冷たくない？」セスがかすれた声で尋ねる。

ブルックはうなずいた。「あんなことを言うべきじゃなかった。あなたに心がないというのも、言っちゃいけなかった。残酷な言葉だったし、わたしは……いつもはあんなこと言わないのよ。それはわかってちょうだい。お願い、わかると言って」

セスの青い目がブルックの顔をうかがう。どれだけブルックが必死に仮面の下を見ようとしても、彼がいまなにを考えているのかまったくわからなかった。

するとセスはあとずさって離れていった。ゆっくり。静かに。それでも拒絶は拒絶だ。

「ほかのところも見せてくれ」彼はそっと言い、ふたりの後ろのなにもない広い空間を手で示した。

「いいわ」ブルックは吐息をついた。もともと、そのためにここに来たのだから。セスはブルックの謝罪を受け入れなかった。でも真っ向から拒んだわけでもない。少しはそれにも意味があるのだろう。

「想像力を駆使しなくちゃいけないわ」ブルックは背筋を伸ばして顎をあげ、プロらしい姿勢になろうとした。「見てのとおり、もしもマヤとニールが盛大な結婚式をすることにしたなら、充分な広さがある。親しい人だけを招待することにしたなら、パーティションで区切って、もっと親密な雰囲気を出すこともできる」

「そういえば、最近ニールはどうしてる？」セスは背中で手を組み、壁沿いに部屋を歩きまわりはじめた。

ブルックは小さく微笑んで彼のあとを歩いた。ヒールの音が小さく響く。「彼が妹さんを車のトランクに閉じこめようとしたか、彼女の財布からお金を盗んだか、妻を三人連れてタキシードの試着に現れたか、ということ？」

セスはぱっと彼女を見た。「きみのメールはほとんどニールのことに触れてなかった。覚えてると思うが、そもそもニールのことを知りたかったからこそ、ぼくは報告を求めたんだぞ」

「正直言うと、ほとんど彼に会ってないの。マヤは、彼は仕事で忙しいと言ったわ。それに初めてこの場所を見学したとき以外は、彼はわたしたち女に決断を任せてるの」

「やつはここをどう思った？」セスはまわりに目をやって細かいところまで観察している。

「気に入ったみたい。だけどわたしの見るかぎり、ニールはマヤが気に入ったものならなんでも気に入ってるわ。マヤがハドソン川に浮かべた手漕ぎ船で結婚したいと言っても、彼は最高のアイデアだと思うでしょうね」

「少なくとも、最高のアイデアだと思うと言うだろうな」

「まあね」ブルックは辛抱強く言った。「だって、それが婚約者というものだから。あなたがまだ兄として妹を心配してるのはわかるけど、ニールの態度は花婿としては標準的よ。花嫁花婿の関係は微妙なの。どんなにやさしくて寛大な花嫁でも、花婿や、結婚式の企画に対する彼の関与の度合いにいらいらすることがある。彼に意見がなければ、無関心だと言う。意見がありすぎたら、気難しいと言う」

セスは足を止めて窓のほうを向いた。「それでも、ぼくには納得できない」

「妹さんが結婚すること自体に納得できないんじゃないかしら」ブルックは穏やかに言った。

「きみが正しいのかもな」セスがつぶやく。

「その言葉を録音したかったわ」ブルックは軽く言った。「ほかに見たいものはある？　バスルームも案内できるわ。とてもすてきに改装されてるのよ。それに、大理石の洗面台。ぜひ見るべきだわ」

セスがブルックのほうを向いたとき、その顔に浮かんだやさしい表情にブルックは不意を突かれた。「バスルームについてはきみの言葉を信じるよ」

「あら、そう、あの豪華な蛇口を見ずにすませるのね。とってもすてきなのに。まあ、これで実際の結婚式のとき楽しみにできるものがあるわけだわ」

「ということは、ここで決まりだと思ってるのか？」

「それはマヤしだいよ。それにニール。だけどわたしの結婚式だとしたら、ここを選ぶわね」

「なぜ？」

あらゆるものに明瞭な答えを求める、いかにも男性らしい質問だ。ブルックはわかりやすい答えを思いつかなかったので、時間をかけて部屋の中をぶらぶらと歩き、また戻ってきた。

「わからない」

セスが笑う。「少なくとも正直な答えではあるな」

「ここだという感じがする、というだけ。たとえば、新しくどこかの町か地区に引っ越してレストランに入ったとき、ここの常連になると直感することがあるでしょう。あるいは家探しをして、何十もの家を見てどれも〝いまいち〟だったあと、ある家の玄関に入ったとたんに気に入ることも」

「きみはそうやっていまの住まいを見つけたのか？」

「いえ。そういうわけじゃないわ。気に入ってるのよ。それは誤解しないで。だけどあそこを選んだのは、住む場所が必要だったという実際的な理由から。一生の住まいというわけじゃない」

「ホテルよりは永続的だけどね」セスのまなざしは冷静だ。

しまった。ブルックはまたしても、先日の会話で自分が彼をホテルの建物になぞらえたことを思い出してしまった。「あなたがホテル住まいなのを非難したんじゃないのよ。だけどあなたは……。あなたが住んでる場所になにも悪いところはない。あなたが満足してるのなら──大事なのはそのことよ。でしょ？」

「ぼくが満足してるのなら、か」セスはゆっくり繰り返した。それがまったく新しい考え方であるかのように。「たしかにそうだ」

ふたりは黙りこみ、しばらくのあいだ見つめ合った。気まずかったからではなく、そうする必要があったからだ。互いを知り、相手が言わなかったことを読み取ろうとする。ところが、好奇心によるまなざしは、突如熱を帯びて感じられはじめた。ふたりのあいだの空気が重くなる。ブルックの思いは、彼の頭の中がどうなっているかから、彼の服の下がどうなっているかに移っていった。もちろんそれは知っているけれど、もう一度おさらいしてもいいかもしれない。

だめだ、そろそろ退却しなくては。

手の中で鍵束を軽くジャラジャラさせる。「そろそろ帰る?」

セスはうなずいて、ブルックの後ろからドアに向かった。ブルックが電気を消そうとスイッチに手を伸ばしたとき、セスが大きな手でブルックの手を覆った。ブルックはその触れ合いに息をのんだ。まるで男子の手に初めて触れた思春期の女子だ。

彼女はぱっと手を引き抜いたが、セスは照明を切っただけだった。わざとゆっくりスイッチをおろす。ブルックがそわそわしておかしな行動をとらなかったかのように。

くだりのエレベーターに乗っているあいだ、ふたりは沈黙を守った。マヤは自分の計略の結果に喜ぶだろうか、それともがっかりするだろうか、とブルックは思った。

よかったこと。セスはブルックと話すのを拒まなかった。

さらによかったこと。彼はキスをした。

悪かったこと。彼はキスをしている最中から、それを後悔しているようだった。

さらに悪かったこと。彼はもう一度キスをしようとしなかった。

ブルックは建物の鍵を閉め、歩道まで歩きながらバッグからスカーフを取り出した。まだ沈黙はつづいている。一瞬ブルックは、セスが身にしみついた揺るがぬ騎士道精神から自分の車に乗っていくよう申し出るのではないかと思った。たとえ相手を好きでなくても。でも、彼は申し出なかった。ブルックを見て一度だけうなずいた。頭の中でブルックにわからない結論に達したようだ。そして自分の車のほうを向いた。

ブルックは落胆をのみこみ、歩道に出てタクシーを探した。金曜の夜、タクシーはなかなかつかまらないだろう。みんな金曜の夜の活動を始めようとうずうずしているのだから。でも、彼女にとって金曜の夜の活動とは、冷凍食品を食べて『セックス・アンド・ザ・シティ』の再放送を見まくることだ。

「ブルック」

ブルックは肩越しに振り向いた。セスはポケットに手を突っこみ、さっきと同じ場所に立ったまま彼女を見つめている。それからブルックに歩み寄った。「きみはさっき、もっと多くを求めるようになるのが怖い、みたいなことを言ったよな」

「言ったわ」ブルックの手がゆっくり体の脇におりていく。

セスの顎がこわばった。「きみは言った……朝食のあとは昼食が欲しくなる。昼食のあとは夕食が欲しくなる」

「そのとおりよ」ブルックはもじもじした。

「一緒に夕食を取ってくれ」

え？　ええ？

セスがもう一歩進み出る。手はまだポケットに入れており、肩を丸めている。緊張しているようだ。ブルックが断るのを恐れているような。

「ぼくは腹が減ってるし、ここにいる。きみに予定がないのなら、夕食に連れていきたい」

ブルックは唾を飲みこんだ。「結婚式のことを話し合うため？」

セスはかぶりを振った。「違う。ぼくももっと多くを求めてるからだ」

24

ブルックはステーキを切ってバター風味のソースに浸し、口に放りこんで幸せのため息をついた。「ここは最高にすてきね。どうやって見つけたの？」

セスはワイングラスを持ちあげた。嘘をつこうかどうか思案したあげく、真実を答えることにした。「元カノのお気に入りだった。ふたりでよく来た」

「ああ」ブルックはフライドポテトをつまみあげて端を噛みちぎった。「ナディアね」

セスの眉があがる。「名前を覚えてるんだな」

「嫉妬してたから」ブルックは正直に答えた。

セスは目をしばたたかせた。「ふつうは、そういうことを平然とした顔で言ったりしないものだというのはわかってるか？」

ブルックは肩をすくめた。「昔から駆け引きは苦手なの。誰もが自分の望みを率直に言ったほうが、もっと幸せになれるし、物事はもう少し単純になると思うのよね。そうじゃない？」

「たしかに」

「優秀な実業家はそうするでしょ？　望むものをはっきりと言う。自分が欲しいものをちゃんとわかっていて、それを追い求める。私生活もそうすればいいのよ」

「で、きみの望みは？　ぼくをもう一度裸にすること以外にだけどね、もちろん」

「もちろん」ブルックは小粋に笑った。

彼女が質問に答えなかったことに、セスは気づいていた。

ブルックはカクテルを飲みながらまわりを見渡した。「だけど真面目な話、ここはすてきなところだと思うわ。たとえ、あなたがナディアの目にうっとり見入ってるところを想像せずにはいられないとしても」

「ぼくが人の目にうっとり見入るような男に見えるか？」セスはナディアの話をしたくなかった。ここでは。いまは。

だが、ブルックの感想には賛成だ。この店にはほんとうに魅力がある。ここは一番街一丁目の角にある混雑した小さな店で、テーブルとテーブルのあいだは狭く、ウェイターやウェイトレスはせわしなく動きまわり、料理が来るのには少し時間がかかる。けれども、そういうことを気にしている人はひとりもいない。ワインを飲みながらおしゃべりする女友達のグループ、片隅で商談をするビジネスマン、店の奥で騒々しくなにかのお祝いをする人々、カップルなど、客層はさまざまだ。

中でも多いのはカップルだった。たとえば……セスとブルックのような？

自分たちがなんなのか、セスにはまだわかっていない。考えるだけで胸が苦しくなる。

自分たちが一緒にいるのには一緒にいたい以外の理由があるというふりを――セス自身に対してもブルックに対しても――しなくていいのは、先週ホテルで会ったときを除けば、これが初めてだった。

彼はテーブルの向かい側でブルックがステーキにかぶりつくのを見て、その熱心さを微笑ましく思い、自分も食事に戻った。ふたりともメニューはステーキとフライドポテトを選んでいた。カロリーを考えると悪夢を見そうだけれど、それだけの脂肪を摂取する値打ちはある。

「それで、縁結びの努力が実ったかどうかについて、妹さんにはどう話すつもり？」

「話すつもりはない」セスがそっけなく言う。

「あら、だめよ。少なくともちょっとは成功だったということを知らせないの？」

「きみはディナーの席で向かい側に座って、色っぽい目でぼくを見つめてる。あいつの努力は大成功したと言えるだろうな」セスはブルックの視線をとらえて言った。

ブルックがいたずらっぽく目を細める。「あなたも色っぽい目で見つめ返してるわよ、ミスター・タイラー」

「きみが欲しいからだ」セスは率直に言うとナイフとフォークを皿に置き、身を少し乗り出して声を低めた。「このステーキはうまいし、ワインは最高だ。だけど、きみ以上においしいものはない」

ブルックが顔を赤らめる。「セスったら」

「言えるものなら言ってみろ、きみはそんなことを考えてないと」セスはカクテルグラスをいじるブルックの手をつかんだ。親指でてのひらをなぞる。「言えよ、ふたりが一緒にいたときのことを考えてないって」

「それよりも、あとのことを考えたわ」ブルックはやや暗い顔になった。「あんなにすてきだったのに、自分がそれを台なしにしちゃったこと」

「あの朝のことはきみだけの責任じゃない。ぼくも物事を……もっとうまく進めればよかった」

ブルックはにっこり笑った。「そうね。何十億ドルが動く事業を経営してるわりに、あなたってあんまり言葉巧みじゃないわね」

「ああ、そうだ」セスは認めた。「だが努力はしてる」

きみには努力するだけの価値がある。

だめだ。この女性はセスを感傷に溺れたふぬけにしてしまう。

「でも、いまはとてもうまくやってるわよ」ブルックは軽くからかった。「だけどそんな目で見つめられていたらデザートまで行きつけないわ。すごくおいしそうなチョコレートが運ばれていくのが見えたのに」

セスはうなった。「男に、そいつとのセックスはチョコレートに劣ると言わないようにと、誰も教えてくれなかったのか？」

ブルックは口を開けたものの、（幸いにも）皮肉めいた言葉を返す前に、テーブルに影が差した。

ウェイターが来たのかと思ってセスは顔をあげた。

「ナディア」あわてて手を引っこめたために、ブルックの水のグラスを倒しそうになった。なんということだ。セスは魔法かなにかで彼女を召喚してしまったのか？

元恋人は手を伸ばして、揺れるグラスをそっとつかんだ。「こんにちは、セス」穏やかに言う。「会えてうれしいわ」

セスはしぶしぶ、よく知る茶色い目を見た。記憶にあるとおり、彼女はエキゾティックな美人だ。韓国人の母親とロシア人の父親のあいだに生まれたひとり娘は、途方もなく美しい。彼女もそれを自覚している。常に自覚していた。

名誉毀損訴訟専門の弁護士であるナディアは、美しいのと同時に頭もよく野心的で、セスはその組み合わせに魅力を感じていた。

いや、魅力を感じたどころではない。彼女の指に結婚指輪をはめたいとまで思った。けれど、一年前とまったく同じように彼を見おろし、ちょっとばかにしたような笑みをたたえ、完璧に冷たい目をしているナディアを見たセスはいま初めて、彼女が求婚を断ったとき自分は不幸を免れたのかもしれないと思った。

ナディアが妻になったら、自分は満足しただろうか？

おそらく。

だが、幸せにはなれたのか……？　彼女のつややかな黒髪から濃い赤のマニキュア、そして彼女の好きなルブタンの黒いパンプスまで視線をおろしていく。いや、幸せにはなれなかっただろう。

これ以上、彼女に見おろされていたくない。

セスは立ちあがって頬に軽くキスをしたが……なにも感じなかった。

後悔も、悲しみも、あるいは安堵も。あるのは空虚感だけ。

ナディアはいつもの冷たい笑みを浮かべた。ナディアに感情がないわけではない。彼女は氷の女王ではない。自分の引き受けた訴訟に対して髪を振り乱して情熱的に取り組むところは、セスも何度か見たことがある。単に、セスに対して情熱的になれなかっただけだ。

ナディアはセスを上から下まで眺めた。「元気そうね」

「きみも」セスが反射的に答える。

ナディアはブルックのほうを向いて手を差し出した。「どうも。ナディアよ」

「ブルック・ボールドウィンです」

名前に聞き覚えのない人間とわざわざ世間話をしようとしないナディアは、ふたたびセスに顔を向けた。「あなた、このお店は嫌いだと思ってたのに」

セスは顔をしかめた。「好きだよ」

「いつも、下町っぽすぎると言ってたでしょ」

「だからって、嫌いというわけじゃない」

ナディアは茶色の目を細めて肩をすくめた。「で、最近どうしてるの？」

「元気にしてるよ」

セスはそう言ったあと、その言葉がいかに不充分かに思いいたった。

単に元気どころではない。こんなに気分がいいのは長年なかったことだ。いままでにないほど生き生きしている。まるでよくある映画だ。自分が不完全であることに気づいてもいなかった主人公が、完全なものにしてくれる相手に出会う。そういう感じの映画。

「きみはどうしてるんだい？」セスは礼儀を守って訊き返した。

ブルックがつまらない会話に眠りに落ちたふりをしているのが、視界の端に見えた気がする。

「わたしも元気よ。兄がニューヨークに来てるの。実を言うと今夜のデートの相手だったのよ。いまタクシーでアップタウンのホテルに戻っていったところ。それと、マヤは？　彼女も元気？」

セスはブルックに目をやり、彼女がカクテルグラスを握りしめているのを見た。無理もない。こんな会話を横で聞いているのはつらいだろう。

「マヤは——最高だよ」セスはまたしても〝元気〟と言いそうになって思いとどまった。「実は、結婚するんだ」

「だったら、グラントはやっと自分の気持ちに気づいたわけ？　やったわね——よかったじゃない」

セスは呆然とナディアを見つめた。「結婚相手はグラントじゃない」

「まあ！」セスのデートに割りこんできてから初めて、ナディアの顔にわずかながら表情が浮かんだ。「てっきりそうだと思ったわ。彼は昔からマヤにぞっこんだったもの」

「わたしもそう言ったでしょ」ブルックがつぶやく。

ナディアはブルックに目をやった。今回はもう少しきちんと。「グラントに会ったことがあるの？　マヤにも？」

「わたしはマヤのウエディングプランナーなんです」ブルックは笑顔で説明した。

「そう。だったらこれはビジネスディナーなのね」ナディアが退屈そうに言う。

「違う」とセスが言うのと、ブルックが「そうです」と答えるのは同時だった。

セスはブルックを鋭く見据えた。

「まあ、会えてよかったわ」ナディアの口調は、また六カ月後に来ると歯医者に言うような無感情なものだった。

「ぼくも」セスはいま一度ナディアの頬に口づけ、その冷たさを実感した。彼女の香水のにおいは嗅ぎ慣れたものだったけれど、なんの魅力も感じない。

セスが座ると、ブルックは手を伸ばして彼のワイングラスをつかんだ。自分のグラスは空になっていたからだ。

「面白い出し物だったわ」

「悪かった。すごいタイミングだったな。ちょうどナディアのことを話してたときに……」

ブルックは眉をあげた。「わたしが彼女の目玉をえぐり出したいと思ってたときに？」

セスは手を出してそっとグラスを取り返し、ブルックと指を触れ合わせ、その柔らかな感触を味わった。

「ぼくたちはお互い、相手に独占欲を感じてるみたいだな」セスは低くうなるように言った。

ブルックはワインをすするセスの口元を見つめている。彼女の舌先がゆっくり自分の下唇をなぞるのを見たとき、セスの股間が目覚めた。ああ、彼女が欲しい。

「デザートについては気が変わったかも」ブルックの声はいつもより低くなっていた。

「そうなのか？」セスはこのゲームを楽しんでいる。「ぼくのほうは、きみがチョコレートスフレを口に含んで甘い声を漏らすところを見たいと思ってたところなんだが」

ブルックは唇をすぼめて少し前のめりになり、さらに声を低めた。「スフレの代わりにあなたを口に含んで甘い声を漏らすのはどう？」

セスは割れないのが不思議なほど強くグラスを握りしめた。「わかった。きみの勝ちだ、ボールドウィン」

ブルックが勝ち誇った笑顔になる。二分後、ふたりは店をあとにした。

運転手のデックスがドアを閉めるやいなや、セスはブルックに手を伸ばした。指を髪に滑りこませ、大きな手で頭を包んで、顔を自分のほうに引き寄せる。

ブルックはキスが欲しくて目を閉じたが、セスはそこで手を止め、唇で彼女の頬をなぞった。「きみが好きだ」

その単純で予想外の告白にブルックはぱっと目を開け、わずかに体を引いてセスと目を合わせた。「どうしてそんなに驚いたみたいな言い方なの?」

セスは口角をあげた。目は、自らの親指と人差し指がつまんでいる彼女の髪に据えられていた。「そんなはずじゃなかったから」

「わたしを好きになるはずじゃなかった?」

青い瞳がブルックを見つめる。「そもそもきみに会うつもりもなかった。きみはぼくの人生計画に入ってない。ぼくは自分の計画を気に入ってるのに」

「ショックだわ」ブルックはふざけて言った。「すごいショック」

両手で彼の顔を挟んで自分のほうに引き寄せ、そっと唇を重ねてやさしくゆったりとキスをした。

セスは空いている腕を彼女の背中に置いて自分のほうに近づけ、顔を傾けてキスを深めた。

ブルックが小さなため息をついて彼に寄りかかり、キスにのめりこむ。背中を押されてセスに近づくたびに息は止まり、脈拍は速くなり、欲望は募った。彼とキスしたのは初めてではないのに、今回はもっと危険に感じられる。情熱は前回と変わらないし、ふたりはいくら近づいても近づき足りないとばかりに強く抱き合って熱く激しいキスを交わしている。でも今回のキスには新たな意味がこもっていて、それゆえいっそう陶然として感じられた。

〝きみが好きだ〟彼はそう言ったのだ。

ブルックはキスをしながら微笑み、手を彼の髪まで滑らせた。一刻も早くこの車をおりて彼が常に締めているネクタイをほどき、すばらしい胸板に手を走らせたくて、指はうずうずしていた。

顔を離し、まばたきしながら彼を見あげる。「どこに向かってるの？」

「ぼくの部屋」セスの唇は顎の線をなぞった。

ブルックはなすすべもなく首を反らしながらも、必死で考えをまとめようとした。

「待って、お願い」彼を軽く押し戻す。「わたしの部屋じゃだめ？」

「あの……いいよ。きみがそうしたいなら」

「そうしたいの」ブルックはちょっとばかみたいに感じながら言った。「この前はあなたの部屋に行って、いい終わり方をしなかったでしょ。そういう悪い〝気〟でムードを壊したくないの。わかる？」

「悪い〝気〟？　きみは面白いな、ボールドウィン」セスはブルックの顔の脇にキスをした。

「いいよ」

運転席と後部座席を隔てる仕切りをコントロールするボタンを押して、デックスの白いものが交じったふさふさの眉がバックミラーに見えるところまでおろす。

ブルックはセスの背後に顔を隠したい衝動と闘った。後部座席でまさぐり合っていたのが恥ずかしい。

「ブルックの家に向かう」セスは事務的な口調で言った。「二番街、八十二丁目だ」

「承知しました」デックスはうなずいた。

ブルックはぱっと首をめぐらせて、仕切りをあげるセスの横顔を見つめた。「わたしの住所を知ってるの？」

「もちろん」

ブルックは目を細めた。「教えてないのに」

「そうだな」

セスの腕をつねる。「いやらしいわね。どうやって知ったの？」

セスはもう一度つねられる前にブルックの指をつかみ、自分の唇まで持ちあげて指の背にキスをした。「マヤが教えてくれた」

「でも、マヤはどうして知ってたの？」

ブルックは記憶を探って、マヤが最近マンハッタンの名所を手短に案内してくれたことを思い出した。ふたりはいまブルックが住んでいるヨークビルについても話をした。でも、ブルックは自分の住所を具体的に口にしただろうか？

そうかもしれない。たぶんそうだ。

彼が知っているのは、そんなに気味悪いことではないのだろう。それは単に——。

「どうしたんだ？」セスの唇のぬくもりはまだ指に残っている。彼の口は手首まで移動し、舌は脈打つ敏感な肌をかすめた。

「べつに。なんでもない。ただ、ちょっと不安になるの、あなたがそんなに……」

「支配的なのが？」

「それが正しい言葉かどうかわからない」

だが、間違った言葉だとも言えない。

「知りたいことがあるとき、自分には知る権利があるんだと決めつけるんじゃなくて教えてくれと頼んだほうが、相手の気分はいいと思うんだけど」

セスはまっすぐブルックを見つめた。「きみが言ってるのは、ぼくがきみの住所を知ってることじゃないだろう？　ぼくがまだマヤとニールの結婚に反対してることについてだな」

「あなたにも自分の意見を持ったり直感に頼ったりする権利はある。だけど、それについて妹さんと話し合うべきだと思うの」

セスは窓のほうに顔を向けた。その表情は暗くてうつろだ。「考えとく」

「そうして。それとわたしたちの話に戻るけど、わたしはあなたにとって、修復の必要な事業にはなりたくない」

セスはぱっとブルックのほうを見た。「どうしてきみを修復する必要があるんだ？」

ブルックが肩をすくめる。「クレイとのことがあったから」

セスは指の背で彼女の頬をやさしく撫でた。「きみはそれを乗り越えたと思ってたが」

「乗り越えたわ」ブルックが間髪をいれずに答える。「ただ、あなたにそういう女として見てほしくないの。祭壇で捨てられた女として」

「わかった」セスはゆっくりと言った。「でも、きみをひとりの女として見るのはかまわないか？　ぼくの女として。今夜ひと晩は」

ブルックは身を乗り出して唇同士を軽く触れ合わせた。「いいわ」

車が徐々に速度を落として停まる。デックスが出てきてふたりのためにドアを開けた。ブルックは差し出された彼の手を取り、ひどく気まずく感じてはいないと言わんばかりにつくり笑いを浮かべた。夜の闇が顔の赤みを隠してくれていればいいのだが。

待たなくていいという意味のことをセスがデックスにささやきかけると、車はただちに走り去り、ふたりは静寂の中にたたずんだ。

セスは彼女の背中に手を置き、ブルックが四階に住む中層の建物を見あげた。「すてきな建物だ」

ブルックが鼻で笑う。「そんなことないわ」

「そうだよ。家庭的な感じがする」

「かもね」ブルックはセスの目を通して建物を見ようとしてみた。ここに来た当初は、とにかくカリフォルニアを離れられたことがうれしくて、自分の住まいとなる建物にあまり注意を払っていなかった。

いまは充分気に入っている。ドアマンはいい人だ。建物は清潔。エレベーターは少しのろいし、ドアはきしむし、この地区はブルックの好みよりは少し寂しい場所にある。それでもここを好きになろうと心に決めている。だから、ほんとうに好きなのだ。

セスが指を絡めてきた。「おうちに連れてってよ、ボールドウィン」

ブルックは笑った。「大金持ちの切れ者のくせに、あなたってときどき救いようのないまぬけになるのね」

「ぼくの弱みがばれたな」

ブルックはいぶかしげに彼を見あげた。「あなたに弱みがあるの?」

「あるよ。名前はブルック」

喜びに襲われ、ブルックの唇が小さく開く。「わたしがあなたと寝るつもりなのは知ってるでしょ? ロマンスを餌に口説く必要はないのよ」

「そうなのか? だったら……」ブルックは彼女の耳に口を寄せた。「上に連れていってくれ、きみとやれるように。激しく」

欲望でブルックの太腿がこわばった。一度聞けば充分だ。

彼女は機械的に足を動かして玄関ドアをくぐり、夜間ドアマンのクリスチャンに声をかけた。エレベーターに乗りこむなり、セスを抱き寄せた。

彼はブルックをエレベーターの壁に押しつけて片方の手で顎をつかみ、もう片方で柔らかな肉を揉みながら腰を撫でおろし、唇に噛みついた。

セスが低くうなった直後、エレベーターはがくんと止まった。「もう着いたのか?」

ブルックは楽しそうに女の子っぽいくすくす笑いを漏らした。「ここはタイラー・グループの高層ホテルじゃないのよ。六階建てで、わたしの部屋は四階なの」

「まあいいか」セスは彼女の首に向かって言った。「おかげで、エレベーターできみを裸にむかずにすんだ」

セスが手を出してエレベーターの閉じかけたドアをふたたび開き、彼女を引っ張って廊下に出る。その動きがあまりにセクシーで威厳に満ちていたため、ブルックは一瞬、エレベーターで裸にむかれて誘惑されてもいいと思ってしまった。観客がいてもかまうものか。

「どっち?」

ブルックの部屋は右側のいちばん手前だった。中に入ったとたんセスは抱きしめてくるという彼女の予想に反して、彼はブルックの手を強くつかんだまま足を止めて部屋を見まわした。

といっても、たいして見るべきものはない。ロサンゼルスで借りていたマンションはこの三倍近くの広さがあった。カリフォルニアから送った家具はひどく場違いに見える。西海岸での生活で使っていた明るい木材や白いカーテンは、ニューヨークの部屋の古い壁や黒っぽい床には似合わない。

「いいところだ」セスが言う。

ブルックは肩をすくめた。セスの視点で見てみると、ここがすごく一時的に思えることに気がついた。この住まいになじみたい。努力はした。それでも、なにもかもがちぐはぐに見える。風変わりとか雑多というのとは違っている。それよりむしろ、自分が何者かわからないためにまとまりがなくなっている感じだ。

「大丈夫か？」

顔をあげると、驚いたことにセスは部屋でなくブルックを見つめていた。その質問があまりに単純で真心がこもっていたので、ブルックはごく基本的で直接的なことを訊かれて崩れ落ちそうになった。

崩れ落ちたいなんて思っていないのに。

でも、まともな家とは言えない家に、彼女を好きだと言う男性と一緒にいるとき、ブルックは苦痛と幸せがまざった奇妙な感覚に陥り、そして……。

混乱した。

涙らしきものがこみあげ、ブルックは顔をしかめた。そんな。いまはだめだ。自分は一度も泣いたことがないのだ。クレイが逮捕されたあとの日々にも、すべての顧客に逃げられたときも。

よりによっていま、最も気弱になるなんて、わけがわからない。

彼女はすばやくまばたきをし、不合理な精神崩壊を避けるために考えられる唯一のことをした。

　セスに身を投げ出したのだ。

　彼は驚きに声をあげながらもやすやすと受け止めて体に腕を回し、ブルックは彼の髪をつかんで口を自分の口まで引きおろした。

　やや乱暴に彼の唇に歯を立てると、セスは少し顔を引き、戸惑ってうかがうようにブルックを見つめた。

　ブルックは首を横に振った。「お願い」

　束の間、彼はブルックの言葉を理解してくれないのかと思った。ブルックが忘れさせてと懇願していることを理解してくれないのかと。

　だがセスはブルックを抱き寄せ、自分のものだと言いたげに背中に手を置いて荒っぽくキスをしたので、ブルックは微笑んだ。

　彼はわかってくれた。間違いなくわかってくれた。

　服を脱がせるとき、彼の手つきはやさしくなかった。そしてブルックの手も貪欲に彼のコートを床に投げ捨て、ボタンがちぎれるほどきつくシャツを引っ張った。

　セスが彼女の首に向かってうなる。「このお返しはしてもらうぞ」

「そう?」ブルックは息を切らせて答えた。「〈ベルズ〉に請求して」

「そういうお返しじゃない」

　するとセスの手は彼女のスラックスのボタンを外して潜りこみ、パンティの上から股間を撫でた。

はっと息を吸う。「すごく濡れてるぞ」

「あなたと一緒にいると、いつもこうなるみたい」ブルックは息も絶え絶えに言った。

彼の手がさらに下方へと伸び、一本の指が伸縮性のある生地の下に潜りこんで濡れた秘所を撫でる。

セスとブルックのうめき声がまざり合い、彼は軽くからかうように敏感な肌を愛撫した。

ブルックはもっと触れてほしくて腰を突き出し、セスは彼女をさらにじらした末に、指を中に差し入れた。

「ああ」ブルックの頭が彼の肩に落ちる。「すごい、とてもいいわ」

セスはもう一本指を追加し、絶え間なく出し入れを始めた。ブルックはなにも考えることなく、恥ずかしげもなく大胆に腰を動かす。セスはブルックの首の感じやすい肌にキスをしながら、クリトリスを親指で荒っぽくこする。ブルックは痛いほどの欲望に突き動かされ、懸命に腰を回した。

このみだらで慎みのない時間が永遠につづいてほしい。ところがすぐにセスは彼女のいちばん感じやすいところを発見した。突如襲ったオーガズムにブルックは激しい悲鳴をあげ、声は壁にこだました。

直後にブルックの体から力が抜け、膝が折れかける。

セスは自由なほうの腕で体を抱き留めて耳打ちした。「つかまえた」

ブルックはぐったりセスに寄りかかって、ほんの一瞬、めろめろになって我を忘れるほどの大きな歓喜に身をゆだねた。

セスはパンティから手を引き抜いたものの、まだ太腿の合わせ目に置いている。恥ずかしがるべきだという思いがブルックの頭をよぎったけれど、実際にはすっかり満ち足りた気分だった。

求められている気分。

美しくなった気分。

ようやく呼吸が正常に戻ると、さりげなく感謝の意をこめてセスの肩に口づけ、背筋を伸ばして彼を見あげた。

自分だけに向けられた穏やかな笑顔を見たとたん、ブルックの胃袋はひっくり返った。セスは頭をおろしてブルックの唇をとらえ、甘くてうっとりするようなキスをした。適度にやさしく、適度に熱いキス。ブルックの手は下へとさまよい、高級な生地のスーツのスラックス越しに彼自身をつかむ。そこが硬くなっているのを確かめると、彼の口に向かって微笑んだ。

セスがうなる。「気に入ったものが見つかったか?」

「どうかしら」ブルックは彼の下唇を歯で挟み、軽く噛んだ。「もっとよく見てみないと」

セスは息をのんだ。ブルックは彼の目を見つめながらゆっくり体をさげて膝立ちになり、じらしながらスラックスのファスナーをおろした。

ブルックが唇を舐める。セスは荒っぽいののしりの言葉を吐いたあと、片方の手で遠慮がちにブルックの顔の脇に触れた。バランスを保つためになにかにつかまる必要が生じたときに備えるように。

そしてブルックは、その必要を生じさせるつもりだ。

欲望もあらわにスラックスとブリーフを細い腰から引きおろし、セスのものが飛び出すと喜びのため息をついた。

「結論が出たわ」顔をあげると、セスはまだブルックを見おろしていた。「間違いなく気に入った」

「どれくらい気に入ったか教えてくれ」セスはかすれた声で言い、腰を前に突き出して自らを彼女の開いた唇に押しつけた。

喜んで。

ブルックは舌を出して先端に絡みつかせたあと、唇を大きく開き、彼を根元までのみこんだ。

「ああ。そうだ」セスが乱暴に髪をつかむ。「そうだ、ベイビー。いいぞ」

ブルックは口で彼を愛した。ゆっくり愛でるように吸うのと、からかうように舌ではじくのを交互に繰り返す。鋼鉄のように硬いペニスの裏側に舌を走らせながら片方の手で睾丸をもてあそぶと、彼の口から低いうめき声が発せられた。いまやセスは両手でブルックの頭をつかんでいる。彼が主導権を握りたがっているのを察したブルックは動きを止め、セスが自ら腰を動かして彼女の口の中を出入りできるようにした。

「くそっ、ブルック。だめだ――ぼくはもう――」

ブルックはうなずいた。それでいい。彼を味わいたい。

ところがセスは悪態をつきながらブルックを引きあげて立たせ、親指と人差し指で顎をつかんで激しくキスをした。

「きみの中に入りたい。いますぐ」

二度言われる必要はなかった。ブルックは彼の手を取り、見つめ合いながらあとずさってカウチまで導いた。

「ここで？」セスが眉をあげて尋ねる。

それに応えてブルックは急いで靴を脱ぎ、スラックスとパンティをおろし、ゆっくりカウチの上でひざまずいた。窓のほうに顔を向けて詰め物をしたカウチの肘かけに両腕を置く。そして肩越しに振り返った。

セスにそれ以上の誘いは必要なかった。彼の視線がむき出しの尻から腰まで移動したあと、手で同じ動きを繰り返す。腰をつかんでブルックの後ろで膝立ちになった。

「カウチでやってほしかったんだな？」つぶやきながら片方の手で背中を撫でおろし、腰を少し下に押して尻を上に突き出させた。

ブルックはそれに反応して腰を回し、思わせぶりに彼の体に尻を押しつける。セスはうめいて手を彼女の脚のあいだに入れ、クリトリスを撫でながら、自らを彼女の入り口にあてがった。

「しっかりつかまってろよ」かすれた声で言う。

そして熱く強いひと突きで彼女を貫いた。

そうだ。そう、ブルックはこれを求めていたのだ。必要としていたのだ。

セスは両手で腰をつかんでブルックの体を固定し、ゆっくり引き抜くとすばやく激しく突き入れた。まさにブルックの望むとおりに。

「もっと激しく」ブルックの頭が前に落ち、髪が顔にかかる。「もっと激しくやって」

セスは何度も繰り返し彼女を貫いた。やさしくはなかったし、ブルックもやさしくしてほしくなかった。腰を回転させて背を反らし、彼の突きに応える。

気持ちはいい――非常にいい――けれど、もっと欲しいという思いには抵抗できない。ブルックは自分の脚のあいだに手をおろして自らをもてあそんだ。

「もうだめだ」セスはうなり、ペースを速めた。「きみに、自分のそんな姿を見せたかったよ。鏡に映ったきみの姿……きみの口にまさるものはないと思ったけど、これはもっといい」

ちらりと振り返ったブルックは、彼の獰猛な表情を見たとたんに爆発した。このオーガズムは前回よりもさらに強烈だ。

「くそっ」彼女の内部が痙攣を始めると、セスは言った。「だめだ」

彼がびくりとして指を腰の柔らかな肉に食いこませるのを、ブルックは感じた。息もできなくなるほど完璧に結ばれた瞬間、セスは彼女の中に放出した。

ブルックが顔からカウチに落ちると、セスも一緒に彼女の背中にぴたりと体をつけて倒れこんだ。

気まずく感じて当然だった。ブルックはブラウスを着たまま下半身むき出し、セスは足首までスラックスがおりてシャツのボタンは半分外れているという格好だ。

でも、ふたりとも気にしていなかった。セスは片方の腕をブルックの顔の下に滑らせ、もう片方で体を抱いてさらに引き寄せる。

ブルックは口を開いた。なにか気の利いたことを言いたい。『セックス・アンド・ザ・シティ』の女性たちがいつも言うような、さりげない軽口。

でも軽口は言いたくない。自分がさりげなさを望んでいるかどうかも定かではない。

なにを望んでいるのか、ブルックにはわからなかった。

わかっているのは、彼に離れてほしくないということだけだった。

26

私立探偵がどういう格好で現れると予想していたのか、セスは自分でもよくわかっていなかった。アロハシャツか。安物の革ジャケットと室内用サングラスか。大きすぎて肩がさがっている既製品の茶色いスーツか。

だがトミー・フランクリンは、そうした予想とはまったく違っていた。ニール・ギャレットについて調べさせるためセスが雇おうとしている私立探偵は……ふつうだった。

平均よりやや高い身長、炭水化物が好きだがその嗜好と闘ってジムで長時間過ごしている男性のがっしりした体格。安物のスーツやアロハシャツではなく、黒いセーター、ダークブルーのジーンズ、ローファーという服装。濃いブロンド、青い目、端正な顔立ちの彼は、感じがよく魅力的でありながら、人の記憶に残るほど目を引くハンサムではない。

つまり、容易に人混みに紛れて、とくに警戒心を抱かせることなく人に質問できるタイプということだ。

「よく来てくれた」セスは座るよう来客用椅子をトミーに手振りで示した。

「お安いご用です」トミーは愛想よく言って腰をおろした。「世の中にはペテン師があふれてますからね。喜んで、お客様に安心していただけるように身元調査をさせてもらいます」

セスは数週間前メールで私立探偵に連絡を取っていたが、実際に会うのは控えていた。いまでも、それが正しいことだという確信はない。だが妹があのろくでなしと結婚することを考えて睡眠不足に陥っているし、ほかにどうすればいいのかわからない。

とはいえ、〝安心〟という表現はそぐわない。

妹について調べさせるため自分が私立探偵を雇おうとしている事実に〝安心〟を感じられる人間がいるとは思えない。妹というより、妹が決めた相手についてだが。

しかし、それでも充分悪いのではないか？

いや、もっと悪いかもしれない。要するに、セスはマヤの判断を信用していないということだから。

それをいうならブルックの判断をも。

理論上では、セスはとんでもなくいやなやつということになる。

けれど、どれだけ努力しようと——実際に努力した——腹の底に広がる、ニール・ギャレットは妹にふさわしくない相手だとの不吉な直感を振り払うことはできない。

人生における多くの領域で、妹はセスにまさっている。魅力。機知。好感度。テニスでもゴルフでもチェスでもマヤのほうが腕は上だ。料理はうまいし、交渉力も群を抜いている。ところが人を見る目に関していえば、マヤは他人を簡単に信用しすぎる。人のどんなところも好意的に解釈する。そのため、セスが介入する必要が生じるのだ。

「メールによると、妹さんは悪い男につかまったということですね」ふたりがそれぞれ席について向き合うと、トミーは口火を切った。

セスは短くうなずいた。トミーの名前は大学時代の友人デニスに教えてもらった。デニスはかつて、いまは元妻となった女性の素行調査のためにトミーを雇った。よくある話だ。そして二十二歳の元妻の行動もよくあることだった。彼女はデニスのもっと金持ちの友人五、六人ほどと浮気していたのだ。おそらくは将来捨てられたときの保険として。

そして実際、デニスは彼女を捨てた。

ともかく大事なのは、デニスはトミーを信用し、セスはデニスを信用しているということだ。

「メモを取ってもいいですか？」トミーはブリーフケースからｉＰａｄを取り出した。

セスは手で合図して許可を与えた。

「で、妹さんのボーイフレンドですが――」

「婚約者だ」セスがぶっきらぼうに訂正する。

トミーはうなずいて画面をタップした。「名前は？」

「ニール・ギャレット」

「あなたはその男を好きではない、と」

「そうだ」

トミーはタップしつづけた。「第六感ですか？　それとも具体的な根拠が？」

「第六感だ」セスはそれを説明せずにすんだことをありがたく思った。すでに妹の相手を調べてみたものの、彼がマヤにぞっこんだという以外の事実を示す証拠がまったく見つからなかったことも、わざわざ説明したくない。

「多くの場合、第六感が真実をいちばんよく知っています」トミーはうなずいた。「ギャレットとはいつから？」

「三カ月付き合って婚約した。目立たないように付き合ってたらしい。婚約するまで、ぼくはそいつと会ったこともなかった。婚約してからは一カ月ほどになる。つまり、会ってからまだ四カ月だな」

ニールとマヤが婚約して一カ月になることを口に出して言ったとき、ブルックとはまだ知り合って一カ月にもならないことに気がついた。

不思議な感じだ。

不思議だというのは、ブルックは三十日足らずのあいだに、セスの人生に堂々と踏みこんで彼をとりこにしてしまったからだ。ナディアは三年かかったというのに。

そのことにセスは動揺したものの、不愉快というわけではなかった。

「妹さんは資産家ですか？」トミーは事務的な口調で尋ねた。

セスはうなずいた。

「で、ギャレットはなにを？　勤め人？」

セスが肩をすくめる。「自分で事業を始めようとしてるらしい。だが、ぼくがいくら詳細を尋ねても、つくろうとしてる会社の名前すら教えてもらえない。いつからその事業で収益をあげはじめる計画かも」

「〝投資家集めの段階〟？」トミーは小さく笑いながら両手の指で空中引用符(エアクォーツ)をつくった。

セスは鼻を鳴らした。「まさにそのとおり」

「ほかに知っておくべきことはありますか？　そいつの出身地とか、今後の予定とか」

セスはかぶりを振った。「よく知らない。あまり親しくないんだ。最近仕事でどこかへ出張してるのは知っている。投資の機会を探ってるとかなんとか。しょっちゅう街を出てるみたいだが、具体的なことはわからない」

トミーはうなずいて、またｉＰａｄになにか打ちこんだ。「そこでわたしの出番ですね。わたしの仕事は具体的な事実を突き止めてあなたにお知らせし、あなたがその情報に基づいて次にとる手段をお決めになれるようにすることです」

セスは唾を飲みこんだ。自分はほんとうにこんなことをしている。この探偵を雇おうとしている。

トミーはｉＰａｄをブリーフケースに戻し、身を乗り出した。油断のない鋭い表情は、親しみやすい笑顔の下に鋭敏な知性を隠している証拠だ。

「あなたのゴーサインで、わたしは動きはじめます」

セスは曖昧な笑みを浮かべた。「なんとなく警告が感じられるんだが」

トミーは笑い返さなかった。「わたしは目立たず行動します。あなたがおっしゃらないかぎり、わたしが彼を調べたことは妹さんとギャレットには決してわかりません」

「しかし？」

「しかし多くの場合、こういうことの代価を支払うのは、わたしが尾行する人間ではありません」

「安心してくれ、代金はぼくがちゃんと払う」セスは渋い顔で答えた。トミー・フランクリンの料金は安くない。

「そういう意味ではありません」トミーの表情がきびしくなった。「わたしが言っているのは、今回のように善意からであっても、愛する人のプライバシーを侵すことが感情的な問題を引き起こす可能性がある、ということです」

私立探偵の言葉には真実味がある。だがセスは無感情に答えた。「どうせ睡眠不足に陥るなら、妹の将来を心配してでなく、自分の行動への罪悪感からのほうがいい」

トミーはしばらくセスを凝視したが、セスの顔に強い決意を認めたらしく、うなずいて自分の脚をてのひらで叩き、立ちあがって手を差し出した。「では契約成立ですね」

セスはほんのわずかにためらったあと、トミー・フランクリンと握手を交わした。

その瞬間、自分が悪魔と取引したことを痛感した。

ただしこの場合の悪魔とは、私立探偵というより、セスの心に巣食う冷たい氷のかたまりだった。

トミーはすでにメールで支払い条件について説明していたが、彼はもう一度説明し、セスは聞き入った。着手時に半額。一カ月以内に最初の報告書が出されたときに四分の一。仕事の終了時に残り四分の一。

ふたりはふたたび握手をし、セスはトミーを部屋の出口まで見送った。セスがノブをつかもうとしたとき、突然向こう側からドアが開けられた。

「やあ、タイラー、ランチに連れてってくれよ。で、ホットなウエディングプランナーとどうなったか詳しく教えてくれ」グラントは、いままで百回もノックなしでやってきた人間らしく遠慮なく部屋に入ってきた。

だがセス以外にも人がいることに気づいて立ち止まった。「おっと。くそっ、ちくしょう。すまない。今朝早く電話したとき、エッタはきみに来客の予定はないと言ってたから」

まずい。

たしかに今日は来客の予定を入れていなかった。セスは邪魔されることなく私立探偵と会えるよう、たまったメールの処理をするから昼休みに予定を入れるなとエッタに伝え、あのドジなインターンを高価なランチに連れていくよう指示していたのだ。

ところが結局邪魔が入り、グラントは興味津々の目でもうひとりの男性を見つめている。トミー・フランクリンはボロを着ているわけではないが、ほかの人間が着ているタイラー・ホテル・グループの制服をまとってもいない。スーツ姿ではなく、モノクロのネクタイは締めていない。これが仕事上の会合でないことは、グラントには一目瞭然だろう。

まずい。ますますまずい。

トミーは礼儀正しいが感情のこもらない笑みを浮かべ、セスとグラントに小さくうなずきかけてドアをくぐった。なかなか見事だ。紹介なしで去りながらも、無礼さやぎこちなさはまったく感じさせない。淡々と出ていっただけだ。

グラント以外の知人なら、とくに気にせず、いまのことを忘れただろう。しかしセスにとって残念なことに、グラントはそういう知人ではない。

「いまのは誰だ？」グラントのライトブラウンの目には好奇心が浮かんでいる。

「どうでもいい人間だ」セスはぼそっと言ってドアを閉め、自分のデスクに戻った。

この発言は間違いだった。グラントは生まれつき厄介なほど詮索好きなのに加えて、セスのことをよく知っている。セスが嘘をついたらすぐに見抜くことができる。

「予定表に〝どうでもいい人間〟と書いとくべきだったな。しかし〝どうでもいい人間〟と会うために、誕生日でもないのにエッタに外でランチを取らせるのは変だぞ」

「変じゃない」セスはぶつぶつ言った。「クリスマスの前の週にはときどきエッタに外でランチを取らせてる。彼女はロックフェラーセンターのクリスマスツリーを見るのが好きなんだ」

「へえ」グラントは腕組みをした。「なんでも好きなことを言ってるがいい。その醜い顔一面に描いてある罪悪感を認めないためならな」

「なんの話かわからないな」セスはパソコンの画面に注意を向けたものの、脳は受信トレイにある何百通ものメールのどれひとつとして理解しようとしなかった。

グラントはデスクに歩み寄った。のんびりした足取りと裏腹に、顔には怒りが浮かんでいる。

「あの男が、おれの思ってる人間じゃないと言ってくれ」

セスは両手を左右に広げた。「言うのは難しいな。この部屋にいる高級読心術師はきみひとりだ。きみがなににについてべらべらしゃべってるのか、ぼくは知ってなくちゃいけないのか?」

グラントのライトブラウンの目が怒りでぎらりと光る。「ごまかすな、セス」

ふだんお気楽な友人の顔に浮かんだ深刻な表情を見て、セスは白状せざるをえなかった。

グラントの目をしっかり見据える。「いまのはトミー・フランクリン。私立探偵だ。マヤの婚約者を調べさせるのに雇った」

「ばか野郎」グラントはセスが最後まで言い終える前に罵倒した。

「前に、そのつもりだと話しただろう」セスは自分の弁解口調にうんざりしていた。

「おれはやめろと言ったぞ」

「まあ、きみのほうがボスでなくてよかったよ」セスが皮肉っぽく言う。

「いまは部下として言ってるんじゃない。わかってるはずだ。おれは友人として話してる。といっても、きみが友人と呼ぶにふさわしいかどうか、いま真剣に考え直してるとこだ」

セスはたじろぎそうになり、必死で耐えた。

この世界に、セスを傷つけることのできる人間はほんのひと握りしか存在しない。グラント・ミラーは間違いなくそのひとりだ。心の痛みに慣れておらず、その対処法も身につけていないセスは、反撃に出た。

「これはきみに関係のない話だぞ、グラント」

「それがどうした」グラントは両手でバンとデスクを叩いた。「こんなことは正しくない。きみもわかってるだろう。おれたちはマヤを信頼しなくちゃならない」

「〝おれたち〟の問題じゃない。これはぼくが決めるべき問題だ。きみは自分の意見を表明し、ぼくはそれを聞いた。しかし、マヤはぼくの妹だ。あいつを義理の弟と呼ぶことになるのはぼくだ。やつがマヤの心をばらばらに引き裂いたなら、その破片を拾うのはぼくだ。やつがマヤの金めあてだとしたら、無駄遣いされた金を補填するのはぼくだ」

「結局そういうことか」グラントが冷たく言い放つ。「金が惜しいんだな」

もうたくさんだ。

セスもデスクに手を叩きつけ、立ちあがって、自分より少し背の高い友人をにらみあげた。

「それは言いがかりだ。ぼくは世界じゅうのなによりマヤを大切に思ってる。きみも知ってるだろう」

「ふん、きみのいわゆる兄の愛情ってのは最低だな」グラントは怒鳴った。

「口を出すな」セスは深呼吸をして怒りを静めようとした。「きみは関係ない」

「大ありだ」

「マヤを愛してるからか？」よく考えないまま言葉が口から飛び出した。

グラントは殴られたかのように顎をぱっと引いた。グラントがセスのことをよく知っているのと同じく、セスもグラントのことをよく知っている。だから、その反応がなにを意味するのかもわかっていた。

ブルックの推測は正しかったわけだ。グラントはマヤを愛している。

セスは小声で悪態をついて下を向いた。「もっと早く言ってくれればよかったのに」

「きみに教えるべきことじゃない」グラントの口調は、セスが聞いたことがないほど荒々しかった。

「マヤはぼくの妹だ。きみはぼくの親友だ」

「そのとおり。知ったら、きみはおれたちをくっつけようとしただろう。世話を焼こうとしただろう」

「それは悪いことか？」

グラントは面白くもなさそうに笑った。「衝撃の事実かもしれないけど、世の中にはきみがコントロールできないこともあるんだよ、セス。たとえば妹の心とか」

セスはグラントと顔を合わせた。いまふたりは互いに相手に腹を立てているけれど、それでも親友のことを思うと胸が痛んだ。「マヤは知ってるのか？」

グラントは悲しそうにかぶりを振った。

「ぼくがギャレットに汚点を見つけたら、それはきみに有利に働くかもしれない」セスがゆっくりと言う。「もしもあいつがペテン師で、マヤがあいつと切れたら――」

グラントは首を左右に振っている。「おれの彼女への愛は、そういうものじゃない」

セスは目を細めた。「どういう意味だ？」

「それはおれの愛し方じゃないって意味だ。自分の心を満足させるために、他人の幸福を危険にさらすのはいやだ」

その静かに発せられた言葉はセスの心を直撃し、今度はセスが殴られたようにのけぞる番だった。

「セス」グラントは手で自分の顔をこすった。「ハンクが亡くなったとき、きみがつらい思いをしたのはわかってる。お父上が心臓の状態をきみに隠してたことを知って、きみはさぞつらいだろうなと思った」

「きみには隠さなかったんだよな」セスが苦々しげに言う。

「秘密にするよう約束させられてなかったら、おれはきみに話してたよ。おれはハンクに、セスに話してくださいい、正直になってくださいと頼んだ。いま、同じようにきみに頼みたい。マヤにこんな仕打ちをするな。妹に隠し事をするな」

「きみはわかってない」セスは必死に言い募った。「大切に思う人を助けるチャンスがあるなら、ぼくはそのチャンスをつかまなくちゃならない。父が心臓のことを言ってくれてたら、ぼくはなにかしただろう。父を助けられたかもしれない」

「やめてくれ。それが動機か？　きみはお父上を助けられなかった。だからいまマヤを助けてるつもりなのか？」

「やるだけはやってみる必要がある」

「それは愛じゃない。他人の人生に首を突っこみ、その人を信じて思いどおりにやらせようとしない……そんなものは愛じゃない」

「ぼくなりの愛だ」

グラントはうんざりとして声をあげ、首を横に振った。「だから、きみはこんなに孤独なんだ」

セスの胸が詰まり、一瞬息もできなくなった。

「出ていけ」セスは怒鳴った。「出ていきやがれ」

「喜んで」グラントは怒鳴り返した。

その言葉とともにセスの親友は部屋を飛び出し、ドアをバタンと閉めていった。

セスをいつもの状態にして。

ひとりきりに。

27

「もうやだ。バレンタインデーって最悪」ジェシーは鼻息荒く言いながら、流行のスイーツショップ〈レヴァン・ボンボロンチーニ〉の看板商品、淡いピンクの紙で包まれた菓子を慎重にトレイに並べた。いまは金曜日の午後四時、四人の女性が揃った、〈ベルズ〉には珍しい穏やかな時間だ。本店オフィスにクラシカルなバレンタインデーの飾りつけをするため、アレクシスはみんなに頼んで二時間ほど時間をつくらせたのだった。

「こらこら」ヘザーは粉砂糖をかけたミニドーナツをひとつつまんで、アレクシスににらみつけられた。「そんなこと言わないの、恋人がいるくせに」

「だって、恋人がいたってバレンタインデーは嫌いなの」

「だめよ」ヘザーの口の中はラズベリージャムだらけになった。「バレンタインデーを嫌うのは、わたしたちひとり身の女の特権なんだから」

「賛成」アレクシスはつぶやいて、受付テーブルに置かれた縁の広がった花瓶のひとつに、ハート形の吹きガラスを慎重に置いた。

ブルックは〈ウエディング・ベルズ〉のオーナーをちらりと見やった。「アレクシス、あなたもなんですか？　バレンタインデーが嫌いとか？」

「仕事上は好きよ」アレクシスは一歩さがって飾りつけのできばえを確かめた。「人はみんな夢見心地になって気前よくお金を使う。それはビジネスにはいいことよ。だけど個人的には……」肩をすくめる。「大好きとは言えないわね」

「そのあきれた表情からすると、あなたは好きみたいね、ブルック」ヘザーはテーブルの小さなクリスタルの器からゴディバのミニチョコを取ろうとして、ジェシーに手をはたかれた。

おしゃれな封筒に上質皮紙のバレンタインカードを入れていたブルックの手が止まった。〈ベルズ〉の過去の顧客は全員手書きのカードを受け取ることになっている。もちろん、アレクシスが注意深く更新している〝口にしてはいけない離婚者リスト〟に載っていないかぎり。

「バレンタインデーは好きよ」ブルックは封筒に貼られたキューピッドの切手に指を滑らせた。

「カ・レ・シができたものね」ヘザーが抑揚なく言う。

セスのことを思うと、ブルックの胸が熱くなった。彼はロマンティックなタイプではない。ブルックは一週間後のバレンタインデーに花やキャンデーを贈られるのを期待してはいない。おそらく彼はバレンタインデーのことなどまったく忘れてしまい、夜遅くまで手や口やセクシーな言葉を駆使することでそれを埋め合わせてくれる……。

「顔が赤くなってない？」アレクシスがいぶかしげにのぞきこんできた。

ジェシーが笑う。「いわゆるほてりってやつね。うっとりしちゃってる」

たしかに。この上ない真実だ。

「まあね。だけど真面目な話」ブルックは自分の性生活から話題をそらした。「カ・レ・シがいなくても、やっぱりバレンタインデーは好きよ」

ヘザーは自分の顔を指さした。「これ、見える？　懐疑的な表情ってやつ」

「驚きもしないわね」アレクシスは言った。「あなたはほとんど毎日、男性やロマンスに関するものすべてを疑ってることを思い出させてくれるもの」

「あなたも」ブルックは遠慮がちに言ってみた。

アレクシスが仰天した顔を向ける。「なにか言った？」

ブルックは大きく目を開いて、自分たち女性のグループを見まわした。「あら、ごめんなさい。あなたがすべての男性と無難な距離を取っているという事実を口にしてはいけなかったんですか？」

ヘザーがびっくりした笑いを漏らし、ジェシーはキッチンを指さした。「ちょっとあっちに行ってワインを取ってこようかな」

彼女が問いかけるようにアレクシスを見ると、アレクシスは腕時計に目をやり、もう夕方になっていることを確かめた。「誰も急な予約は入ってない？」

「ありません」ヘザーとブルックが声を揃える。

「だったらいいわ」アレクシスはつぶやいて店の前まで行き、〝閉店〟と書かれた銀の板を取って慎重にドアベルからぶらさげた。

ブルックは内心喝采を送った。ガールズトーク、たっぷりのチョコレート、かわいいピンクのハートにワインがつきものでないとしたら、ほかのどんなイベントにもワインは必要ないだろう。

「シャンパンにするわね」ジェシーはボトルとフルート形グラス四つを持って戻ってきた。

「安物ですから、びびらないでくださいね、アレクシス」

アレクシスはせせら笑った。「わたしはびびったりしないわ」

「たしかに」ヘザーは白いふたりがけソファに座りこみ、自分の横を叩いてブルックに座るよううながした。「彼女がびびったのは一回だけ見たような気がする。花嫁さんが花婿のお父さんとデキてて、それをリハーサルのディナーで発表したがってるのがわかったとき。でもそのときだって、髪の毛一本振り乱さなかったわ」

「あたりまえでしょ」アレクシスは気取って言った。椅子に座って紫がかった灰色のスラックスを手で撫でつけ、ジェシーからシャンパングラスを受け取る。「わたしは未開人じゃないから」

冗談めかした言葉だったが、非の打ちどころがない格好のアレクシスを見たブルックは、ヘザーの言うとおりだと思った。アレクシスは単にプレッシャーのかかる場面でも落ち着き払っているというだけではない。ときとして、とてつもなく冷徹になる。感情がなく冷たいという意味ではない。彼女は百パーセント理性に従って行動し、心をまったくかかわらせていないように思えるのだ。

逆にブルックは、非常に感情に左右される人間だ。

昔からそうだったし、たぶんこれからもそうだろう。

でも、それは幸せな感情だけ。肝心なのはそこだ。ブルックがいつもしているように感情を素直に表現するのであれば、悲しみや怒りは遠ざけて、人生における明るく楽しいことだけに目を向けておく必要がある。

ブルックはそうやって困難を乗り越えてきたのだから。

全員がシャンパンを手にすると、ジェシーがグラスを掲げた。「バレンタインデーに」

「まだ一週間先よ」ヘザーが反論した。「それに、わたしはバレンタインデーに乾杯したくない。正式な祝日でもないし」

ジェシーがあきれ顔になる。「だったらなにに乾杯するの？」

ヘザーはブルックをちらりと見やった。「〈ウエディング・ベルズ〉の新入社員へのお祝いは？」

「その乾杯なら、もうしてもらったわ」とブルック。「採用が決まってニューヨーク近代美術館で初めてランチを取ったとき。あなたたちは……とてもよくしてくれた」

「わかったから泣かないでね」ヘザーは言った。「わたしが考えてたのは、あなたに新たな恋人ができたことのお祝いよ」

「あら、それはまだちょっと早いわ」ブルックはあわてて言った。「わたしたちはただ……戯れてるだけ」

アレクシスはブルックの目をとらえてウィンクし、グラスを持ちあげた。「じゃあいいわ。

戯れに」

四人はグラスを合わせ、おいしそうに泡立つシャンパンをひと口飲んだ。アレクシスの水準では〝安物〟に分類されるのかもしれないが、それでも充分おいしかった。

「で、うまくいってるの？」アレクシスが訊いた。「あなたとセスは」

「だと思います」ブルックはグラスの脚を指先でなぞった。「彼は一時間ごとにメールを送ってきて愛を告白したりはしませんけど、週に二、三回は一緒に食事をしてます。マヤの結婚式の話をするときもあれば、しないときもあり……そうですね。楽しくやってます」

「古風なお付き合いね」ヘザーが切なげに言う。「ああ、そんなのが懐かしい」

「早すぎると思わない？」ブルックは口を滑らせた。

三人が意外そうにブルックを見る。「なにが早すぎるの？」

ブルックはそわそわと指に髪を巻きつけた。「男の人と付き合うのは。婚約を解消したのはほんの数カ月前だし、セスと知り合ってまだ一カ月程度よ。傷が癒えるまで、もうちょっと時間がかかるのがふつうじゃないかしら」

「あなたの心の準備ができてたら、それでいいのよ」ジェシーは自信たっぷりだ。

アレクシスが視線をそらして話に加わってこないのに気づいたブルックは、姿勢を正して彼女を指さした。「やっぱりそうね。なんなんですか？」

「なにがなんなの？」アレクシスはまだ目を合わせようとしない。

「早すぎると思ってらっしゃるんでしょ！　クレイのことから回復するのに、もっと時間をかけるべきだとお思いなんですね」アレクシスは目を丸くして、ようやくブルックのほうを見た。「違うわ。セスのところへ行くよう勧めたのはわたしよ。忘れちゃった？」

「ああ。たしかにそうでした。だったら、なにを考えこんでらっしゃるんですか？」

「あらあら」ヘザーが割りこむ。「アレクシスが考えこむのはいい兆候じゃないわね」

「考えこんでないわ」アレクシスが言う。「ただ……もちろんあなたのことはよかったと思ってるのよ、ブルック。傷心が癒えるのに最低限必要な期間というのが決まってるとは思わない。でも――」

ブルックはため息をついた。「わかってました。〝でも〟があるのは」

「わたしは確認したいだけなの。あなたの心がほんとうに癒えたのかどうか」アレクシスの口調はやさしかった。

「もちろんです」ブルックは反射的に答えた。「だから、ロサンゼルスに残って自分の傷を舐めるんじゃなく、ニューヨークに出てきたんです」

「逃げるのと癒えるのは違うわ」

「アレクシス！」ジェシーが叫ぶ。

「いえ、いいのよ」ブルックはアレクシスから目を離さなかった。「わたしが意見を尋ねたんだもの」

「そう、単なるひとつの意見よ」アレクシスは明言した。「でもね、あなたがセスに対して本能に従って女として行動するのには全面的に賛成だけど、ひとつ確かめたいことがあるの。クレイとのことをじっくり考える機会は持った？　あなたの心はかなりのショックを受けたはずよ」

「ええ、そんなことはわかってます」ブルックは声にわずかな辛辣さをにじませずにいられなかった。

アレクシスはブルックの膝に手を置いた。「ただ、ぜったいにその話を自分からしようとしないでしょう。ほんとうの意味では。なにがあったかについて概略は話してくれたけど、事件を遠くから見たような話し方だったわ。別の人に起こったみたいな」

それが誰の身に起こったのかはよくわかっていると反論しようと、ブルックは口を開けた。ところがそのとき……。

アレクシスの言葉が心にしみ入りはじめた。

彼女の言ったとおりかもしれない。

「結婚式の日のあと、クレイと話はしたの？」ヘザーがそっと尋ねる。

ブルックはかぶりを振った。ヘザーがアレクシスの側についたことは少し意外だった。これまでヘザーはセスとブルックが結ばれた話を熱心に聞き入っていたのに、いまは意見を変えたようだ。どういうことだろう？「いいえ。それは……あまりに苦痛だと思ったから」

ブルックはなんとしても苦痛を避けてきた。それが賢明だと考えたからだ。違うだろうか？　気分がいいものに注意を向けていられるとき、どうして心が痛むことにぐずぐずこだわっている必要がある？

いや、それは問題のすり替えではないか？　前向きに考えることと、いやな過去を避けることを、混同しているのでは？

顔をしかめてシャンパンを口に運ぶ。

「あなたたち、なんてことするの」ジェシーはふたりを非難した。「ブルックの幸せを壊しちゃったじゃない！」

「いまでもまだ幸せよ」ブルックは言ったものの、それは自分の耳にも嘘っぽく響いた。

「よけいなことを言わなければよかったわ」アレクシスは珍しく自信を失ったらしい。「あなたが毎日幸せそうな顔をしてるのを見てるし、それには感心してるんだけど、いつか心が砕けるんじゃないかと心配なの」

ブルックはごくりと唾を飲んだ。「わたしは大丈夫。ほんとに大丈夫です」

「もちろんよ」ヘザーはブルックの体に腕を回した。「だって、わたしたちがついてるから」

ブルックは顔に笑みを張りつけたけれど……それがつくり笑いであることは自覚していた。

「彼と話すべきだと思いますか？　クレイと」

「あなたが話したいならね。それが正しいことだと感じるのなら」

突然頭痛が襲ってきて、ブルックはこめかみをさすりながら前屈みになった。それが正しいことかどうかはわからない。でも、すべてをさらけ出したいま、自分が無理にそういう思いを遠ざけていたことを悟った。彼とのことについて考えていないわけではない。

ただ、考えるのを自分に許さなかったのだ。

「まずはご両親と話せばいいんじゃないかな」ジェシーが明るく言った。「小さな一歩から始めるの。事件がいまどうなってるかわかったら、そのくず男と話すことなく事態に決着をつけられるかも」

両親に言及されたとき、ブルックはあわてて顔をあげた。「今日は何日？　ああ、どうしよう、すっかり忘れてたわ！」

「なにを忘れてたの？」

立ちあがって鞄を置いた受付デスクまで行き、電話を取り出す。「裁判。今日始まることになってたの」

「まあ、そうなの？」とアレクシス。「わたしはなにも聞いてなかったわ」

「クレイの事件を追いかけてたんですか？」ブルックは訊いた。

「どういう状況かチェックしてただけ」アレクシスは穏やかに答えた。「でも、情報はほとんどなかったわ」

「非公開裁判なんです」電話を見たブルックは、一日じゅうマナーモードになっていたことに気づいて呆然とした。いくつもの不在着信や未開封のメールがずらりと画面に並んでいる。

「マスコミを締め出すために」

「お父様は証言なさることにしたの？」ジェシーがおずおずと質問した。

ブルックはうなずいた。「わたしが、証言すればいいと言ったから」

そんなことはどうでもいい、と自らには言い聞かせていた。

でも実のところ、自分がそれについてどう感じているのかよくわからないでいる。しかし、ブルックのためを思って両親が証言しないのは……正しくない。クレイは彼らの退職金用口座の金を奪って失ったのだから。いまでも、それを考えると気分が悪くなる。

なのに心の中には、いまだにクレイを自分が愛した男性として考えている部分がある。結婚するはずだった男性として。

喉にこみあげた奇妙なかたまりを、彼女はのみくだした。いまのはなんだろう？ もつれた感情だ。だからこそ、思いをこちらの方向に向けるのを避けてきたのだ。だからこそ、クレイのことを考えるのを自分に許さなかったのだ。

だからこそ……。

ああ、大変だ。

母からのメールを読み、もう一度読み直す。『これを見たらすぐに連絡して』

不在着信は四件。

電話をつかんでいるいまも、着信音が鳴って父からのメールが届いた。『しっかりするんだ。つらいのはわかってる。電話してくれ』

なにがつらいのだろう？

なにに対してしっかりしろと言われているのだろう？

ブルックは急いでほかの未開封メールを見ていった。ロサンゼルスの友人たちからの何通ものメール。ニューヨークに移って以来避けてきた友人たち。彼女たちと接触するとクレイのことを考えてしまうからだ。

『しっかりね。あいつは運命から逃れられないのよ』

『こんなのサイテー。あなたが心配だわ』

『大丈夫？　電話して』

ブルックは心の中で悲鳴をあげた。いったいなんの話だろう？　どうしてみんな、ニュースそのものを知らせず陳腐な慰めの言葉ばかり書いてくるのだろう？

受付デスクの向こうにあるジェシーの椅子に座りこみ、震える手でマウスとキーボードを操作する。電話に入力するより早いからだ。

Ｇｏｏｇｌｅニュースを呼び出して〝クレイ・バッタグリア〟と入力した。

何十もの記事が現れた。すべて過去一時間以内にアップされている。

ブルックはどのリンクもクリックしなかった。その必要はなかった。

見出しがすべてを語っている。

〝アメリカ有数の詐欺師
予想外の司法取引により
裁判直前で釈放〟

クレイは司法取引に応じた。

クレイは刑務所に入らない。

ああ、どうしよう。

どうしよう。

大丈夫、とブルックは自分に言い聞かせた。大丈夫よ、大丈夫、大丈夫。

でも、実際には大丈夫じゃない。

そのとき、五カ月前からのあらゆる苦痛、あらゆる怒りが、勢いよく激しくうなりをあげて襲いかかってきた。

明るい面を見て生涯を過ごしてきたブルックには、暗闇に対処する方法がまったくわからなかった。

ただひとつわかっているのは、自分が崩壊しそうだということだけだった。

28

数十年前初めて携帯電話が世に出たとき、セスの父は気に入らなかった。携帯機器は従来の家庭生活や仕事の生産性に悪影響を与えると信じたハンク・タイラーは、できるかぎり携帯電話を遠ざけようとした。家でセスとマヤが携帯電話を使うのを許されるのは、放課後に自分の居場所を伝えるときと、夜に宿題をすべてすませたあとだけだった。食事の席や家族での外出時には、決して許されなかった。

職場では、事情はもう少し複雑だった。初期のころは私用での携帯電話禁止というルールがあった。ところがスマートフォンが普及するにつれ、ハンクは部下とのコミュニケーションがスマートフォンによって不便になるどころか逆に便利になることを認識した。

やがてルールは緩和され、いまでは下級幹部からCEOにいたるまで、会議中のみ携帯電話の使用禁止とされている。セスもこのルールに反対だと思ったことはなかった。出席者は気を散らされることなく議題に注意を向けていられるため、会議は集中的、効率的に進む。

その好例として、今日セスの開いた予算会議は記録的な短時間で終結した。空き時間が数分できたので、セスはGｏｏｇｌｅを呼び出してバレンタインデーに最適の新しい贈り物がないか検索するつもりで自分の執務室に向かった。花は流行しているのか？　時代遅れか？　チョコレートはありきたりすぎるか？

いや、たとえチョコレートがありきたりだとしても、ブルックは喜ぶだろう。彼女が大のチョコレート好きであることは知っている。ダークチョコレート、ミルクチョコレート、ホワイトチョコレート——なんでもオーケーだ。

マヤに市内で最高のチョコレートショップのリストを頼んでみようと思い、彼はエレベーターで携帯電話をポケットから取り出した。妹もブルック同様甘党だ。といってもマヤはスイーツに関しては機会均等主義者で、マンハッタンの高価なマカロン、トリュフ、カップケーキについても詳しい。

不在着信六件。セスは眉をひそめた。彼の私用携帯電話の番号を知る人はごく少数であり、彼らは電話よりメールを好んでいる。

六件のうち四件がブルックからであることに気づいたとき、胸騒ぎを覚えた。

あと二件はエッタからだ。エッタは、セスが会議中携帯電話に出ないことを誰よりも知っているはずなのに。だが、真の緊急事態だったとしたら、エッタは会議室に直接乗りこんでくるだろう。そう思ってセスは安心した。ほんの少し。

しかしブルックは、よほどの緊急事態でなければ一時間のあいだに何度も電話をかけてくるような女性ではない。エレベーターからおりると同時にセスは彼女にかけ直したが、留守電だったので悪態をついた。メッセージは残さないことにして通話を切り、自分の部屋に向かう。

「エッタはどこだ？」秘書の姿がないのを見て、ジャレドに怒鳴りかけた。

ジャレドは椅子に座ったまま振り返った。耳に受話器をあて、パニックで大きく目を見開いている。電話の相手の話を聞きながら同時にセスの質問に答えるにはどうしたらいいかと考えている彼の内心の声が、セスにまで聞こえてきそうだ。

「気にするな」セスは自分の部屋に入っていきながら、ブルックにメールを打った。

『どうしたんだ？』

部屋が無人でないのを見て取り、彼はあわてて立ち止まった。

カウチにエッタが座っている。

ブルックもいる。

秘書の肩に顔をうずめて泣いている。

不在着信があったのを見たときは胸が締めつけられたが、彼女の顔を涙が流れ落ちるのを見たときははらわたがもつれた。

ただちにブルックのところへ行き、iPhoneを無造作にコーヒーテーブルに落として、彼女の前でひざまずく。「スイートハート」

ブルックは涙ながらに微笑み、子どものように手の甲で鼻水をぬぐってすすりあげた。

「ごめんなさい。こんなところまで来ちゃいけなかったのに。ただ、あなたは電話に出てくれなかったし、ここで待たせてもらおうと思って、そしたら――わたし――わたし――」

ブルックはまた大泣きしはじめ、エッタはさらに強く抱きしめて円を描くように背中をさすった。

エッタの母性本能による慰めに感謝したい気持ちと、自分がブルックを抱きしめられるようさがっていろと秘書に怒鳴りたい気持ちが、セスの中で闘った。

エッタはセスと目を合わせると、小さく首を左右に振り、ほんのかすかに両肩をあげた。

ブルックがなにについて泣いているにしろ、エッタに話してはいないらしい。

「かわいそうに、この人泣いてばかりで言葉も出ないんですよ」エッタはブルックがその場にいないかのようにセスに小声で話しかけた。たしかにそのようだ。ブルックは体を震わせ、セスとエッタの会話をかき消すほどの大きな声で泣いている。

「ブルック」セスは彼女の手を取った。「どうした？」

ブルックはさらに声をあげて泣くばかりだった。セスはエッタを見て無言の命令を伝え、エッタは即座に理解した。

最後に一度ブルックの乱れたブロンドを軽く撫で、慰めの言葉をかけたあと、彼女は体を横にずらした。

エッタが立ちあがるのと入れ代わりにセスが座る。

ブルックが本能的に抱きついて、片方の手でシャツの胸元をつかんで濡れた顔を彼の首にうずめたのを見て、セスの胸は熱くなるとともにねじれもした。

実業家としてのセス――行動家――は答えを求めていた。いますぐに。誰が、あるいはなにが彼女を傷つけたのかを知って、そいつをやっつけたい。しかし男性としてのセス――ブルックに出会うまで存在を自覚もしていなかった者――は、彼女を抱きしめるだけで満足していた。彼女の苦痛を自分のものとして吸収した。そしてセス自身も苦しんだ。かすれた泣き声、ブルックの顔を流れ落ちる涙は、彼の心臓を貫くナイフに感じられる。

「外におりますので、なにかございましたらお呼びください」エッタが小声で言い、セスはうなずいた。彼女が部屋を出てそっとドアを閉めたのには、ほとんど気づきもしなかった。ブルックの指は彼のシャツを握ったり離したりしている。セスは彼女をいっそう引き寄せて髪に唇を押しあてた。「ぼくはここだ」そっとささやきかける。「なにがあったにせよ、ぼくがいる。ふたりで一緒に解決しよう」

それは本心だった。

客観的に考えれば、この女性と知り合って一カ月あまりなのはわかっている。ふたりをひと組と考えはじめるのは早すぎる――ブルックを〝自分のもの〟と思うのは。けれども、彼女が自分のものだというのは、心の最も静かで最も秘めた奥底の部分でわかっていた。そしてセスはブルックのものだ。

なにが彼女を崩壊させたにせよ、ふたりで力を合わせて修復するつもりだ。

彼はしばらくのあいだ、ブルックの頭のてっぺんに頬を置き、なだめるように背中を撫でつづけた。

どのくらいそうやってじっとしていたかわからない。やがて、彼女の泣き声がおさまってきた。大泣きから、徐々にぐすぐすとすすりあげるだけに変わっていく。

そして……。

沈黙。

ブルックはセスの首に顔をうずめたままぐったりと寄りかかり、震える息を吐いた。

「涙は出し尽くした？」セスはやさしく尋ねた。

ブルックはうなずいた。

セスは待った。

さらにしばらくたったあと、ブルックはようやく動きだした。体を引き、指で彼のスーツのしわくちゃになった生地をぼんやりと撫でる。

「ごめんなさい」ふたたび言う。泣いたために声はかすれていた。「お仕事中なのはわかってたの。もうちょっと待つべきだったのに」

セスの手が彼女の頰を包んだ。「来てくれてうれしいよ」

きみの会いたがる相手がぼくだったのがうれしい。

「今日のお仕事は終わり？」ブルックが期待をこめて質問する。

終わってはいない。会議はあと六つ控えているし、タイラー・ホテルのシャワー室に防水テレビを設置させようとしている新しいテクノロジー企業が彼をカクテルパーティに連れていきたがっている。

だが、エッタに頼めばスケジュールは調整してもらえる。エッタはさっきセスとブルックを交互に見ていた。彼女は自分たちのことをわかってくれている。

「ぼくはここにいるよ」ブルックの質問に直接答えず、セスは言った。

ブルックは感謝をこめて微笑みかけた。それが心からの笑みであるのを見てセスはほっとした。目は腫れ、鼻は真っ赤で、髪の毛はくしゃくしゃでも、ブルックは美しかった。

セスは背中を撫でつづけている。ブルックは彼にもたれかかって胸に頬をつけ、片方の腕を彼の腰に巻きつけた。この世で頼れるのは彼ひとりであるかのように。彼女の輝きを奪ったものがなにかをブルックが話してくれるまでには、しばらく待たねばならないだろうとセスは思った。

ところが意外にも、ブルックはすぐさま話しだした。

「クレイよ」かすれた声で言う。

セスはびくっとした。「元婚約者の」

ブルックはうなずいた。「あなたに……あなたには話してなかったわね、わたしと彼のあいだに起こったことを。ちゃんとは。もちろん、あなたは見出しを知ってるけど」――彼女は震える息を吸った――「全部の話は知らないでしょ」

「だったらいま話してくれ」ブルックが打ち明けたがっているのを感じ取り、セスは静かに言った。彼女が靴を脱ぎ、カウチに足をあげ、自分の脚を抱え、折った膝に顎を置くあいだ、セスは辛抱強く待った。

「クレイとはバーで出会ったの。よくある話でしょ？　女友達の誕生日のお祝いだった。わたしはひとつ結婚式の仕事があって遅刻したんだけど、着いたときには友達は酔ってたわ。バーにはダンスフロアがなかったのに、みんなテキーラでできあがってて、勝手に踊りだしたの。わたしはまだ酔って踊る気分じゃなかったから、ひとりカウンターでカクテルをすってた」

「ダーティなベルヴェデーレのマティーニ？」セスは指で彼女の髪の先端をいじりながら聞いていた。

ブルックは自分の鼻を叩いて、正解だと知らせた。「で、右隣に誰かが来た。ばかみたいに聞こえるんだけど、彼を見る前から気配を感じた。わかる？ 彼の存在を意識してたわけ」

ほかの男性がそんなふうにブルックの注意を引いたことに内心憤慨しつつ、セスはうなずいた。

「だけど、彼はわたしのことなんて気にしてなかった。わたしのほうを見もせず、バーテンダーが気づいてくれるまでじっと待ってた。ようやく彼が注文したのは……わたしと同じものだったの」

ブルックは目を閉じていったん言葉を切り、首を横に振った。「わたしは女友達と一緒に踊るほどは酔ってなかったけど、ちょっと大胆になる程度にはお酒が入ってた。それでバーテンダーが彼のマティーニをカウンターに置いたとき、わたしは彼のグラスに自分のグラスを軽くあてて、〝ダーティなベルヴェデーレに乾杯〟みたいなことを言った。それとも、もっと気まずくて恥ずかしいことだったかも」

「そのとき、そいつはきみに気づいたんだね？」

ブルックは悲しげな笑顔になった。「ええ。わたしを見て小さく微笑んだ。それでわたしはイチコロよ。わかる？　ドカーン。どうしようもなかった。ぬくもりのある茶色い目、濃いブロンド、日焼けした肌……よくいるカリフォルニアのサーファーだけど、ありえないほどセクシーだった。わたしは昔からそういうタイプに弱かったし、クレイはまさにそれにあてはまった。

ふたりはデートを始めたわ。わたしはもともと夢想家だった。運命の人、永遠に一緒にいるはずの人に会ったら、すぐにわかると信じてたし、それで決まりだと思ってた。結婚して、いつまでも幸せに暮らすんだと。で、クレイと三度めにデートをしたとき、この人だと直感した。少なくともそうだと思いこんだ」

「だったら、すぐに婚約したのか？」

「そういうわけじゃないの。言うのも恥ずかしいんだけど、彼がもっと早く求婚してきたとしても、わたしは飛びついたと思う。でも実際には二年ほど交際をつづけたわ。一緒に住むようになった。彼はわたしの家族と知り合った。両親は彼を息子みたいにかわいがった」ブルックは額をさすった。いま言った部分がいちばんつらいかのように。「それから指輪のショッピング、夕日の中でのプロポーズ、というふうに進んだの」

セスは無言だった。身を硬くしてつづきを待った。この話がハッピーエンドを迎えないことはわかっている。

「わたしは自分の結婚式を計画した。もちろん驚くことじゃないわ、わたしの仕事を考えると。でも、仕事だからという以外にもちゃんとした理由があった。自分の人生における最高に特別な日にしたかったの。べつに、史上最高に豪華な結婚式にしたいわけではなかった。伝統的な結婚式にした。モンスター花嫁にはならなかった。クレイと一緒にいろんなことを決めた。花から最初のダンスの曲まで、あらゆることについて話し合った」

ブルックは喉の詰まったような笑いを漏らした。「ふたりは最高のコミュニケーションを取ってるんだと思いこんでた。だって、言い争いひとつすることなく、色について話し合い、結婚式の企画における最もストレスのかかる部分に取り組んだのよ。だけど彼はわたしをだましてた。もてあそんでたの」

彼女の悲しげな目がセスに向けられる。青い目の奥で渦巻く動揺を見て、セスの胸は苦しくなった。彼はこぶしを握り、怒りで息遣いを荒くした。ブルックは話をつづけた。「FBIは教会の祭壇の前で彼に手錠をかけたわ。結婚式がそんなふうに終わるなんて、思いもしなかった。出資金詐欺（ポンジ・スキーム）やマネーロンダリングや身元詐称なんていうのは、ハリウッドの脚本家がでっちあげた言葉だと思ってた。なのにその日、そういう言葉をあと何十も聞かされたわ。自分の結婚式の日によ」

「ああ、ブルック」なにをすべきか、なんと言うべきかわからずすっかり途方に暮れて、セスはささやいた。もちろん事件の記事はインターネットで読んでいたけれど、それをブルック――この最低男が人生をめちゃめちゃにした女性本人――の口から聞かされると、はるかに悲痛で、はるかに現実的に感じられる。

「彼は収監されて長期間服役すると思ってた。彼が刑務所にいるかぎり、事件のことを考えずにすむと思ってた。彼のことも。彼とのことに向き合わなくてもいいと」

セスはうなずいたものの、正直なところ、完全に理解しているとの自信はなかった。彼は問題を避ける人間ではない。むしろ、すべてにおいて主導権を握って手綱を操るタイプだ。といっても、それが必ずしもいい結果を生んできたわけではないが。

そしてブルックのやり方も、彼女にとっていい結果を生みはしなかった。セスは精神科医ではないけれど、深刻な事件が起こりもしなかったと何カ月にもわたって思いこもうとしてきた結果をいま目撃しているのだということはわかっていた。

だが同時に、セスは感心もしていた。

自分の心と夢を大勢の人の前でこっぱみじんに打ち砕かれたこの女性が、それでも明るく快活に人生に向かっていることに感心した。ブルックはいまなお心と魂を結婚式の企画に注ぎこんでいる。愛する人といつまでも幸せに暮らすことは可能だという思いを捨てていないからだ。

「だけど、彼は刑務所に行かないの。司法取引して釈放された。だから心配なの……彼が連絡してくるんじゃないかって」ブルックはか細い声を出した。

セスの身がこわばった。その可能性は考えていなかった。いや、考えようとしていなかった。だが、それは充分ありうる話だ。ブルック・ボールドウィンのような女性を失った男が、彼女を取り戻そうとしないわけがない。そいつが詐欺師であってもなくても。

「それについてどう感じてる？」セスは声に緊張をにじませまいとした。

ブルックは吐息をついた。「それは……わからない。情けないわね？」

「そんなことはない」セスはブルックのほうに手を伸ばし、親指で手首の内側の柔らかな皮膚をさすった。「難しい状況だ」

「きっと、わたしをばかだと思ってるでしょうね」ブルックはうつむいてぼそぼそ言った。「気づかなかったなんて。彼が何者でどんな人間かわからなかったなんて」

「おい」セスはそっと言ってブルックの顔を自分のほうに向けさせ、腫れあがった目を見つめた。「自分を責めるのはやめろ。クレイ・バッタグリアは有能な詐欺師だ。大勢の人間をだましてきた。その中にはぼくが友人とみなす人間もたくさん含まれてる」

事実セスは、クレイを同僚、仲間、あるいは指導者と考えていた人々を知っている。彼らはクレイを信頼していた。彼の裏切りの衝撃は波紋を呼んだ。

とはいえ、ブルックにとっては波紋程度ではなかった。

大地震だ。

セスは詐欺を働いたことについてこの男を軽蔑しているが、目の前の女性を傷つけたことについては憎悪している。

身を乗り出して彼女の唇をとらえ、慰めのキスをしているあいだ、クレイが二度と彼女を傷つけないようにするための方法を考えて、彼は頭を激しく回転させていた。

ブルックがキスを返してくる。彼女が自分を頼ってくれたことに安堵しながらも、彼女が必死にしがみついてくる様子にセスは心を痛めた。

数分後、ふたりは荒く息をつきながら顔を離した。

ブルックが指でそっとセスの頰に触れる。「ありがとう。わたしが壊れたときそばにいてくれて」

「きみは壊れてない。ちょっとひびが入っただけだ」

ブルックは弱々しく微笑んだ。「自分は大丈夫だと思いこんでたの。どちらのほうが愚かかわからないわね。クレイの正体を見抜けなかったことか、それで自分が傷ついてないと思ったことか」

セスは顔を少し傾けてブルックの指に口づけた。「ほんのちょっとした切り傷だよ。それが永久に消えない痕を残すことはない」

ぼくが残させないようにする。

「彼には会いたくない」ブルックはセスにというより自分に向けて言った。「問題を避けてるだけなのかもしれないけど……謝る以外に彼になにが言えるのかわからないし、変に聞こえるだろうけど、彼に謝ってほしいとは思ってない。わたしにかまわないでいてほしいだけ」

「そうだな。いいニュースとしては、やつはまだ大陸の反対側にいる。それに、きみの言うとおり司法取引で釈放されたんだとしたら、保護観察下に置かれるだろうし、刑務所に入るのを避けるためにはＦＢＩによる何時間もの事情聴取を受けることに同意してるはずだ」

ブルックは疲れた様子で自分の額をこすった。「たぶんそうよね。いろいろ考えて、もう疲れちゃった」

彼女の世話をしたいという強烈な願望がセスを襲った。「家まで送るよ。ぼくのホテルまで」

お願いだ、イエスと言ってくれ。

ブルックは手を膝におろし、疲れた小さな笑顔を見せた。「うれしいわ」

セスは勝利の笑みを浮かべ、立ちあがるとブルックに手を差し伸べた。

彼女がてのひらを合わせてきた瞬間は……極上の瞬間だった。


数時間後、ブルックはジェットバスに入り、セスが自ら（マンハッタンの食料品配達サービスと食の専門テレビ局フード・ネットワークの指導のおかげで）手づくりしたマカロニ＆チーズを山盛り食べ、ワインをたっぷり飲んで、頭を枕に置いたとたんに眠りに落ちた。

ブルックの顔を覆うように毛布をかけてやりながら、セスはにっこり笑った。彼女が上掛けの下に深く潜りこむのを好んでいることは、すでによく知っている。

さっさとキッチンを片づけたらノートパソコンを起動して、今日の夕方、予定外にオフを取ったことでどれだけ仕事がたまったかを確かめるつもりだった。

ところが気がつけば、彼はベッドの端に腰かけ、組んだ両手を脚のあいだにおろして、クローゼットのドアをぼうっと眺めながら今日のショッキングなニュースについて考えこんでいた。

ブルックの元婚約者である詐欺師は、うまく立ちまわって刑務所入りを免れたという。セスはうなだれ、小声で悪態をついた。

クレイは西海岸から離れられないと請け合ってブルックを安心させたものの、セス自身はまったくそれを信じていない。

たとえクレイがカリフォルニアから出ることを禁じられているとしても、インターネットや電話は使えるだろう。ブルックに会うことができなくても、連絡は取れる。考えうるかぎり最も露骨で恥ずべき形でブルックの信頼を裏切った男は、最小限の努力によって再度彼女を傷つけることができるのだ。

それは許せない。

クレイがブルックに電話やメールをしてくるのを、セスが止めることはできない。ブルックの電話を盗聴はできないし、仮にできるとしても、そうするつもりはない。セスは単なるコントロールフリークであり、変質者ではないのだから。

ブルックが眠たげな声を出す。セスは顔をちょっと後ろに向け、彼女が上掛けの下で身をくねらせて丸くなるのを見守った。

胸が苦しい。指をくわえてなにもせずにいることはできない。大切に思う人が運命に翻弄されるのを放ってはおけない。

彼はしばらくベッドに腰かけたまま考えこんだ。

計画を練った。

クレイ・バッタグリアの行動をコントロールはできない。

だが、監視することはできる。

問題は……そうすべきかどうかだ。

目を閉じ、グラントに電話できればいいのにと思った。グラントなら役に立つ助言をしてくれるだろう。でも一週間前の口論以来、ふたりは仕事に関して無愛想に言葉を交わす以外はまったく口を利いていない。それに、たとえグラントが電話に出てくれたとしても、彼がどう言うかは予測できる。〝そんなことはやめておけ〟

ブルックがまたごそごそ動いて、セスのほうに寝返りを打った。膝がセスの腰にあたり、上掛けの下から顔が現れる。誰が自分の行く手を遮っているのか確かめようとしているらしい。

彼女は眠たげな笑みを見せた。「あら」

セスが微笑み返す。

「女性が眠ってるところを観察するのは変態っぽいわよ。わかってる?」

「カメラを持ってないかぎり許されると思ってたんだが」

ブルックはくすくす笑った。さっきまでのみじめな泣き声とは対照的な、楽しげな声。

その笑い声が聞ければ、ほかにはなにもいらない。そのときセスは悟った。

ブルックが二度と泣かないようにするためなら自分はなんでもする、と。

彼女がふたたび眠りに落ちて呼吸がゆっくりした規則的なものになるまで待ったあと、セスは忍び足でキッチンに戻った。

しかし皿を洗うのではなく、携帯電話を充電器から外し、リビングルームの向こうにある小部屋に入ってドアを閉じた。

そして電話をかけた。

一度めの着信音で、トミー・フランクリンは応答した。「ミスター・タイラー、なんのご用でしょう?」

「フランクリン。調子はどうだい?」セスはこれが通常のビジネスの取引であるかのように、落ち着いて冷静な口調を保った。世間話は省略した。

「上々です。仕事の進捗状況についてのお尋ねでしたら、前に申しあげたとおり、はっきりしたことがわかりしだいこちらからご連絡さしあげるつもりですが」

「実は別の用件なんだ」

「そうですか」

セスは深呼吸をして時間を取り、自らに考え直すチャンスを与えた。そのときブルックの涙が思い出された。

「考えてたんだが、きみは西海岸では仕事をしないのかな」単刀直入に言う。「あるいは西海岸にいるお仲間を推薦してくれてもいい」

「わかりました。なにをお望みですか?」

やめるなら、いまが最後のチャンスだぞ……。

セスはうつむいて額をごしごしこすった。そして先をつづけた。

「ある人間の行動を調べてほしい。クレイ・バッタグリアという名前を聞いたことはあるか？」

29

ブルックは数年にわたる経験によって、ウエディングプランナーにはふたつのタイプがあることを知った。

ひとつは自らの構想を実現しようとするタイプ――顧客が好もうと好むまいと自分自身の意見を通す強引なプランナー。といっても、結局はそれが功を奏することになる。なぜならプランナーの構想は顧客の考えより優れているからだ。

もうひとつは顧客の構想を実現しようとするタイプ――顧客の希望に耳を傾け、なんとか方法を見つけてそれを実行するプランナー。

ブルックは後者だった。常に顧客に喜んでほしいと思っている。すばらしい会場や趣のある小さな教会を確保して花嫁の夢をかなえたとき、あるいは花嫁の理想とするドレスを見つけたときほど、うれしく感じることはない。

その上で、自分と花嫁の希望が一致するのであれば、内輪の小規模な祝宴にするのもいいと思っている。

マヤ・タイラーの結婚式のケースがそうだった。

仮にブルックとセスが……こんな関係になっていなかったとしても、マヤとニールの結婚式はブルックが企画した中でもとくにお気に入りとして記憶に残るだろう。

マヤは披露宴会場としてハミルトン・ハウスを選んだ。数週間前ブルックがセスに見せたこのすてきな場所に、手付金を払ったところだ。自分とマヤのどちらが興奮しているのか、ブルックにはわからなかった。セスすら、少しわくわくしているように見える。結婚式への期待に胸躍らせているとまでは言えないにしろ、異議は唱えなくなった。

いまのところ、ブルックはセスに関して仕事と私生活をなんとか切り分けている。以前合意したとおり、大規模な出費を伴うことはセスに報告している。しかし、そういう週ごとの進捗報告以外では、ふたりはめったに結婚式の話をしない。

これが完璧な状況というわけではない。女性としてのブルックは、妹が自分の認めない相手と結婚するという事実をセスがどう受け止めているのかが気になる。でもウエディングプランナーとしてのブルックは、公私の線引きが重要であることを知っている。企画中のほかの結婚式についてたまに寝物語で口にすることはあっても、マヤの結婚式の話はぜったいにしない。

マヤといえば……ブルックは腕時計で時間を確かめた。約束の時間からすでに十五分が過ぎている。それ自体は珍しくない。マヤはたいてい遅刻するのだから。けれど、ふだんはメールで連絡をよこす。

そのおかげで、ブルックはお気に入りの場所でしばらくひとりで過ごすことができたが。今日ここでマヤと会うのはレイアウトを話し合うためだ。自分ならどうしたいかは、もう決まっている。生バンドのための狭いステージを壁際に設置する。ステージの前はダンスフロア。お祭り気分を味わえるだけの面積は確保するが、威圧感を与えるほど広くはしない。反対側の隅には窓に沿ってバーカウンターを設置し、招待客がシャンパンやマティーニを待つあいだブルックリン橋を眺めていられるようにする。

マヤとニールは結婚式の日取りを十二月初旬としていた。マヤはまだ色のテーマを決めかねているけれど、ブルックはクリスマスに合わせて金と白にしてくれるよう祈っている。あらゆる場所でライトがきらめき、何本もの木には輝く金色のオーナメントが飾られる。泡立つシャンパンの優美なフルート形グラスにはカップルのイニシャルをかたどった美しいグラスマーカーをつけ、ちょっと食用金箔をあしらっても……。

ドアがバタンと閉じる音がしたので、ブルックは白昼夢から目覚めて振り返った。マヤとニールがいると思っていたら、その代わりに……マヤとグラント？

「あら、こんにちは」彼女は驚きを巧みに隠して挨拶した。

グラントがついてきたのは、今回が初めてではない。婚約に伴ってマヤとグラントとのあいだに生まれた緊張は、すでに消えていた。少なくともグラントは心底楽しそうな表情を張りつけることに成功していた。ケーキの味見のときも、花選びのときも、何十ものケータリング業者のミートボールを比較検討するときも、彼はにこにこ顔で冗談を飛ばしていた。ニールは不在のことが多く、マヤは男性の理性的なご意見番としてセスでなくグラントを選んだらしい。マヤは男性のものの見方を取り入れるのは価値のあることだと言い張っているけれど、ブルックには、彼女は単にグラントと一緒にいるのを楽しんでいるのだと思えてならない。

だからグラントが来たこと自体に驚いたわけではない。けれどもマヤは、今日は必ずニールが来ると言っていた――彼は頻繁に出張しなければならなかったのを後悔していて、結婚式の企画にもっと積極的にかかわりたがっている、と。まあいい。正直に言うなら、ブルックもニールよりグラントと一緒にいるほうが気楽なのだ。

ブルックは笑顔で広いがらんとした部屋を横切り、ふたりのもとに向かった。ところが近づいて彼らの表情を見たとたん、笑みは消えた。

なにか変だ。

マヤの微笑みはわざとらしく、目にはほんの少し動揺が見える。ポニーテールはいつものようにきちんと上品にまとめたというよりは、あわててぞんざいにつくったようだ。

グラントは一瞬暗い顔になったあと、長身を屈めてブルックの頬に軽くキスをした。「やあ、ブルッキー」と小声で言う。いつもの挨拶だけれど、ふだんの楽しくおどけた口調ではない。ブルックの見慣れた陽気なグラントとはまるで別人。マヤと同じくらい困惑した様子だった。

「どうしたんですか？」ブルックは万事問題ないというふりをしようとはしなかった。どう見ても問題がある。

すると、マヤの笑みがますます大きくなった。ますますつくりものっぽく。「ニュースがあるの！」

グラントが歯ぎしりをするかのように顎をこわばらせたのを、ブルックは目の端でとらえた。マヤのニュースがなんであれ、彼はそれを気に入っていない。

「まあ、なんでしょう？」ブルックは花嫁をなだめるためのとっておきの口調を用いた。ここに椅子でもあればよかったのだが。マヤはいまにも崩れ落ちそうだ。

「結婚式の日取りが変わったのよ！」マヤの大きすぎる宣言の声は部屋じゅうに響き渡った。ブルックは驚きながらも安堵した――彼らの表情から、もっと悪いことを予想していたのだ。

「あら、そんなの問題ありませんわ」マヤの手に触れる。「日取りの変更なんてしょっちゅうあることですから。十二月はちょっと騒がしいとお考えですか？　晩秋の式にしてもいいですし、やはり冬がいいのなら一月にもできます」

グラントは頬の内側で舌を動かしながら視線を天井に向けた。マヤは依然としてぼうっとブルックを見ている。ブルックの驚きはパニックに変わった。

「どうなさったのですか？」

するとマヤは目をそらし、代わりにグラントがブルックの視線をとらえた。「三月だ。結婚式を三月にしたいらしい」彼のそっけない発言は抑揚がなく無感情だった。

「三月！」ブルックは思わず声をあげた。「それは……来月ということですか？」

マヤがうなずく。ついに下手なつくり笑いが崩れた。「ニールと……話し合ったの。いろんなことに時間がかかりすぎてるし、彼は――わたしたちは――思ったの。結婚するのにそんなに長く待ちたいのか、って」

ブルックの頭の中はぐるぐる回っていた。これはよくない。いままでこういう状況で仕事をしたことがないわけではない。日取りの大幅な変更は一般的ではないにしろ、前例がないわけでもない。予想外の妊娠や親の病気などは多くの場合スケジュールの変更を招く。カップルが式の計画に伴うごたごたを嫌ったり、財政状況の変化のため予定より簡素な式にせざるをえなくなったりするケースもある。

だが、今回はそういうのとは別の事情が介在するとブルックの本能が告げていた。

しかも、結婚式まではあと一カ月しかない。

それは早すぎる。確かにスピードは金で買えるし、タイラー家にとってたいした痛手にはならない。でも……。

ああ、どうしよう。

財布の紐を握っているのはセスだ。いくら彼が結婚式について多かれ少なかれ観念しているとしても、この変更にいい顔をしないのはわかっている。

兄に話したのかとマヤに尋ねたくてブルックはうずうずしたけれど、いまはセスとニールの対立を話題にすべきときではない。大事なのはマヤがわっと泣きだしそうなことだ。

「三月に式が挙げられるようにすることはできます」ブルックはマヤの腕をさすり、なだめるように言った。「でも、お尋ねしないわけにいかないのですけれど……あなたもそれで納得しておられるのですか？」

マヤはかすかに震える手で、こめかみに落ちた髪の毛を払った。「ニールは言ったの。わたしがほんとに彼を愛してるなら、大切なのは結婚式じゃなく、そのあとの結婚生活のはずだって」

ブルックにはグラントのうなり声が聞こえた気がした。彼女自身もうなりたい気持ちだ。なるほど、結婚式にばかり気を取られて、互いの関係に目が向かなくなるカップルも存在する。でもマヤは結婚式に取り憑かれてはいない。結婚式を大切に思ってはいても、しっかり現実を見据えている。式を挙げたい理由をちゃんと自覚している。

ニールと結婚したいからだ。

ところが、ここにいるのはグラントだった。

ふむ。

「ニールはどこですか？」ブルックはやさしく尋ねた。

「出張中」マヤが答える。「ダラスだと思う。ヒューストンだったかしら。アトランタかも。思い出せない——彼は忙しく飛びまわってるから」

グラントが近づいてマヤの背中に手を置く。マヤは顔をあげず、微笑みもしなかったけれど、ブルックはマヤの体から緊張が少し抜けるのを見た気がした。

「無理に変えなくてもいいんだよ」グラントが言った。

するとマヤは肩をこわばらせ、グラントから一歩離れた。やや険しい表情になる。「そうしたいの」

「マヤ、きみは小さいときから夢の結婚式を挙げたかったんだろう。なのに、ほんの一カ月であわただしく準備することになっていいのか？」

「ブルックがすてきな式を考えてくれる」マヤの目がブルックに向かった。「でしょ？」

マヤの請うような口調にブルックの胸は痛んだ。「もちろんです」

当然、そのためにはいろいろと妥協が必要になる。でも、いまそれを言ってもしかたがない。

「来月だとしても、ここは使える？」マヤは部屋を手で示しながら期待をこめて尋ねた。

「確認します」ブルックは手帳を取り出して書き留めた。「この建物は修復が終わったばかりですし、まだ予約は入ってないと思います」

マヤはほっとして肩の力を抜いた。とはいえ、口元のこわばりや目に浮かんだ悲しみをやわらげることはできなかった。

事態はよくない。実に悪い。

「あとひとつ、お願いしたいことがあるの」マヤは言った。

「なんでもおっしゃってください」ブルックは顔をあげることなく手帳に書きこみをつづけた。

「わたしに代わって兄に話してくれない？」マヤは声を落として哀願した。

その瞬間、事態は〝悪い〟から〝もっと悪い〟に進行した。

30

セスは会議の合間にエッタのデスクに立ち寄り、彼女が備品納入業者との電話を終えるのをじっと待った。

エッタが腕組みをして身を乗り出す。「あんなにすてきな恋人がいらっしゃるんですから、もっと笑ったらどうですか」

「ああ、恋人がここにいれば笑うよ」セスはささやいた。「しかし頭痛がする上、会議があと八時間つづくときは渋面にもなる」

エッタはやれやれという顔でデスクの引き出しを開けて中を探り、三種類の薬瓶を取り出した。「緊張性頭痛、偏頭痛、それとも蓄膿？」ひとつずつを指さして言う。

「全部くれ」

「緊張性ですね」エッタは真ん中の瓶を取った。「間違いなく緊張性頭痛だわ」

楕円形の錠剤二錠をセスが出したてのひらに置き、自分の水のグラスを押しつける。頭の疼きがあまりにひどかったので、セスは自分のグラスを取りにいこうともせず、彼女のグラスを受け取った。錠剤を喉に流しこんで首筋をさする。「恩に着る」

「やっぱり、あの人は恋人なんですね」エッタは得意げににやりとした。

「なんだと？」

「わたしはブルックを恋人と呼びました。あなたは反論しませんでした」

「女とつまらない言葉遊びをしたかったら、高校生のままでいたよ」セスは自分の部屋に向かった。

「バレンタインデーになにかお贈りになりました？」エッタは後ろから呼びかけた。

それに応えてセスはバタンとドアを閉めた。

一週間前、セスはたしかにブルックに贈り物をした。〈イレブン・マディソン・パーク〉〈ウエディング・ベルズ〉に花とチョコレートを届け、にディナーの予約を入れた。

それは驚くべきことではない。

驚くべきなのは、彼がそれを自ら望んで行ったことだ。各段階を大げさなほどに演出したかった。そして努力はブルックの笑顔によって報われた。

そのあとの感動的なセックスによっても。

彼がブルック・ボールドウィンにすっかり惚れている状態に危険なほど近づいているという事実は否定しえない。

セスは椅子に座りこんで頭を後ろに反らした。目を閉じて、まだ返信できていない数通のメールに対処できるよう早く薬が効くことを祈った。

なのに数分後携帯電話が鳴ったとき、厄介な頭痛はまだ消えていなかった。着信拒否するつもりで、スーツの上着の内ポケットから電話を出す。だが発信者名を見て手を止めた。

トミー・フランクリン。

私立探偵。

セスの脈拍が激しくなった。緊張からであればいいと思ったが、実際には不安からだったのだろう。

「タイラーだ」セスは応答した。

「ミスター・タイラー、トミー・フランクリンです。いまよろしいですか？　とくにお約束はしてませんでしたけど、具体的な事実がわかりしだい報告するようにとのことでしたので」

心臓が早鐘を打ちだし、セスはごくりと唾を飲んだ。「うん。大丈夫だ」

「ありがとうございます」トミーの口調は、セスが仕事のときに聞き慣れているビジネスライクできびきびしたものだ。それを聞くと胸のざわめきが静まった。少しだけ。

「もちろん、きちんとした報告書はメールでお送りします。パスワードで保護した文書ファイルの形で。しかし、ハイレベルな発見については電話のほうが説明しやすいこともあります。当然ながら、なにかご質問があれば――」

「フランクリン」セスは遮り、痛みの止まらない額をさすった。「さっさと言ってくれ。ぼくは、大切な妻が牛乳配達人と寝てるかどうかを聞こうとしてる愛に溺れた夫じゃない」

「どっちから始めます？」

「ギャレットだ」

「ギャレットは本名じゃありません。それをいうならニールも。本名はネッド・アロンゾ。

母親はキャサリーン・アロンゾ、ニューメキシコ州アルバカーキで美容師をしてます。父親はジョージ・アロンゾとなっていて、ネッドが十代のとき交通事故で死にました。といっても、その前から同居はしてませんでしたが」

セスは大きく息を吸った。やはり直感は正しかった。ニール・ギャレットは本名ではなかったのだ。

もちろん、名前を変えるだけならそれほど悪いわけではない。やつは単に、みじめな過去と決別して人生をやり直したかっただけかもしれない。あるいは――。

「ギャレット、あるいはアロンゾは、八十万ドルほどの負債を抱えてます」

その瞬間、セスは頭の痛みを忘れた。突然胸が激しく痛んだからだ。「ちょっと待て。八十万ドルだと？ 百万に近い借金があるわけか？」

「ギャンブル依存症です。国じゅうあちこちのカジノで小さく賭けてるあいだはよかったようです。たぶん趣味として賭け事を始めたんでしょう。で、ベガスで大きく儲けられると考えた。最初は合法的なギャンブルでした。大物と知り合い、大型リゾートホテルで高い賭け金のカジノに出入りできるようになった。しかしそこで大きく負けて、取り戻そうと違法ギャンブルに手を出した」

「だが取り戻せなかった」

「そうです」

「いつごろの話だ？」

「大損したのがですか？　違法ギャンブルを始めたのは八カ月前で、そこから急激にエスカレートしてますね。ある胴元の取り立て屋にぼこぼこにされたあと、間もなくニューヨークに向かいました」

「そこでぼくの妹に会った」

「そうです。ここからが大事なところですから、心して聞いてください」

「もっと悪くなるのか？」

「あなたにいただいたミズ・タイラーお気に入りのリストにある店のいくつかで、監視カメラの映像を見せてもらうことができました。地元の〈スターバックス〉、ワインバー、女友達とよくランチに行くレストラン。〈スターバックス〉で列の後ろに並んで初めて妹さんに接触する前、二週間近くにわたって、やつはそういう店々に顔を出してます」

「なんてことだ」

「録音はされてないので、音声による証拠はありません。だからわたしとしては、これは偶然だという可能性もあるとご報告せねばなりません。しかしプロとしての意見では……」

「偶然ではなかった」セスはうんざりと先をつづけた。

「と思います。この男は早急に金を手に入れる必要があった。妹さんは資産家だ。ギャレットは妹さんをうまく利用したんです。それと、やつが買った高価な贈り物の一部についても調べてみました。宝石、豪華な食事、デザイナーズアクセサリー……それらはすべて、ミズ・タイラーのクレジットカードのひとつで支払われています」

「ちょっと待て、マヤは自分がもらった贈り物に金を払ったのか？」

「ご本人はご存じないと思います。ニールに出会うまで、そのカードは数カ月間使用されていませんでした。わたしの推測では、やつは財布かドレッサーか古いハンドバッグで見つけたカードをスキミングしたんでしょうね」

セスは自分の顔をごしごしこすった。こういうことだと思っていた。直感でわかっていた。とはいえ、間違っていたほうがよかったのだが。

「やつは妹の金で借金を清算するつもりだ」

「そうです。あとひとつ、悪いニュースがあります」

セスは面白くもない笑い声をあげた。もちろんあるだろう。「話せ」

「ギャレットが出張しているという日付を教えてくださいましたね」

「ああ」

「それは仕事の出張じゃありませんでした。行くと言った場所への飛行機のチケットは買ってます。信憑性を高めるために。しかし毎回、同じ日にラスベガスへのチケットも買っていました。どちらの飛行機に乗ったかはおわかりですね。毎回」

「くそっ」

「まさしく」

しばらく沈黙がつづいた。フランクリンは、顧客にはいま得た情報を消化する時間が必要であることを察知したようだ。

「もっと深く調べたほうがいいですか？　ほかの女の影は見つかりません。慰めになるかどうかわかりませんが」

「ならないね」セスがそっけなく答える。

探偵は鼻を鳴らした。「だと思いました」

「いい情報だった」セスは小声で言った。「そんなことを聞きたいわけではなかったが、それでも……ご苦労だった」

「仕事ですから」フランクリンは事務的に言った。

「きみの仕事には、このささやかな知らせを妹に伝えることは含まれてないのか？」

フランクリンは追従するように小さく笑った。「実のところ、そういう質問をしてきたのはあなたが初めてじゃありません。他人の悪いニュースを届ける仕事をしたら大儲けできそうですよ」

「だろうな」こんな知らせをどうやって妹に伝えればいいのかと考えると、セスの頭痛はますますひどくなった。

「もうひとつの報告もお聞きになりますか？」

もうひとつの……？

ああ、そうだった。

ギャレット――でなくアロンゾ――のことで頭がくらくらしていたため、セスはフランクリンにクレイ・バッタグリアの消息についても調べさせていたのを忘れかけていた。

「ああ、頼む」なんとか声を出す。

「残念ながら、こちらについてはあまり詳しくわかっていません。もちろん、やつが逮捕されたことや犯した罪についての情報はあふれていますが、司法取引の詳細はＦＢＩががっちりガードしてます。突き止められたのは、やつが今後六カ月間は自宅軟禁されるってことです。つまり、当面ニューヨークには来ません。軟禁が解かれたあとも、一年間は保護観察下に置かれます。電話、メール、ツイッターなどはすべて監視され、トイレに行く時間まで記録されます」

「刑務所暮らしとほとんど変わらないな」セスはつぶやいた。

「やつがミズ・ボールドウィンと接触するつもりかどうかは不明です。しかしわたしのみるところ、それはないと思います」

「どうしてだ？」探偵がまずまずいい知らせをひとつはもたらしてくれたことを、セスはありがたく思った。

「やつは婚約したからです」

セスの顔がぱっとあがる。「なに？」

「相手はジュリア・シャーナという、犯罪者の追っかけです。毎日拘置所に面会に行ってました。やつは司法取引で釈放された日に求婚しました。意外にもマスコミはまだこの事実をつかんでませんが、ばれるのは時間の問題でしょう。女はでっかい宝石のついた指輪をはめて、引っ越し用段ボール箱を持って自分の部屋とやつの部屋をせっせと往復してます」

セスは崩れ落ちるように椅子に座りこんだ。エッタにもらった薬のおかげで頭の痛みは少し引いたというのに、いまはまったく別種の痛みに襲われている。

妹を思って。

ブルックを思って。

痛みにつづいて、最低男ふたりに対する猛烈な怒りがわき起こった。彼らは苦しめたのだ、セスが愛する女性たちを――。

大切に思う女性たちを、と心の中で訂正する。ブルックを愛しているはずはない。

いや、愛しているのか？

いまは言葉のあやについて考える場合ではない。ブルックの元婚約者が接近してこないであろうことへの安堵感よりも、やっと別の女性との電撃婚約の知らせがブルックを傷つけないはずがないという思いのほうが大きかった。

その予想は間違いであってほしい。セスは私立探偵に残金の支払いを約束し、骨折りに感謝を示して、さっさと通話を終わらせた。

電話をデスクに置いてこれからどうすべきかを考えようとしたとき、ノックの音がした。

デスクに肘をついて頭を抱え、入るよう秘書に怒鳴る。少なくともセスは、ノックしたのはエッタだろうと思った。もしもあの気弱なジャレドだったとしたら……。

「お邪魔だった？」

セスは目をあげた。それはエッタでもジャレドでもなかった。

ブルックだ。

「やあ」セスは言ったが、自分の声が少ししわがれているのに気づいて顔をしかめた。

「エッタに聞いたんだけど、体調が悪いの？」ブルックはドアを閉めて部屋に入ってきた。今日の彼女は、曲線美を際立たせるジーンズの上から膝丈の茶色いブーツを履き、目をいつもよりさらに明るく見せる青い柔らかそうなセーターを着ている。

ああ、彼女は美しい。

「ただの頭痛だ」セスは立ちあがり、デスクの前まで回って、ブルックの頬にキスをした。

ブルックは彼が顔を引く前に手を彼の頬にあて、目を細くして表情を観察した。「単なる頭痛じゃないわね。なにか問題？」

すべてだ。

すべてが問題だ。

妹はギャンブル依存症のペテン師と結婚しようとしている。ブルックは、結婚するはずだった男が彼女に連絡を取って謝罪するよりも別の女性と結婚することを選んだという事実を知ろうとしている。

「長い一日だった。それだけだ」セスは横を向いた。

ブルックは唇を噛んだ。そのときセスは、いつもと様子が違うのは自分だけではないことに気づいた。ブルックもふだんよりぴりぴりしている。

一瞬彼は、トミー・フランクリンが間違っていて、クレイと犯罪者追っかけとの婚約のニユースがもう広がっているのかと思った。

いや、違う。ブルックは打ちひしがれているというより、神経をとがらせている。

「ちょっと一緒に座って」彼女はセスの手を取ってカウチのほうに引っ張った。最近〝ふたりの場所〟のようになりつつあるカウチだ。この部屋を使うようになってからカウチにはほとんど手も触れていなかったのだが、近ごろは頻繁に使っている。

セスは残念そうに腕時計に目をやった。「だめだ。あと四分で会議が始まる」

「エッタが会議の時間を変更してくれてるわ」

セスが目をぱちくりさせる。「なんだと？　どうしてだ？」

ブルックは見るからに大きく息をついた。「あなたに言いにきたことを、エッタにも話したから」

セスの体を侵食しつつあった疲労が吹き飛び、彼は高度警戒態勢に入った。「話してくれ」

ブルックは引きつった笑顔を見せ、カウチまで来て腰をおろした。「とりあえず座りましょう」

セスもためらわなかった。こめかみの疼きが戻ってきた。今日のような厄介な日には、薬などなんの効き目もない。

「話してくれ」彼は繰り返した。

「強引な人」ブルックはそうつぶやくと立ちあがり、今度はコーヒーテーブルの向かい側に移動した。セスは自分が腕組みをしていることを意識しておらず、ブルックがその姿勢を真似して初めて気がついた。

怖い顔になっていることはなんとなく自覚している。しかし、どうしたらリラックスできるのかまったくわからない。どうしたら緊張を解けるのか、恐怖心を静められるのか、ブルックの顔から警戒心を消し去れるのかも。とにかくすべての事実を知りたい。まわりの人々から真実を隠されたり、腫れ物にさわるように扱われたり、嘘をつかれたりするのは、もうやめてほしい。

「ブルック、お願いだから言ってくれ――」

「マヤとニールは結婚式を早めたわ」

セスは身じろぎもしなかった。「なんだと?」

ブルックはそわそわと唇を舐めながらも、彼の険しい顔から目をそらさなかった。「結婚式は三月になったの」

「三月?」セスは怒鳴った。「いまは二月の末だぞ」

「ええ、そんなのわかってるわ」ブルックが冷たく言う。

「ちくしょう。あのくそ野郎の計略だな。もちろんきみは断ったよな。マヤは動揺したか? だが少し時間をやれば落ち着くだろう。しかし信じられないな」

「断ってないわ」

セスは目を細めた。「どういう意味だ? ほんの一、二週間で結婚式の準備なんてできるはずないぞ」

「できるわ、もちろん」

「いや、だめだ！　そんなに早めるのは許さない」

「あなたが決めることじゃないでしょ」

「ぼくが決めることだ。支払いをするのが誰か忘れたのか？」

「忘れてません」ブルックはぴしゃりと言った。「一分たりともね。あなたが常に思い出させてくれるんだもの。だけど百万回も言ったように、わたしの第一のお客様は結婚するカップルよ。ふたりが三月に結婚したいのなら、いつまでも幸せに暮らせるようにしてあげるのがわたしの仕事。まあ、いつまでかを決めるのは結婚する本人だけど」

セスはうなって両腕をいったん体の脇におろしたあと頭の後ろで組み、乱れる感情を沈静させようとした。「本気か？　いつまでも幸せに暮らす？　まだそんなたわごとを信じてるのか？」

傷ついた表情が一瞬ブルックの顔をよぎったものの、すぐさまいら立ちがそれに取って代わった。「ええ、信じてるわ、そんなたわごとをね。人間の内面はくそだってあなたが考えたがってるのはわかってる。でもそれは間違いよ。人間は善良だし、ハッピーエンドを迎えることは可能なの」

「よく言うよ、詐欺師に向かって教会の通路を歩いていったくせに」セスはひとりごとを言った。

だがあいにく、それを聞いたのはひとりではなかった。

ブルックは息をのみ、殴られたかのように身を縮めた。

「くそっ。ブルック、悪かった、本心じゃないんだ」

「いいえ、本心よ」ブルックは背筋を伸ばした。自分の身を守るように腕組みをしているが、その姿勢にはたっぷりの怒りも含まれている。「あなたは本心から言ったの。認めなさいよ。思ってることをぶちまけて。わたしがクレイとのことで過ちを犯したから、妹さんもニールとのことで過ちを犯してると思ってるんでしょ？　そんなの人間不信だわ」

「そうだ！」セスも怒りを爆発させた。「そう、まさに人間不信だ。しかし、この人間不信の考え方は正しい」

ブルックはうんざりした顔になった。「やめてよ」

セスは深呼吸をして気持ちを落ち着かせた。「きみが聞きたくないのはわかってるけど、ほんとうにぼくが正しいんだ。ニール・ギャレットの本名はネッド・アロンゾ。ギャンブル依存症で、そのために百万ドル近い借金がある。やつにとってマヤは、借金を手っ取り早く返済するための金づるにすぎない」

ブルックは愕然とした。「どうして知ってるの？　彼が告白したの？」

セスは鼻息を吐いた。「するわけないだろう？　きみと妹がニューヨークじゅうを駆けまわってドレスを試着したりケーキを試食したりしてるあいだ、やつはベガスで遊んでたんだぞ」

ブルックの目が警告するように細くなる。「そのことをわたしに話すつもりはあったの？」

セスはため息をついた。「いや。それが判明したのはついさっき、きみが部屋に入ってくる直前だ。ぼくはまだ、どうしようかと考えてる途中だった」

「判明したってどういう意味？　なぜ判明したの？」

こうなったら正直に言うしかない。

「人を雇った」セスは罪悪感を表に出すまいとした。「人を雇ってニールを調べさせた。ネッドか。なんでもいいが」

ブルックの口がぽかんと開く。「冗談でしょ」

セスは首を横に振り、両手をポケットに突っこんだ。

「わかった」ブルックはなんとか理解しようとしているようだ。「わかったけど、せめてマヤは知ってると言ってよね。妹さんに黙って、勝手に婚約者を調べさせたりしてないって」

彼は無言でブルックを見つめた。

「もう、なんてことしたの」ブルックは息を吐いた。「あなたはわたしとマヤがなにもわかってないと思ってるんでしょうけど、あなたこそなにもわかってないわ」

セスはその発言を無視した。「妹を守るためだ。調べてよかった。もしぼくが突き止めてなかったら、マヤは自分を愛してない男、財産を巻きあげて自分を不幸にする男と結婚してたんだぞ」

「マヤの人生でしょ。過ちを犯すかどうかも含めて、マヤ自身が決めるのよ」ブルックがそっと言う。

「しかし――」

「〝しかし〟はないの」ブルックはテーブルを回りこんでセスと顔を合わせた。「ニールについてのあなたの疑いは正しかった。それは認める。だけどあなたがしたことは、どう考えても間違ってる。彼女に黙ってこそこそ動きまわる？　あなたは神様じゃないのよ、セス」

「じゃあ、どうすればよかったんだ？　妹が傷つくのを黙って見てろと？」

「わからない」ブルックはうんざりと言った。「そうなのかしら？　もちろん真実を知ってしまった以上、マヤがなにも知らないまま彼と結婚するのは許せないわ。でもあなたは最悪の方法で干渉したのよ」

「マヤを愛してるからだ」

ブルックは否定した。「そんなものは愛じゃない」

セスは凍りついた。彼女の言葉は、グラントが二週間前に発したのとそっくりそのまま同じだった。セスが誰よりも大切に思う人間のうちふたりが、一言一句たがわぬ言葉で、セスは人を愛するすべを知らないと指摘したのだ。

彼は愛がなにかをわかっていないと。

悔しいが……悔しいが、そう言われるのはつらかった。その発言は血に飢えた野獣のごとく彼の心をずたずたにした。なぜならいまのセスは、自分は人を愛することができない男だと感じていないからだ。

いま目の前に立って嫌悪と哀れみのまなざしで彼を見ている女性への愛が、体じゅう隅々に満ちあふれているのだから。

ああ、もうだめだ。彼女のことはあきらめろ。ブルックは彼を冷血だと思っているのか？　だったら真の冷血人間がどういうものか教えてやろう。

「で、きみは愛がなんたるかを知ってるわけだ。熱々の幸せを味わった経験があるからな」

ブルックはきまり悪がったり恥ずかしがったりすることなく顔をあげた。たいしたものだ。

「ええ。あるわ」

「クレイ相手に」

ブルックはしばし躊躇したあとうなずいた。「ええ。明らかな理由があって、わたしとクレイはいい終わり方をしなかった。それに彼は……彼は善人じゃなかった。でも彼がわたしを大切に思ってたことについては、一瞬たりとも疑ってない。彼は愛するというのがどういうことかを知っていた。だって、わたしはそれを感じたから」

「へえ、そうなのか？」セスは意地悪く尋ねた。「だったら、やつがどうしてほかの女と婚約したのか教えてくれないか？」

ブルックは動かなかった。まばたきひとつしなかった。「なんですって？」声が震え、咳払いをして再度尋ねた。「なんですって？」今回は明瞭な声で。

セスは束の間パニックに陥った。いまの言葉を取り消したい。生涯でこれほど強くなにかを願ったことはない。三十秒、いや三十分人生を巻き戻したい。自分の身を守るため勝ち目のない攻撃に出ようとする傷ついた動物みたいな愚かな振る舞いを取り消したい。セスはもっと進化した生き物のはずだ。

しかし、もう言葉は口から出てしまい、取り消すには手遅れだ。いや、取り消したいかどうかも定かでない。いずれは告白しなければならないし、それならいますればいい。どうせブルックはすでにセスの性根を嫌っているのだから。それならいっそ、一気に絆創膏をはがすように傷口をあらわにすればいい。そこから挽回のチャンスが生まれるかもしれない。

「どうしてわかる……ああ、そんな」ブルックは気づいて暗い目でセスを見つめた。「あなたが雇った私立探偵。その人にクレイのことも調べさせたのね」

セスはうなずいた。

「信じられない」ブルックは吐き捨てるように言った。「あなたって本気で、事業をコントロールするのと同じように人間もコントロールできると思ってるのね。権力の誇示と愛情表現とを同一視してるんだわ」

「きみを守ろうとしたことについて謝るつもりはない」セスはぎこちなく言った。

「マヤについては？　彼女には謝るつもり？」

「ああ」セスはむすっとして答えた。「妹もしばらくは腹を立てるだろうが、あの男とは結婚せずにすむ」

「つまり、あなたは求めるものをすべて手に入れるのね」ブルックは静かに言った。「すべてがあなたの希望どおりになる。思いどおりに、すべてがあるべきところにおさまる」

「すべてじゃない」セスは即座に否定し、ブルックのほうに手を伸ばした。だが彼女があとずさったので手をおろした。「きみに去られたら、求めるものすべては手に入れられない」

理解してもらえることを願ってブルックの目を見つめる。一瞬なにかがその目をよぎるのが見え、セスの中で熱く強い希望がふくらんだ。

「あなたはわかってないのよ、セス」ブルックの声が高くなった。「あなたはなにもわかってない。あなたはわかってないのよ、クレイがしたことと変わらない。わかる？　合法的ではあるでしょう。だけど、あなたも彼と同じで真実をわたしに隠した。あなたが実際とは違う人間だとわたしに信じさせた。わたしを傷つけたのよ。クレイと同じように。いえ、もっとひどいわ」

セスは心がふたつに引き裂かれたように感じた。「ブルック、そうじゃないんだ。ぼくは知りたかった……知る必要があった、きみに危険はないって」

「大事なのは、あなたになにが必要かってことだけじゃないのよ！」ブルックは叫んだ。

「あなたは、大切に思う人間のために行動してるつもりなんでしょう。だけど実は自分を守ろうとしてるだけ。まわりのものすべてをコントロールしたいという身勝手な衝動に駆られてるだけ。だから、あなたが心から大切に思ってるなんてことを信じてもらえるとは期待しないで」

「ほんとうに大切だ」セスの声が上ずる。「きみのおかげでぼくは、ハッピーエンドは存在すると信じるようになった。だからぼくは――」

「やめて。もうやめてよ。たしかにハッピーエンドは存在するわ。あなたのせいでその信念を捨てる気はない。だけどセス、わたしのハッピーエンドの相手はあなたじゃない。それだけははっきり言っておくから」

ブルックは背を向け、セスはみじめな気分で黙って目を閉じた。

やっとセスが言葉を見つけたときには、ブルックはすでにドアの前まで行っていた。「ぼくがそんなことをした理由を話したら、許してくれるか？」彼は絶望を感じつつ彼女の後ろ姿に呼びかけた。「探偵にクレイのことを調べさせた理由を話したら？」

ブルックは足を止めたものの振り返りはせず、次の言葉を待った。

「きみを愛してるからだ」

でも彼がようやくその言葉を口にしたとき、ブルックはとっくに姿を消していた。

31

「ブルック？　まだいたの？」

「ええ」ブルックはパソコンの画面から顔をあげることなく返事をした。目は、最新の顧客のためにワインとチーズをテーマにしたお祝いパーティの構想のヒントになるものを求めてピンタレストを見ていた。

まさにブルックの得意なところだ。

とくにワインの部分は。とくに最近は。

ヘザーがブルックの部屋に入ってきて椅子に座りこみ、ハーシーのキスチョコを勝手に食べはじめた。そんなにたくさん残っているわけではない——最近のブルックはふだんの二倍の速度で消費している。チョコレート、カベルネワイン、そしてセス・タイラーのせいで、早死にへの道をまっしぐらに突き進んでいる。

「今夜最悪なのは、わたしひとりじゃないみたいね」ヘザーが言った。

「遅くまで働くのが最悪だとは思わないわ。仕事は大好きだもの」

「ねえ、いまは八時半よ。金曜日の」ヘザーは鋭く指摘した。

ブルックは吐息をついた。そう。たしかに最悪かもしれない。でもこの二週間、彼女の壊れかけた心を支えてくれるのは仕事だけだったのだ。

クレイの婚約に関して、セスのスパイの情報は正しかったようだ。相手はよりによって、拘置所にいるあいだに会った女性らしい。

それだけではない。彼らは駆け落ちした。駆け落ちという表現が正しいかどうかは知らないが、会って間もない人間同士が役所に駆けこんで正式に結婚したのだ。ニュースはブルックがセスのオフィスから飛び出した数時間後にはネットに出まわり、カリフォルニアの両親や友人から、善意だが胸の痛むメールや電話が山のように届きはじめた。

役所で結婚式を挙げること自体に異議があるわけではない。そうするのが適切だというカップルがいることは承知しているし、彼らの決断は立派だと思っている。ただ、そうしたカップルのひと組の片方と自分が結婚する寸前だったことが許せないのだ。

といっても、彼女を悩ませているのはクレイの電撃結婚ではない。プライドは傷ついたけれど、心は傷ついていない。

心痛の原因は、クレイと付き合った何分の一かの期間しか付き合っていないのに、なぜか二倍も好きになってしまった男性だ。

セスの名誉のために言っておくと、彼は電話をしてきた。何度も。ブルックが立ち去ったあと数日間、彼はブルックに無視されながらも電話やメールや花を送ってきた。

でもブルックは何日たっても反応を示さず、そのうち……連絡はとだえた。

彼はあきらめたのだ。

それがうれしいのか悲しいのか、ブルックにはよくわかっていない。身勝手なのは自覚している。彼を求めているかどうかわからないくせに、彼に求められないことは耐えられない。ブルックの心は混乱していた。

「どこかに寄って帰る?」ヘザーが訊いた。「一杯やりに」

ブルックはすまなさそうに答えた。「それは……やめとくわ」

「よかった」ヘザーは明るく言った。金色の巻き毛を耳の後ろにかけたけれど、髪はすぐにまた落ちてきた。「わたしも気が乗らないから」

彼女は屈みこみ、足元に置いた特大サイズのトートバッグからワインが半分入ったボトルとプラスチックカップ二個を取り出した。

ヘザーがカップにワインを注ぐのを見ていたブルックは、衝動的に手を伸ばして彼女をハグした。

ヘザーもハグを返し、ブルックの髪を撫でた。「かわいそうに」

「残念だわ」ブルックがささやく。「彼はいい人だと思ってたのに。偏屈だけど、いい人だって」

「いまでもいい人だと思うけど」ふたりが体を離すと、ヘザーは言った。「もちろん、彼がしたのはひどいことよ。ものすごくひどい。だけど、彼の行動が善意からだったことについては、少しは点をあげてもいいんじゃない? 彼は妹さんをくそ野郎と結婚させたくなかった。あなたにくそ野郎のせいで悲しい思いをさせたくなかった」

「そうね」ブルックはワインのカップをぐるぐる回した。「ただ、裏切られたつらさを忘れられないの。ふたりつづけて不正直な男と付き合ったわけでしょ。それに、彼がクレイの監視について正直に話さなかったってことは、ほかにも隠し事をしてるかもしれないじゃない?」

「確かにね」ヘザーはため息をついてワインをぐいっと飲んだ。

ブルックは唇を噛みしめた。「タイラー家の結婚式がどうなったかは聞いてる?」

ヘザーはかぶりを振った。「ごめん、聞いてないわ。アレクシスが全部引き受けてるし、あの人はなにも言ってくれないから」

セスと喧嘩別れしたあと、ブルックは不本意ながらマヤ担当のウエディングプランナーの座を明け渡した。情けないけれど、ニール――本名がなんであれ――のことを知った上で平気な顔をしてマヤに会うのは無理だった。結婚式がキャンセルになったという話が聞こえてくるのを予想していたけれど、いまのところはすべて予定どおり進んでいるようだ。とはいえ、マヤとあの悪人が結婚するのをセスが黙って見ているとは思えない。

またしてもこみあげてきたセスへの怒りを、ブルックはなんとか抑えつけた。だから人のことに過剰に首を突っこんではいけないのだ。知るべきでないことを突き止め、自分のではない秘密を見いだしてしまったら……どうしていいかわからなくなる。

「最近彼から連絡はあった?」ヘザーはプラスチックカップの縁からブルックをうかがい見た。

ブルックは首を横に振った。「ないわ」

「ご感想は？」

「最低」ブルックはぽつりと言った。「だけど、彼と会っても最低の気分になると思わない？」

「かもね。いえ、違う、そんなことない」

ブルックはチョコレートをひとつつまみあげてヘザーに見せた。「こういうお菓子と同じ。おいしいけど体にはよくない。わかる？」

「うまいこと言うのね」ヘザーはブルックの膝を軽く叩いたあと、椅子にもたれこんだ。「こんなことを言って嫌いにならないでほしいんだけど、ミスター・ホテル億万長者とちゃんと別れ話をしたほうがいいんじゃない？　クレイとはきちんと話をつけなかった。その結果がどう？　いつまでもずるずる引きずることになったでしょ」

ブルックは笑いながらキスチョコの包みを開いて口に放りこんだ。「みんなとのおしゃべりって最高ね。あなたは皮肉をこめて率直に話す。アレクシスは現実的な視点から率直に話す。ジェシーだって思ったままを話す。耳に心地いい言葉を使うだけで。わたしの聞きたいことを言ってくれる友達はいないの？」

「あなたはそういう友達だと思うわ。だから、もしわたしが恋に落ちて、わたしを愛しかけてるすてきな金持ちの男性を振ったのは正しいことだと言ってほしいときは、あなたに来てもらって元気づけてもらう。それでいい？」

「セスはわたしを愛しかけてなんかいない」ブルックは即座に言った。

ヘザーは大きく息を吐いた。「あのね、あなたは聞きたくないでしょうけど、もしも愛してなかったら、彼はあんなことしなかったはずよ。たしかに彼は身勝手だった。あなたに前もって正直に話さなかった。でも、彼は理由を言った？」

「いいえ。言おうとしてたみたいだけど、すぐに言葉が出てこなくて、それで……」

「それで……？」

「わたしは立ち去った。電話にも出なかった」

ヘザーはやさしい表情で真正面からブルックを見つめ、キスチョコの容器を彼女のほうに押しやった。「彼はなにを言おうとしたんだと思う？」

「わからない」ブルックは声を落とした。

だがほんとうは、わかっているのかもしれないと思っている。胸の中では、喜びと恐怖が入りまじった奇妙な気持ちが渦巻いている。

セスがしたことは間違っている。自分の懸念について妹に話さず、妹を信頼せず、自分がいちばんよくわかっていると思いこんだ。妹を愛しているゆえに。愛しているからといって、彼の行動が正当化されるわけではない。そんな愛は押しつけがましく、害のほうが大きい。

でも……。

でも、マヤとセスはいずれ仲直りするだろう。セスは愛し方を学び、どこまでが許されてどこからが許されないのかを知るようになるだろう。

そのことからひとつの疑問が生じる。彼がクレイの動向を調べさせたのも、同じ理由からだったのか？

ブルックを愛しているから？
もしそうだとしたら……。
ブルックはいったいどうしたらいいのだろう？

32

セスが何度も仕事の邪魔をして薬を頼んでくるのにうんざりしたエッタは、あらかじめセスのデスクに薬瓶を置いておくようになった。ふたりともセスの症状が緊張性頭痛だというふりをしているけれど、それが嘘であることも知っている。痛むのは頭でも、その源は胸の痛みだ。

それも、〝ああ大変、救急車を呼ばないと〟という類いの胸の痛みではない。父の死後、セスは心臓専門医の診察をよく受けるようになった。いまのところ、彼の心臓は三十代前半の男性に標準的な動きをしている。

セスの胸の痛みを生じさせているのは、動脈硬化よりもはるかに永遠の存在だ。

女性。

女性が胸の痛みを引き起こしている。

具体的には、あるブロンドのウエディングプランナーだ。でも、彼女はもはやセスのウエディングプランナーではない。いや、正確に言うなら、妹のウエディングプランナーではない。

ブルックがマヤの結婚式の担当をアレクシスに譲った理由は理解している。その判断を尊重もしている。ブルックは骨の髄までプロであり、自分の納得できない仕事は受けられないのだ。

だからといって、セスが彼女を恋しがる思いが薄れるわけではない。

毎営業日の終わりにアレクシス・モーガンから受け取るメールは完璧だった。プロ意識に徹して、妹の結婚式に関してセスに全然興味のないことまで事細かに知らせてくる。リボン。花。純白の代わりにクリーム色のロウソクを使うと決定したことも。セスにはまったくどうでもいいことなのだが。

結婚式はいまだに実現に向けて進んでいる。マヤはいまだに、ニール・ギャレットだと思っている男と結婚しようとしている。

セスはまだ真実を話していなかった。

こんなにつらい思いは経験したことがない。自分は妹が知るべきことを知っているけれど、その情報を得た手段が完璧に間違っていたのもわかっている。

選択肢はふたつ。マヤに話すか、話さないか。どちらもひどく自分勝手に思える。

話さなかったとしたら、マヤはペテン師と結婚することになるが、もしも結婚がうまくいかなくなってもセスを責めはしない。ブルックの言うとおり、彼はマヤに彼女自身のやり方で彼女自身の人生を送らせることになる。

話したとしたら、マヤは私立探偵に調べさせたことを黙っていたセスを恨むが、少なくともあのくず男とは別れる。ニールについての真実を知るべきではないのだとしても、セスは知らずにいられなかったのだ。

ちくしょう。

セスは薬瓶のひとつを手に取った。もしかしたら、やはりこれはよくある緊張性頭痛にすぎないのかもしれない。

そろそろ仕事の時間は終わりだし、ビジネスディナーはすべて断った。だから少なくとも、もう他人に会わずにすむ。

そのマイナス面は？

帰宅して、またひとりで夜を過ごさねばならないことだ。ホテルのスイートルームで。

妹はいない。なぜなら彼女は結婚式を前にパニックを起こしていて兄にかまう余裕がないから。

親友はいない。なぜならグラントとの関係は冷えきっているから。

そしてブルックもいない。

いまのままだと、おどおどしたインターンのジャレドをビールに誘ってしまいそうだ。

幸いにも、ドアがノックされて妹の見慣れた顔が現れたため、そのような絶望的な行いに出ることは免れた。

「こんにちは」マヤは小声で言った。「ちょっといい？」

セスは唾を飲んでうなずき、入ってくるようぎこちなく手招きした。妹が来てくれたことに、恥ずかしいほど感激していた。マヤのほうから会いに来たのはずいぶん久しぶりだ。結婚を決めたと告げにきたとき以来かもしれない。

セスは立ちあがり、駆け寄ってマヤを抱きしめた。そのあと混乱した頭が自らの行いを認識した。ふだん、愛情をこめて誰かを抱きしめたりすることはない。だが妹の頭を自分の胸に押しつけて抱き寄せているとき――マヤがそれを好もうが好むまいが――どれほど必死に彼女を必要としていたかを自覚した。

昔からずっと逆のことを考えていた。マヤのほうがセスを必要としているのだと。セスが妹を導き、保護し、彼女の男性の好みを確かめることを、マヤが求めているのだと。おそらくは、いまもそういう思いはある。マヤはギャンブル依存症のペテン師にクレジットカードをスキミングされ、彼がそれで買い物していることを知らずにいるのだ。マヤがひとり立ちして外の世界を知るために、セスが助けてやれることはいろいろある。

でも、いまの状況はそういうことではない。

いまは、セスのほうがマヤを必要としている。どうすればマヤを正しく愛せるのかを知らねばならない。ほんとうに愛しているから。猛烈に愛しているから。

「ねえ」マヤは小さく笑ってセスの背中を叩いた。「大丈夫?」

「うん」セスはつぶやいて咳払いをし、妹から手を離した。「大丈夫だ」

マヤは訳知り顔で彼を見つめた。「大丈夫には見えないわね。ひどい様子」

「やめてくれ。恥ずかしい」セスはつっけんどんに言ってデスクの椅子に戻った。

「真面目に言ってるのよ。兄さんがなにをしてブルックに振られたのか知らないけど、仲直りしなくちゃ。兄さんはみじめだし、ブルックもみじめよ」

セスはぱっと顔をあげた。「彼女に会ったのか？」

「ええっと、会ってはいないわ」

「話したか？　ブルックと話をしたのか？」

マヤは小さな笑みを見せた。「あらあら。そういう兄さんってかわいい」

「マヤ」

彼の懇願口調に、マヤの顔から笑みが消えた。「からかってごめん。話はしてない」

セスはぐったりと沈みこんだ。いい話を期待していたわけではないにしろ、まだ癒えていない心の傷はあらためて痛んだ。

「兄さんの恋愛について尋問したいところではあるけど」マヤはセスの向かい側に腰をおろして足を組んだ。「実は、自分のことで相談に来たのよ」

セスは自らに強いて無表情を保った。話をマヤの望むように進めさせるのだ、彼のコントロールフリークの性質が望むようにではなく。「わかった。どうしたんだ？」

マヤはセスが目を合わせてくるのを待ち、それから言った。「わたし、グラントを愛してるの」

セスは口を開けたものの、言葉は出てこなかった。座っていてよかった。でなければ倒れているところだ。マヤは小さく微笑んだ。「わかってる。ほんとにわかってる。なにも言わなくていい。ただ……兄さんにはいちばんに知ってほしかった。あ、二番めだったわ」

「もうグラントに言ったのか？」ようやく言葉が見つかった。

マヤは首を横に振った。目つきが暗くなる。「ううん。ニールに話したの」

それは……。

なんということだ。

事態はセスの予想とまったく違う方向に動いている。

セスは咳払いをした。「確認させてくれ。おまえは、結婚するつもりの男に、別の男を愛してると言ったのか？」

マヤは手をあげた。「ちょっと訂正。結婚するつもりだった人に、別の人を愛してると言ったのよ」

安堵のあまり、一瞬セスは目の前が見えなくなった。「ニールとは結婚しないのか？」

マヤはうなずいた。「ええ。それと実は、彼の本名はニールじゃないの」

セスは凍りついた。

「ネッド・アロンゾよ」マヤは小さな吐息を漏らした。「起業家でもない。安っぽいポーカーやらスポーツギャンブルやら、ほかになにがあるか知らないけど、そういうギャンブラーよ」

このごたごたにどう対処するかを考えて頭の中でいろいろと解決法を探ってはきたが、こういう結末はセスのシナリオに含まれていなかった。

彼は咳払いをした。「ほう？」

マヤは兄をにらみつけた。「やめてよ。何週間も前からこのことを知っていながら、どうわたしに切り出そうかと思案してはいなかった、みたいなふりをするのは。わたしは兄さんのことを知ってるのよ。自分で私立探偵を雇ったとき、兄さんもたぶん同じことをするだろうと思ったわ」

それは驚きだった。「マヤ、ぼくは——」

マヤはかぶりを振って立ちあがった。「わかってるの、兄さんはわたしを愛してるんだって。だからそんなことをしたんでしょう。知ってるわ。少しも腹を立ててないとは言わないけど、正直なところ……」束の間、マヤの目が潤んだ。「ありがとうって言いたいの。気遣ってくれて。たとえ人のプライバシーに立ち入るようなひどいことをしたとしても」

困った。今度はセスの目にあふれてきそうだ……なにかが。

「もっとこの話をしていたいけど、ほかにも話をしたい人がいるから」マヤはそっと言った。「いまのよりも難しい会話になりそうだけど」

「グラントか?」

マヤはうなずいた。この部屋に入ってきてから初めて、百パーセント自信たっぷりという様子ではなくなった。ほんの少し怯えているようでもある。

その会話は思ったほど難しいものにはならないだろう、とセスは言おうとした。グラントも同じように感じているだろう、と。

だがそのとき、ブルックが言ったことを思い出した。マヤは自分で人生を生き、自分で自分のことを決め……自分で過ちを犯すべきなのだ。この、どう呼べばいいかわからないがグラントとマヤのことを過ちだとは思っていない。それでも彼は口を閉じ、よけいなことを言わないでおこうと思った。

デスクの横を回って、不安で首を左右に振っているマヤをふたたび抱きしめる。今回はさっきよりも短く。

「一日のうちにハグを二回？」体を離すと、マヤは言った。「ブルック・ボールドウィンが兄さんになにをしたか知らないけど、わたしは気に入ったわ」

ブルックの名を出されたとき、セスの明るい気分は少し暗くなった。マヤとはわかり合えたものの、ブルックと和解できるとは思えない。自分とマヤは血を分けたきょうだいであり、二十数年間ともに生きてきた。ブルックとは知り合ってまだせいぜい二カ月だし、彼女が二度めのチャンスを与えてくれる理由はない。セス自身、自分にそんなチャンスをもらえる資格があると思っていない。

マヤは爪先立ちになってセスの頬にキスをした。「愛してる。それは知ってるわね？」

「知ってる。ぼくも愛してる」

「それとブルックも。彼女のことも愛してるんでしょ？」

セスはそんな思い——相手が愛を返してくれるかどうかわからないまま人に心を奪われてしまったときに感じる居心地悪さ——に対して常に襲ってくるパニックが訪れるのを待った。自分はどうなってもかまわないと思うくらい深く人を愛したときのとてつもない恐怖が。

なのに、そういうものはなにも感じなかった。感じたのは確信だった。これは正しいことだという思い。

「そうだ」セスは率直に答えた。「彼女を愛してる」

マヤは満面の笑みを浮かべた。「兄さんはいつもわたしにアドバイスをくれるでしょ。わたしが求めてないときでも」

セスは目を細くした。「ああ」

マヤはふざけたように兄の胸を軽く叩いた。「だったら、今度はわたしからよけいなアドバイス。ブルックを取り戻したいなら、全力でぶつかりなさい。心をまるごと注ぎこむの。だって、ブルックにはそれだけの値打ちがあると思うから」

セスは部屋から出ていく妹の後ろ姿を見送った。妹は自信を取り戻して意気揚々と、愛する男性のもとへと向かっていった。

セスもそうやって愛する女性を取り戻そう。

マヤは、ブルックにそれだけの値打ちがあると思っている。しかしセスは、そう思っていない。

そうだと知っているからだ。

33

「なあ、考えてみろよ。明日のいまごろ、きみは彼女と寝てるかもしれないんだぞ」グラントは荷造りするつもりであるかのように、セスの書棚から醜い花瓶を取りあげた。実際にはビールを取りに冷蔵庫まで行くつもりのくせに。

午後じゅうずっと、そんな感じだった。

グラントにとって〝荷造りの手伝い〟とは、もっぱら冷蔵庫と食品庫の中身を片づけることであるらしい。しかも彼は食品を箱に入れるのではなく、すべてを胃袋におさめている。セスはグラントを無視して見苦しい金属製の人形をつかんだ。〇・五秒眺めて、こんなものは存在にも気づいていなかったと思い、〝取っておくもの〟の山よりはるかに大きくなりつつある〝寄付するもの〟の山に置く。

新たな人生の目標その一、ほんとうに好きなものだけを所有する。

いや、違う、それは第一の目標ではない。

まずはブルックを取り戻さねばならない。

そのあと、金属製ロボットのようではない飾りを手に入れよう。

「おれが言ってるのは、彼女と寝たらそんなに不機嫌じゃなくなるってことだ」グラントはビール瓶でセスを指した。

「わかった。コトが終わったら必ずきみに電話する。きみにも余韻を味わわせてやる」

グラントは顔をしかめた。「おい。それはやめろ」

「ぼくに向かって偉そうな口を利くな。きみはぼくの妹と寝てるんだぞ」

「ああ、そうだよ」グラントが得意げな笑顔になる。「それは――」

「だめだ。やめてくれ。つづきは言うな。ぼくにもビールをくれ。いや、いい、ウィスキーにする」

マヤが結婚式をキャンセルしてグラントに気持ちを打ち明けてから六週間になる。事態がどう展開したのかセスは正確なところを知らないし、詳細を知りたいとも思わないが、彼らふたりはこれまで見たことがないほど幸せそうであり、セスにとってはそれで充分だ。

セスとグラントは、感傷的なことが苦手な男たちがよくする方法で和解した。セスはバーボンのパピー・ヴァン・ウィンクルを持ってグラントの家を訪れ、グラントはうなずいて彼を通した。

それでふたりは元どおりになった。

単純に。簡単に。安易に。

ブルックと仲直りするのは？　そう簡単ではないだろう。

グラントと親友に戻れたことも、いまセスの気持ちを落ち着かせる役には立っていない。セスは二カ月近くにわたって、秘密の計画――エッタが〝例の事業〟と呼ぶもの――に精力的に取り組んでいる。生まれてこの方これほど自分の気持ちに確信を持ったことはなかった。

それでも、表に出ない不安が心を蝕みかけていることは否定できない。

「彼女はどうすると思う？」セスはタンブラーにたっぷりのバーボンを注ぎながら尋ねた。

グラントはビール瓶を眺めて考えこんだ。「正直に言おうか？　おれにはわからない。この数カ月で学んだことがあるとしたら、おれは自分で思ってるほど女心を読むのがうまくないってことだ。自他ともに認めるプレイボーイのおれがそんなだとしたら、きみは絶望的なわけだ、我が友よ」

「役に立つアドバイスだ」セスはグラスを掲げた。「礼を言う」

「おい、おれにどうしてほしいんだ？　ピノ・グリージョのワインとマシュマロを手土産にウエディングプランナーの店に立ち寄って、彼女がいつも持ち歩いてる手帳にきみの名前を書き殴ってるかどうか調べるのか？」

「そういえば、彼女はなんで紙の手帳を持ち歩くんだろうな」セスはつぶやいた。「iPadみたいな電子デバイスのほうが効率的なのに」

グラントは大声で笑ったあと、降参したかのように頭をさげた。「頼むから、明日はそういうことを口にするなよ、わかってるな？　いいことだけを言うんだぞ」

「そのつもりだ」セスはバーボンをもうひと口飲んでグラスを脇に置き、グラントに約束したようにピザを食べて野球観戦する前に、あとひと箱荷造りをすませた。一年の大半を過ごした場所での最後の夜の過ごし方としてはつまらないものだ。しかしそもそも、ホテルのスイートルームはあまり自宅という感じではなかった。壁にかかった絵にもいま初めて気づいたような場所との別れの宴には、チーズたっぷりのペパロニピザとヤンキースがあれば充分だろう。

「彼女が明日現れるのはたしかなのか？」グラントは機械的に手を動かしてキッチンの食器棚を開き、明日新しい場所に運ばれる台所用品の箱に塩の容器を入れた。

セスはわざとらしくグラントを見つめた。「いやなことを言うやつだな」

「細かいことが気になる性質なんだ」

「いや、違う。それはぼくだ。きみは大局を語る人間だ。実現のための具体的な方法は気にせず」

「そうだな」グラントは軽く肩をすくめた。「だったら大局を語ることにして……彼女は明日現れると思うか？」

「まいった」セスは箱詰め作業を放棄して、座り心地の悪い金属のスツールにゆっくりと座りこんだ。明日までに荷造りが終わらなくても困りはしない。彼はこのホテルの所有者なのだ――彼が望むなら、ここを出ていくのは来月でも来年でもかまわない。

「答えはノーってことか」グラントが言う。「確信はないんだな？」

少しは。この数週間の努力がブルックを取り戻すのになにかの役に立つかどうかもまったくわかっていない。それでも、この計画を立てるのはいい気分だった。

「アレクシスは、すべて計画どおりに進んでると言った」セスは答えた。「どんな計画でも実現させられる人間がいるとしたら、彼女にほかならない」

「そうだな。おれは一度しか会ったことがないけど、魅力的なロボットみたいな女だよな」

セスは苦笑いした。「アレクシスはぼくの女版だと思ってたんだが」

「だから、おれもそう言ったじゃないか。ロボットだって。いや、きみは彼女ほど魅力的じゃないが」

セスは非難するように親友に指を突きつけたあと、カウンターに置いたグラスをつかんで揺らした。「きみは、彼女は来ると思うか？」

「つまり、大局を語るおれ様は、愛する人がきみの壮大な愛情表現を目にしてきみの腕の中に飛びこんで失神すると思うかってことか？」グラントはにやにやして冷蔵庫にもたれ、足首を交差させた。

友人の言葉が描いた場面を空想して、セスの心は高揚した。ブルックが、腕の中ではなくとも、せめて手を伸ばせば届くところまで来てくれたら……。

グラントの顔が親身な表情に変わった。「ああ、彼女は現れると思うよ。来なかったら彼女はばかだ。だろう？」

親友の自信に感謝して、セスはうなずいた。

そして心の底から、彼女が現れることを願った。

34

ブルックがトライベッカにあるブライダルショップを出たとき、アレクシスからメールが入った。

『まだダウンタウン？　ちょっと頼まれてくれない？』

『いいですよ』ブルックは返事を打った。『なんでしょう？』

『ララビー家の花嫁さんが、会場に決めたプラザホテルについて考え直してるの。もうちょっと派手じゃなくて、自分の好みに合わせてカスタマイズしやすいところがいいみたい。あなたがハミルトン・ハウスを案内してあげてくれない？　わたしはアップタウンにいるし、この時間だとそっちまで永遠に行きつけないから』

ブルックは唾を飲みこんだ。頼みがこれ以外のことならよかったのに。

ハミルトン・ハウスに入るのは、マヤの結婚式を企画していたとき以来だ。

結局実現しなかったマヤの結婚式を。

急いで準備を進めていた結婚式をキャンセルするのに、アレクシスは大変な苦労をした。だが、結婚式が行われなかったことが〈ベルズ〉にとってどんなに迷惑でも、ブルックはやめになったことを喜んだ。ペテンをもくろんだ相手との結婚をマヤが取りやめたのを喜んだ。けれど、あの場所にまた行くことを思うと身がすくむ。マヤのことを思い出すからではない。ブルックはあのあともマヤとは親しい関係を保っていて、最近も何度か一緒にランチに行った。だから、彼女がニールと別れてついにグラントと結ばれたことは聞いている。あのふたりがようやく互いへの気持ちを正直に告白したことを、ブルックはとてもうれしく思った。

それでもハミルトン・ハウスには行きたくない。セスを思い出してしまうから。

もう二カ月近く、彼から連絡はない。誰もがブルックの近辺では彼の名を口にしたがらない。ブルックの心が壊れるのを心配しているようだ。

でもブルックは壊れない。過去を避けているわけではない。クレイに関する感情を抑えた結果自分がばらばらになりかけたことで、彼女は教訓を学んでいた。

週に二度カウンセリングに通って、セスとのことを直視している。セスとの付き合いについて具体的に話すわけではないが、彼はしばしば話題にのぼっている。過去数カ月の経験を通じて、怒りや苦痛を脇に押しやって存在しないふりをしつづけても幸せな人生が得られるわけではないことを悟った。

怒りや苦痛は存在する。

それらは現実に存在するし、世の中には悪人もいるし（クレイやニール／ネッドを見るがいい）、世界は常に日光と虹ばかりとはかぎらない。

いまではそれがわかっている。そして興味深いことに、〝あまりよくないこと〟の存在を認めれば認めるほど、〝いいこと〟にもたくさん遭遇できるようになった。ときどき不幸になることで、もっと幸せになれるみたいに思える。

変な話だけれど、ほんとうだ。

それを認識したからこそ、ブルックは自分のすべきことを理解した。ハミルトン・ハウスへ行かなければならない。それに伴うすべての——いいものも悪いものも含めて——思い出に向き合わねばならない。

そうすればセスを、いまだに夜眠れなくなるほどの激烈ですさまじい苦痛の種ではなく、ほんのちょっとした苦痛の種だと考えられるようになるだろう。

『わかりました』ブルックは答えた。『いますぐですか？』

『花嫁さんは現地に向かってるわ。あと十分かそこらで行けそう？』

『お任せください』

ブルックはタクシーをつかまえ、十二分で到着した。

ほんの一瞬ためらったあと建物に入る。以前は無人だった受付デスクに地味な黒いスーツ姿の中年男性がいるのを見て立ち止まった。

人がいるとは思っていなかった。でも考えてみれば、いて当然だった。建物の下層階はそろそろ入居が始まっているはずだし、警備は必要だ。

「こんにちは」ブルックは笑顔で歩み寄った。「ブルック・ボールドウィンです。あるイベントのために、ミズ・ララビーと最上階で会うことになっています」

「お聞きしています」男性は堅苦しくうなずいた。

「ミズ・ララビーはまだですか？」

「まだです。いらっしゃったら上に行っていただきましょうか？」

「ええ、お願いします」ブルックは突然、ほんの数分でいいから最上階をひとり占めしたくなった。

もしララビー家の花嫁がここを会場に選んだなら、アレクシスはブルックも企画に参加させてくれるかもしれない。ウエディングプランナーとしてのブルックは、この場所を最大限有効活用するために手腕を振るう機会が得られなかったことを、いまも残念がっているのだ。

エレベーターに乗りこんで上に向かう。ドアが開くと木の床に踏み出したが、すぐに足を止めてあとずさった。

しまった。階を間違えたらしい。

でも振り返ってエレベーターのドアに刻まれた階数表示を見て、正しい階にいることがわかった。

なのに、ここは違う。以前とは様変わりしている。

以前と同じく明るく広々しているけれど、いくつかの部屋に区切る工事が進められていた。

それも見事なできばえだ。ブルックが進み出ると、靴のヒールが記憶にあるとおり心地よいコツコツという音をたてた。

すべてがブルックの理想どおりだった。石積み壁が区切る中央のリビングルームにはたっぷりの陽光が差しこみ、二カ所のシッティングスペースがある。一カ所は暖炉の前で、小さなビルトインカウンターらしきものが付属している。もうひとつのシッティングスペースと物理的な区切りはない。そちらのほうはテレビを囲んで円形のカウチが置かれていて、夜にゆったり映画を見たり、のんびり本を読んだりできるようになっている。

ここを設計した人は、せっかくの広いスペースを区切るのに壁は必要ないことをよく理解しているようだ。リビングルームはダイニングルームへとつづいている。その横にはまだ工事中の新しいキッチン……。

そこで気がついた。ここは誰かの家だ。

この場所はブルックの記憶どおりにすてきだ――目的を持ったいまはいっそうすてきに見える――けれど、もはや結婚披露宴会場としては利用できない。誰かがここに住もうとしている。

「あらあら」きわめて不都合で恐ろしい間違いがあったようだ。大きな誤解と思われることについてアレクシスにメールを打とうと、ブルックは電話を取り出した。

このフロアを買った超リッチな人がまだ引っ越していなくて幸いだった。人の家に勝手に入っていったら、非常に気まずいことになっていただろう。

誰かが道具を落としたかのような、大きな金属音がした。ブルックはぱっと顔をあげ、家のベッドルームと思われるところに通じる壁のほうに目を向けた。

しまった。人がいたようだ。大工だろうか？

ブルックは身を翻し、ゆっくりエレベーターに向かった。ヒールの音をたてないよう、忍び足で逃げようとする。

するとドアが開き、そのあと閉まる音がして、つづいて足音が響いた。ブルックがドレス姿の押しこみ強盗よろしく爪先立ちで歩いている中央エリアに、誰かがやってきたのだ。

それが家の所有者でなく大工であることを祈りつつ、ブルックは振り返った。とっておきのチャーミングな顔を見せて、間違いを詫びるつもりで。

でも謝罪の言葉は唇で凍りついた。理性的な考えは脳の中で凍りついた。

セスがいる。

セスがここにいる。

未完成のキッチンに立っている。服装は……。

ジーンズ。

Tシャツ……そして、作業用ブーツ？

ブルックは目をしばたたかせた。頭がおかしくなって生き霊を見ているのかもしれない。

セス・タイラーがジーンズをはくことはたまにあるけれど、そんなときも合わせるのはカシミアのセーターかオーダーメイドのドレスシャツだ。くっきりとした筋肉質の上半身にぴったりくつつく無地の白いTシャツではない。

「顔についてるのは泥？」思わず口走った。しまった。これは、彼と再会して開口いちばんに言うだろうと空想していた言葉ではない。でも、彼は作業用ブーツを履いているのだ。そして手には金槌を持っている。

困惑しすぎて、ブルックは卒倒もできなかった。

セスは照れくさそうに顔に手をやり、またおろして肩をすくめた。「いま取りつけてる棚に汚れがついてたんだろう」

「棚――」ブルックは咳払いをした。「棚を取りつけてるの？」

ブルックの声は甲高かった。セスはにやりと笑い、奥の部屋のほうに頭を傾けた。「見てみるか？」

ブルックにはセスに尋ねたいことが何億とあった。どれも棚とは関係がない。だけど、重要な質問は複雑すぎて脳から口まで行きついてくれそうにないので、彼女はより単純な言葉を選んだ。「ええ」

ブルックが彼のほうに歩いていくあいだ、セスはじっと立っていた。彼女はほんの一瞬、こちらを見つめるセスの目に飢えが浮かんだように思ったが、すぐに彼の顔からすべての表情は消え失せた。〈ベルズ〉で初めて会った日のようだ。彼が冷静でよそよそしく、なにを考えているかわからなかったとき。

いや、そうではない。まったく違う。

いまのセスはあのときの彼とは違う。彼は変わった。ジーンズとブーツとひどくセクシーな金槌だけのせいではない。彼自身が変わったのだ。彼という人間が。ただしブルックには、どんなふうに変わったのかわからなかった。

あるいは、なぜ変わったのか。

彼女は愚かにも束の間、セスが手を差し出して棚のところまで導いてくれるのかと思った。ところが彼は背を向けて前を歩き、ブルックについてこさせた。

ブルックは落胆を抑えて彼のあとを追った。壁の向こうには長い廊下がある。廊下は適度な幅がある。フロアの向こう半分の廊下は自然光が入るようT字形になっていて、いくつか個室のドアが並んでいる。

ブルックは興味を持って個室をのぞきこんだが、まだあまり仕上がっていなかった。ひとつの部屋には小テーブルがあってノートパソコンが置かれており、仮のオフィスのように見えた。

別の部屋には大工道具があり、別の部屋は空っぽ。トイレもあった。

いちばん奥の部屋まで来ると、セスは振り返り、ブルックに先に入るよう手で示した。

ブルックは警戒の表情で部屋に足を踏み入れた。

「まあ」吐息が漏れる。

そこはベッドルームだった。

豪華で巨大な主寝室。

中央にはダークグレーの寝具とふっくらした白い枕のキングサイズのベッドが配されている。街を見おろせる窓際には長椅子が二脚。後ろを見ると、ブルックのベッドルームの二倍以上広いウォークインクローゼットができていた。開いたドアからは、シャワー室と浴槽を備えた大理石製のバスルームが見える。

ブルックは無言でセスに向き直り、説明を待った。

彼は、ブルックが見逃していた隅に積まれた木材の山を顎で示した。「ほとんどは人に配達させてつくらせた。だけど自分の手でもなにかつくりたかった。〝本棚をつくるのがどんなに難しいんだ?〟と思ったのに、やってみたらすごく難しかった。まあ、説明書が悪いんだろうけど」

「セス」ブルックは彼に似合わぬおしゃべりを遮った。「どういうこと?」

「ここを買った」セスは言った。マンハッタンの不動産を買うのが日常茶飯事であるかのように。

「この建物を?」

セスが肩をすくめる。

「そんな」ブルックは頭に手をやった。「建物一棟をまるごと?」

「まあ、一フロアだけ買おうとしたんだけど、まるごとのほうが……簡単だった」

ブルックはあきれて笑った。「当然よね。あなたはセス・タイラーだもの」

セスは無言だった。

「花嫁さんは来ないんでしょう？　あなたとアレクシスの計略ね」

セスはうなずいた。「そうだ」

少なくともいま、彼は嘘をついていない。それには意味がある。

セスは大きく息を吐き、気を高ぶらせた様子で金槌を軽く太腿に打ちつけた。「ベッドルームは五室。バスルーム三つと簡易シャワー室ひとつ。書斎。メインのリビングルームをつくりかけてるのは、きみも見ただろう。そこにピアノも置くつもりだ。ぼくがピアノを弾くのは知ってたか？　それから、この建物全体のオーナーだから、屋上にドッグランみたいな施設もつくろうと考えてる。そしたら天気が悪いとき犬を外に連れていかなくてすむ」

「犬？」ブルックは彼の奇妙な独白を遮った。「どんな犬？」

「わからない。これから飼うやつだ」明らかな興奮で、彼は舌をもつれさせていた。「それから下のフロアをいくつかに区切ってマンションの部屋とし、ひとつに運転手のデックスを住まわせようと思う。ぼくが仕事に行くとき、双方にとって便利だからね。ホテルじゃないからルームサービスはない。だけどそれは問題にならない。フランス人シェフを雇って料理の基礎を教えてもらう予定だ。マヤには、室内装飾をしてもいいと言った。ただし、ぼくの気に入るようにしてもらう。ここをぼくの場所にしたいから。自分らしい家だと感じられるように。どういうのが自分らしいのかはまだよくわかってないけど、なんとかそれをつくり出そうとしてる。毎日少しずつ」

彼はそわそわして、どんどん早口になっていく。ブルックの目頭が熱くなりはじめた。

「泣かないで」セスはそっと言った。「きみが泣いたらぼくは死んでしまう」
「わからないの、どういうことか」
「わかってるはずだ」セスは即座に言った。「どういうことか、きみははっきりわかってい
る」彼が金槌を投げ捨てると上等の硬材の床に跳ね返り、ブルックは身をすくめた。セスは
近づいていった。こわばった上腕をつかんで彼女を引き寄せる。
「リスクは承知の上だ」彼は静かに言った。「きみに黙って勝手にここに部屋をつくって、
だまして来てもらった。ぼくがすべてをコントロールしようとしてる、ときみが考えてるの
はわかってる。それは認める。事実、詳細にわたってすべてをコントロールしてきた。この
不格好なTシャツだって、少しは親しみやすく思ってもらえることを願ってあえて選んだ。
いや実は、これはグラントの発案だが」
「グラントもかかわってるの？」ブルックは話についていこうとした。
「やつはそう思いたがってる」セスは苦笑した。「とにかく、自分がなにもかも思いどおり
に動かそうとしている自覚はある。それはぼくの欠点だし、死ぬまで直らないかもしれない
けど、直そうと努力はしてる。ほんとうだ。きみがいますぐ立ち去りたいなら、引き留めは
しない。でも、やるだけやってみる必要はあった。わかってくれるか？　ぼくはもっといい
人間になるよう努力する必要があった。きみのおかげで、もっといい人間になりたいと思っ
たからだ。ぼくは、自分にかかわるすべてのもの、すべてのことを失うのが怖くて、必死で
それらを支配しようとする怯えた少年だった。そんな少年を卒業したかった」

ブルックは目を閉じた。心は幸せと混乱のあいだで揺れている。「ご立派なスピーチね、タイラー」

「後悔してる」セスは急いで言った。「マヤの婚約者のことを調べさせたのも、クレイのことを調べさせたのも。ひどい間違いだった。できるものなら、すべてなかったことにしたい。でもそれはできないから……きみに理由を説明しなくちゃならない。あの日話そうとしたけど言えなくて……」

セスは大きく息を吸った。「あんなことをしたのは、きみを愛してるからだ。言い訳にはならないけど、ほんとうだ。短期間付き合っていただけでこんなことを言うのは早すぎるし、ばかみたいなのはわかってるけど、きみに対する感情はどんなものより真正なんだ」

ブルックの心はもう揺れていなかった。間違いなく、有頂天、大喜び、最高の幸せに向かっている。彼女は目を開けた。

「ホテル暮らしはやめることにしたのね」

その言葉を聞いてセスは失望したように小さく口を開けたけれど、ブルックは自分なりのやり方で話を進めたかった。

「自分の場所が欲しかった。家庭と思える場所が」

「あなたはニューヨーク一の資産家でしょ。文字どおりどんな場所でも選べるはずよ」ブルックはゆっくりと言った。

セスは肩をすくめた。「ああ」

「なのに、この場所を選んだのね」

「見てのとおりだ」セスの口調にわずかないら立ちがこもっているのに気づいてブルックはにやりとした。これこそまさにセスだ。

「ここを選んだのは、わたしがすごく気に入ったのを知ってたからよね」

「そうだ」セスがそっと答える。

ブルックは眉をあげた。

「ここに越してきてくれることを求めてるわけじゃない。きみはそう思ってるかもしれないけど」セスはブルックの腕を放し、両手を尻ポケットに突っこんだ。「少なくとも、今日すぐにってことじゃない」

「だったら、なにを求めてるの？」ブルックは一歩彼のほうに足を進めた。彼女が近づくとセスの冷たい青い目が熱を帯びる。

「なんでも」セスは少しやけになっているようだ。「きみが承知してくれるものなら、なんでも。酒。食事。散歩。映画。犬の共同所有権。同じ家――この家――の鍵。結婚式。赤ん坊。そういったものだ」

ブルックは笑いながら彼の肩に手を置き、体を押しつけた。「ちょっと落ち着いて、大物さん。わたしはまだ、あなたがジーンズをはいて金槌を手にうろうろしてるという事実を受け入れようとしてる段階なんだから」

セスはおずおずとブルックの体に腕を回して軽く背中に置いた。彼女が逃げていこうとすることを予期していて、そのときは不本意ながら行かせようとしているかのように。「シャツと金槌にグッときたのか？　グラントは喜ぶぞ」

「だけど、わたしがいま考えてるのはグラントのことじゃないわ」ブルックは意味ありげに彼の口に視線を向けた。

「違う？」

ブルックはうなずきながらセスの頭をゆっくり自分のほうに引きおろし、ありったけの心をこめてキスをした。セスはもう遠慮することなく腕に力をこめ、ふたりの唇は互いを再発見した喜びに浸って何度も触れ合った。

「あなたはわたしのことなんて忘れたのかと思ってた」ブルックは顔を離してそっと言い、彼の耳のまわりの柔らかな髪に指を滑らせた。

セスがかぶりを振る。「忘れるもんか。一秒たりとも。しばらく身をひそめて戦略を練ってただけだ」

「やるわね」ブルックは唇で彼の唇に軽く触れてさらなるキスに誘った。

だがセスは誘いを受けるのではなく、少し体を後ろに引いて目を細くした。「ぼくに会えなくて寂しかった？」

「ええ」ブルックはゆっくり答えた。「だけど、少し距離を置いたのはよかったと思う。じっくり考えて、いろいろあったことの結果をしっかり受け止めるために。わかってくれる？」

セスのまなざしが曇る。彼を安心させようと、ブルックはあわてて言った。「わたしがなにに気づいたと思う？」

　セスは無言だった。

　ブルックは彼の唇まで手を滑らせ、笑みのないこわばった唇を指先でなぞった。「すべてが台なしになる前のクレイとの関係みたいな、安易な関係はいらないということに気づいたの」

「いらない？」セスがつらそうに訊き返す。

「そう。わたしが求めているのは、ときには難しくもなるけど、それだけの値打ちがある関係よ。そして、セス・タイラー、あなたにはそれだけの値打ちがあるわ」

　彼がゆっくり浮かべた笑みは、ブルックの人生において最高のものだった。セスの顔からさっきまでの警戒は消え、得意げな誘惑の表情に変わった。

「ほんとうに？」

「間違いなくね。でも、まず考えるべきことがいくつかあるわ」

「たとえば？」

「たとえば、あの本棚がみっともないこととか、それがいつ完成するのか、そもそも完成するのかということ」

「ほかには？」セスはうなりながら、ブルックをベッドのほうまで押していった。

「わたしがここに引っ越してくるまでに、どのくらい待たないといけないか、とか」

「五分だ。それから？」

ブルックはにっこり笑った。「あとひとつだけ……。自分があなたをどれだけ愛してるのか考えてみないと」

ブルックのブラウスの下に入ろうとしていた手を止め、セスは彼女の目を見つめた。「で？どれくらいだ？」

「ものすごくよ、ミスター・タイラー。わたし、あなたをものすごく愛してるみたい」

セスはいたずらっぽく幸せそうな笑みを浮かべ、ブルックをベッドにあおむけに押し倒した。「証明してくれ」

ブルックは証明した。真心をこめて。

謝辞

〈ウエディング・ベルズ〉に会うため貴重な読書時間とお金を使ってくださった皆様、ほんとうにありがとうございます！　新たな登場人物のいる新たな世界を探索するのは著者にとっても非常に楽しいことですし、ウエディングプランナーを主人公としたシリーズの構想はわたしが長年温めてきたものです。

〈ウエディング・ベルズ〉には、ポケット社のすばらしいチーム以上に理想的な〝家〟は考えられません。彼らはすばらしい装丁、販売支援、編集で、わたしの作家としての夢を実現させてくれました。

まずはエレーナ・コーエンに感謝を。彼女は当初からこの本の成功を信じ、これが最大限の魅力を発揮するよう尽力してくださいました。わたしは彼女にとてもお世話になりました。セスとブルックも、彼女の導きによってロマンスがいっそう輝いたことに感謝しているようです。

ポケット社のすばらしいチームのその他の方々。最高のあなたたちには最高の喝采を。作家の夢が美しい本となったのは、息をのむような装丁から正確な編集と校正にいたるまでのご努力の賜物です。

また、大切な友人のクリスティ・ヤンタにも、優れた下読みに多大な感謝の意を表さずにはいられません。すべての本に関して、クリスティほどわたしの文体を知り、わたしの考えを理解している人はいません。どの出版社からどのシリーズを出すときにも彼女がそばにいて、わたしの物語が最高のものになるよう手伝ってくださったことは、非常に幸運だと思っています。

そして最後になりましたが、わたしを陰で支えてくれた人たちに。すばらしきアシスタント、リサ。ツイッターの師匠、クリスティーナ。毎日（オンライン上で）会っている作家仲間、ジェシカ・レモンとレイチェル・ヴァン・ダイケン。あなたたちのおかげで、わたしはより順調に、そしてより楽しく仕事ができたのよ。

訳者あとがき

ステキな男性とのステキな結婚式――それは、女性なら誰もが一度は夢に見るもの。しかも花嫁はウエディングプランナー。彼女は腕によりをかけて自分のために一世一代の結婚式を企画しました。そして結婚式当日、教会の祭壇の前で誓いの言葉を述べようとしたまさにそのとき、花婿は稀代の詐欺師としてＦＢＩに逮捕されてしまったのです。

当然ながら、花嫁の心はずたずた、ウエディングプランナーとしての評判はぼろぼろ。しかし〝明るい面を見る〟というモットーを持つ彼女は、新天地でどん底から再起を図ります。

そうして就職した新たな結婚式企画会社での初仕事で、彼女は新たなトラブルに直面します。その原因は担当した花嫁の兄。妹の幸せに水を差すような態度を取る傲慢男でありながら、とんでもなく魅力的な彼に、ヒロインはどう接していいかわからず途方に暮れます。ウエディングプランナーとしての誇りを取り戻し、恋に破れた心を修復しようと奮闘するヒロインを、どうぞ温かく応援してあげてください。

本書が初邦訳となる著者ローレン・レインはＩＴ関係の仕事から二〇一一年にロマンス小説家に転身し、デビューから五年あまりで早くも約二十冊を上梓しています。おしゃれでセクシーなコンテンポラリーは多くの読者から愛されており、今後も精力的にたくさんのロマンスを生み出してくれることでしょう。

二〇一六年十一月　　　草鹿　佐恵子

ウエディング・ベルズ

2017年03月09日　初版発行

著　者　ローレン・レイン
訳　者　草鹿佐恵子
（翻訳協力：株式会社トランネット）
発行人　長嶋うつぎ
発　行　株式会社オークラ出版
〒153-0051　東京都目黒区上目黒1-18-6　NMビル
営　業　TEL:03-3792-2411　FAX:03-3793-7048
編　集　TEL:03-3793-8012　FAX:03-5722-7626
郵便振替　00170-7-581612（加入者名：オークランド）
印　刷　中央精版印刷株式会社

定価はカバーに表示してあります。
乱丁・落丁はお取り替えいたします。当社営業部までお送りください。

ISBN978-4-7755-2637-8